narrazioni chiarelettere

Soci: Gruppo editoriale Mauri Spagnol S.p.A.
Lorenzo Fazio (direttore editoriale)
Sandro Parenzo
Guido Roberto Vitale (con Paolonia Immobiliare S.p.A.)
Sede: via Guerrazzi 9, 20145 Milano

ISBN 978-88-6190-703-4

Prima edizione: ottobre 2016

Fotocomposizione: Compos 90 S.r.l. - Milano

www.chiarelettere.it
BLOG / INTERVISTE / LIBRI IN USCITA

Antonio Manzini

Orfani bianchi

chiarelettere

ORFANI BIANCHI

Secondo la definizione originale di Trivers,
l'investimento parentale è qualsiasi atto
compiuto da un genitore per aumentare
le probabilità di sopravvivenza della prole.

Danilo Mainardi, *Dizionario di etologia*

Prima parte

Sulla lama del rasoio

Da: mirta.mitea@gmail.com
A: ilie-mitea@list.ru

Perché non mi scrivi, Ilie? Nonna mi ha detto che hai tre voti insufficienti. Dice che stai sempre in giro con Andrea Monteanu e lo sai che a me quello non piace. Tu devi andare a scuola e studiare ogni giorno, non solo quando fanno le interrogazioni o ci sono i compiti in classe. Sempre. E se spendi tutti i soldi per andare in giro con Monteanu, come mi ha detto nonna, non mi piace, anzi, mi fai piangere il cuore. Sai quanto costano quei soldi? Promettimi che non succede più, che obbedisci a nonna Tatiana e che non fai stare in pensiero tua madre. E scrivimi.

Tua madre

Da: mirta.mitea@gmail.com
A: boris_noica@list.ru

Padre, ho bisogno di parlare con mamma. Le può chiedere perché Ilie non mi risponde? Provo anche sul cellulare ma ce l'ha sempre staccato. Ha già finito i soldi che gli avevo caricato? Quando lo vede per favore gli dica di scrivermi.

Poi dovrebbe dire a mamma che fra tre giorni mando la roba con Pavel. Arriverà al paese il 25. Le dica di controllare sempre bene dentro le tasche laterali, mi raccomando. I soldi li metto lì. Mi avverta se c'è bisogno di qualcosa.

Sua, Mirta Mitea

Da: boris_noica@list.ru
A: mirta.mitea@gmail.com

Cara Mirta, tua madre è qui con me. Ti chiede se puoi comprarle una medicina che qui non si trova, si chiama Almarytm, e se per favore la puoi spedire con Pavel. Tua madre dice: Ilie sta bene, ma va a scuola un giorno sì e altri tre no. È stanco, non può più fare tutti quei chilometri ogni mattina con la neve. Si gelano i piedi e la scuola è fredda. Tua madre dice: Forse dovresti tornare, anche solo due giorni. Lei non ce la fa, ormai è anziana. Ha una tosse da giorni che con questo freddo non le passa. Sempre tua madre dice: L'elettricità ora costa più di duecento lei al mese e le medicine si portano via la pensione del compianto tuo padre.

Poi c'è il problema della stufa. Questo te lo dico sinceramente è una brutta cosa. È troppo vecchia e fa fumo. Potremo risolvere la cosa?

Che il signore illumini la tua via.

Padre Boris

Da: mirta.mitea@gmail.com
A: boris_noica@list.ru

Padre, può dire a mia madre che io non posso tornare? Non posso, non ho i giorni liberi per almeno due mesi. La stufa posso provare a prenderla qui in Italia. A legna, costa sui cinquecento euro e poi la spedisco con Pavel. Qualcuno poi la può montare?

E la tosse? Che dice il medico? Padre Boris, può provare a parlare lei con Ilie che non si fa sentire?

Da: boris_noica@list.ru
A: mirta.mitea@gmail.com

Cara Mirta, con Ilie ci parlerò io. Ma credo che la cosa migliore da fare è continuare a scrivergli. Tutto quello che ti succede. Così magari ha la sensazione di averti qui accanto. E non preoccuparti se quello che scrivi è noioso. Per lui non lo è. Si beve con gli occhi le tue lettere. Passando alla tosse di Tatiana, il medico dice che è sì una brutta tosse, ma niente che un buon antibiotico non possa risolvere. Lo sai com'è tua madre, piena di ansie e di paure, ma le cose vanno bene.

Se riesci a risolvere la stufa è una bella cosa. Qui al paese costa un occhio della testa e non è abbastanza buona. Con l'aiuto di Nostro Signore Gesù e dei Santi vedrai che tutto si aggiusterà. Ilie è un bambino vivace, ride e gioca, non gli va di andare a scuola. Ma alla sua età tu e io eravamo forse diversi?

Stai tranquilla, e che il Signore Iddio vegli su di te.

Da: mirta.mitea@gmail.com
A: ilie-mitea@list.ru

Caro Ilie, ora mamma ti racconta un fatto.

Ero in camera mia quando mi sono sentita chiamare dalla signora Olivia dall'altra parte della casa. Era mezzanotte. Ogni tanto la signora fa così, si sveglia all'improvviso, chissà cosa le dice la testa. Mi sono alzata e sono andata da lei.

«Che c'è Olivia, che succede?» le chiedo.

Sta a letto, con le coperte tirate fino al mento e chissà come ha acceso l'abat-jour. Mi guarda e mi dice: «Ho fame! Che c'è per pranzo?».

Capito Ilie? A mezzanotte! Io ero stanca morta, e allora le dico: «Olivia, non è ora di pranzo. È ora di dormire!».

Ma lei non si accontenta: «Non voglio il brodo, e neanche il minestrone. Voglio la pasta!».

A me calano gli occhi dal sonno. Mi siedo accanto a lei sul letto. «Ascolta Olivia. È mezzanotte passata» le dico. «Non è ora di cena. Adesso devi dormire. Domattina ti faccio la colazione, poi andiamo insieme a fare la spesa e compriamo quello che vuoi al mercato. Ma adesso è notte. Vedi?», e indico la finestra.

Olivia gira la testa a guardare il cielo che è buio, Ilie, a parte un po' di chiarore, ma quello lo fanno le luci della strada.

«Capito Olivia? Devi dormire. Ti sei svegliata e pensi che è giorno, ma è notte. E la notte si dorme.»

Olivia sembra capire, chiude gli occhi e si infila sotto le coperte, hai presente? Come un serpente che rientra nella tana.

«Dormo ora?» mi chiede.

«Sì Olivia. Ora dormi.»

La sai una cosa? Sembrava vergognarsi di essere sveglia nel cuore della notte, di avermi infastidito.

«Scusa...» mi dice.

«Niente.»

«Domani viene Pierpaolo?»

«No Olivia, domani è giovedì. Pierpaolo viene il sabato.»

Pensa solo al figlio grande. Chiede di lui ogni giorno. Ma lui lo vediamo solo il sabato sera. Quando Pierpaolo viene sta pochissimo, se ne va e lo sai? Passano cinque minuti e la signora è già lì a chiedere se il giorno dopo torna suo figlio.

Ma Pierpaolo le concede un solo giorno a settimana, il sabato. E qualche volta lo salta pure. Allora si presenta il lunedì mattina prima che le banche aprano oppure la domenica sera per una mezz'oretta. Neanche si leva il cappotto. È sempre così coi figli. Infatti tu non scrivi.

Olivia ne ha un altro di figlio, si chiama Andrea. Io non l'ho mai visto. Cioè, solo in fotografia. Ha il naso grande, gli occhi neri come la madre. Non telefona, non scrive, neanche manda saluti tramite suo fratello. Nessuno ha il numero di Andrea, nessuno sa dove abita. Vedrai che quando la signora Olivia se ne andrà si rifarà vivo. «L'appartamento vale seicentomila euro!» mi ha detto una volta Pierpaolo sulla porta di casa mentre si annodava la sciarpa intorno al collo. Capito Ilie? Seicentomila euro. Secondo Pierpaolo Andrea è solo interessato ai soldi. Comunque è un rischio che io e te non corriamo, giusto? Non puoi augurarmi la morte, non ho niente da lasciarti (eh eh eh, scherzo!). Però mi fa pensare, e una cosa te la voglio dire. Adesso siamo lontani, tanti chilometri ci dividono, ma presto le cose andranno meglio e noi non saremo mai una famiglia così. Io se potessi starei lì, accanto a te e a nonna a vivere insieme e fare le cose insieme. Qui in Italia ognuno vive per i fatti suoi. Hanno tutto ma sorridono poco e non gli viene da essere felici. Per questo la signora Olivia mi fa una tenerezza enorme. La lasciano qui, con me, un'estranea che viene da lontano. E quando se ne andrà, forse avrà solo i miei occhi accanto. Quelli di una sconosciuta che le sta vicino solo per il mensile.

«Domani andiamo al mercato?» mi ha chiesto Olivia.

«Sì. Ora però dormi» le ho risposto. E ha chiuso gli occhi a comando. Io sono rimasta ancora qualche minuto seduta. Poi, appena ha spalancato la bocca e ha cominciato a russare, me ne sono tornata in camera mia. Come quando tu eri piccolo, aspettavo sempre che prendevi sonno. Ti ricordi le notti che volevi la storia, l'acqua, la papera grassa? Non ti addormentavi mai! Io mi sentivo svenire. Poi però alla fine chiudevi gli occhi, e io ti guardavo. Avevi sempre il sorriso sulle labbra e senza che te ne accorgessi ti davo un bacio, spegnevo la luce e tornavo in camera mia. Però lo sai? L'orecchio restava accanto al tuo letto.

Tua madre

Da: boris_noica@list.ru
A: mirta.mitea@gmail.com

Cara Mirta, ti scrivo per dirti che Ilie legge le tue lettere in cinque minuti e sorride. Ed è andato a scuola. Qui accanto a me c'è tua madre. Dice: Ilie non usa il telefono perché non ci sono soldi. Oggi qui fa freddo e ho tossito tutta la notte. Il medico viene ogni tre giorni ma, ora che c'è neve, solo una volta a settimana. Il cielo è nero e come se non bastasse nevicherà di nuovo. Dice sempre tua madre: La settimana scorsa se n'è andata anche Grigora. Ormai a parte tuo figlio e Andrea Monteanu e io, padre Boris che ti sta scrivendo, in paese sono tutti vecchi. Dice tua madre: Ieri Anna si lamentava che da anni non mangiava salsicce. Invece le aveva mangiate tre giorni prima. Anche il cervello di Anna se n'è andato.

Cara Mirta, io intanto voglio rifare il centro qui in chiesa. Non ho soldi, e ho fermato i lavori, ma rischia di crollare da un momento all'altro. Tua madre e gli altri del villaggio dicono che è inutile. Invece io credo che serva per stare insieme a pregare e guardare la televisione, oppure leggere un libro. Poi se uno ha problemi, viene al centro e troverà sempre un piatto caldo. Dice tua madre: Lasci perdere il centro, padre, tanto la televisione non si prende bene e gli occhi per leggere libri non li ha più nessuno.

Come vedi Mirta tua madre è sempre in forma, e così tuo figlio Ilie. Che il Signore Iddio ti illumini la strada.

Da: mirta.mitea@gmail.com
A: ilie-mitea@list.ru

Caro Ilie, ora mamma ti racconta un fatto.

Oggi c'è una tramontana fortissima. Lo sai cos'è? È un vento che viene dal Nord. Quindi è freddo freddo, però non freddo come su da noi. E siccome è un vento forte lo sai che fa? Spazza via tutte le nuvole e fa splendere il sole, ma non scalda. È bello il sole nel cielo azzurro e pulito. Fa sorridere. A me fa sorridere. Ai romani un po' meno. Devi vedere come si coprono per un po' di vento! Però ti dico la verità. Da quando sono qui anche io ho freddo. Forse sto diventando romana anche io!

Allora, stamattina esco con la signora Olivia.

Guardo sempre tutte le vetrine dei negozi. Quanta roba che c'è! Mi chiedo sempre come faranno a venderla tutta. Ci sono vestiti che luccicano come palle di Natale, e scarpe che costano più di cento euro! E non ti dico i negozi di giocattoli. Quando verrai a Roma e li vedrai ti sentirai come in paradiso. Pensa che qui sotto c'è un negozio che vende solo videogiochi. Insomma, io e Olivia arriviamo al mercato coperto. Per entrare ci sono tre gradini. La signora Olivia che si aiuta sempre col bastone mi guarda e mi dice: «Ora li salgo tutti e tre!». E ce la fa! A te farà sorridere, invece per la signora Olivia è una conquista, un po' come quando d'estate ti sei arrampicato per primo sull'albero. Ricordi? Quello a cui legammo l'altalena?

Il mercato è una bolgia, Ilie. Ci sono decine di bancarelle e frutta, e carne e formaggi. Un odore fortissimo, soprattutto di merluzzo, che lo tengono sotto sale, lo chiamano baccalà. Tutti parlano ad alta voce e le grida rimbombano. Chi urla i prezzi, chi tasta la frutta, chi chiede quali sono le mele migliori o le banane. Ma tanto noi andiamo sempre da Pina, che è la terza bancarella dopo l'entrata. Lei e il marito stanno qui da tanti anni. Pina mastica sempre qualcosa. Mangia più frutta di una scimmia, secondo me. Sulla sua bancarella c'è tutto. È talmente carica che da sola è più grande di tutte le bancarelle che a Logofteni vengono il primo sabato del mese. Pina ha gli occhi cerchiati di nero. Sembra sempre arrabbiata, ma è perché dorme poco. Lei è sveglia da prima che il sole spunti dietro i tetti.

«Signora Olivia! Oggi ho delle arance che ridono!» Dice sempre così. Parla con Olivia. A me neanche un cenno di saluto. Perché Olivia in quella bancarella ci va da quarant'anni. Da quando Pina era una bimba. Parla con Olivia, ma a rispondere sono io. Sempre.

«Ci servono un po' di banane...» le dico.

E lei: «Banane pronte!». Pesa la frutta, la mette in una busta e poi chiede, sempre a Olivia: «E poi signora mia bella?».

«Poi queste arance che fanno un bel profumo!» dico io.

«E lo so» risponde Pina, e guarda Olivia che se ne sta in piedi con lo sguardo fisso su una cesta di noci. «Sono siciliane. Sono d'oro. Queste signora Olivia sono speciali. Facciamo due chili? L'insalata la volete signora mia bella?»

«No, niente insalata. Olivia non la può mangiare. E manco gli spinaci» rispondo io. Perché bisogna stare attenti a quello che mangia. Prende delle medicine e io ho il divieto di comprare certe verdure. Porto sempre la lista. Se sbaglio la signora Olivia può sentirsi male.

«Invece le mele sì. Alla signora le piacciono le Fuji.»

E Pina sempre guardando Olivia: «Signora Olivia, quelle non ce l'ho. Però le Golden stamattina sono eccezionali!».

Olivia se ne sta lì. Se la guardi sembra stia mangiando qualcosa, come una mucca, rumina. Ma non mangia. Con la lingua giocherella col ponte che le si è staccato. Un ponte è un pezzo di plastica che tiene tre denti sull'arcata superiore. Dovrebbe tornare dal dentista, solo che il figlio se ne frega. Io, caro Ilie, ho la sensazione che Pierpaolo vede la mamma come una vecchia auto da riparare e gli sembra inutile spenderci soldi. Tanto non serve più. Sarà così? È una cosa che mi fa tristezza, sai? Vecchia o nuova che sia, per me un'auto è sempre un'auto finché cammina, e va riparata tanto quanto una macchina nuova. Ma qui in pochi la pensano così. Almeno, per quello che posso, le faccio da mangiare le cose che le piacciono. Ma masticare bene non può. Lo fa da una sola parte.

Quando ce ne andiamo, Pina e il marito salutano sempre così: «Arrivederci signora Olivia!». A me neanche mi guardano. Vedi Ilie? Questa cosa ci deve far riflettere.

Io però sto ancora aspettando che tu mi scriva. Nonna non te l'ha detto? Quando ho chiamato padre Boris e tu sei venuto al telefono mi hai detto tre parole: ciao, sì, no. Non parli e non scrivi. Voglio sapere della scuola. La nonna e padre Boris mi hanno detto che non ci vai. Perché fa freddo. Ti ho mandato due paia di scarponcini figlio mio, che tengono caldo. E hai il piumino. I guanti e il cappello. Io dico che tu non vuoi andare a studiare. Se continui così ti bocciano. E se ti bocciano ripeti l'anno. E se ripeti l'anno noi non ci vedremo. Lo sai? Io voglio che lasci stare Andrea, che vai scuola, torni a casa e ti metti a studiare. Non so più niente di te. Non mi dici più niente. Hai paura di parlare con tua madre? Hai paura di dirmi le cose vere? Perché? Io penso solo a te. Ogni giorno che passa dico: un giorno in meno prima di riabbracciarti. Questo lo devi tenere sempre a mente. Per ora è così, ma le cose cambieranno, vedrai che cambieranno. Fidati di tua madre.

Da: mirta.mitea@gmail.com
A: ilie-mitea@list.ru

Caro Ilie, ora mamma ti racconta un fatto.

Ogni tanto la signora Olivia diventa tremenda. Oggi a pranzo le ho fatto gli spaghettini nel brodo vegetale. Lei se ne stava lì a guardare la tovaglia, a lisciarla con le mani come se ci vedesse chissà quali pieghe. Ma ci sono abituata. Lo sai cosa? Mi piacerebbe sapere in quei momenti a cosa pensa. Io le ho portato gli spaghetti in brodo, lei ha cominciato a mangiare. Come al solito mi ha chiesto se oggi sarebbe arrivato Pierpaolo. Le ho detto: «No, viene sabato. Oggi è mercoledì». Mentre mangiava sono andata al lavello a lavare i piatti. Anche se la finestra s'era appannata per il vapore, fuori vedevo il sole. Batteva forte sulla strada sotto casa, e mi sarebbe piaciuto andare in giro per questa città a guardare i negozi. E le vecchie costruzioni. Ci sono muri e colonne e templi che hanno più di duemila anni, sai? E le vedi come le vedevano gli antichi romani, le puoi toccare come le toccavano loro tantissimi anni fa. Mentre guardavo il cielo e lavavo i piatti pensavo. Indovina a chi? Mi dicevo, dove sarà Ilie? Sarà andato oggi a scuola? Avrà preso un bel voto? Che sta facendo? E vuoi farti una risata? Ho visto il tuo viso dentro la pentola! I capelli neri di tuo padre, gli occhi di nonna, il buco di quando ti era caduto il dente. E mentre ti pensavo Olivia con una voce di catarro e cattiva come carta vetrata mi dice: «Quant'è che stai qui Mirta?».

Mi sono girata. Mi guardava con gli occhi malvagi, sembravano di fuoco. «Due anni, signora.»

«E dopo due anni ancora non lo sai che a me gli spaghetti in brodo mi fanno schifo? E che ci voglio il parmigiano?»

«Ora ce lo metto!»

«Mangiateli tu.»

«Dopo infatti li mangio anche io, signora.»

«Chissà cosa ti pago a fare.»

Le ho messo il parmigiano nel brodo vegetale direttamente dalla bustina. «Basta così?»

«Ancora! Cos'è, lo paghi tu che hai il braccino corto?»

Allora ce l'ho buttato tutto.

Olivia mi ha guardato, ha preso il cucchiaio e mi ha detto: «Lo sai perché gli spaghetti in brodo non mi piacciono? Perché scivolano via dal cucchiaio. E non li puoi mica prendere con la forchetta! Li devi fare più piccoli, Mirta, porca miseria!». E con un risucchio, molto più forte di quelli che fa nonna, ha buttato giù una cucchiaiata. Poi ha tirato fuori la lingua. «Bleah!» ha urlato. «Il brodo! È vegetale!»

Mica lo vuole capire che la carne la può mangiare una sola volta a settimana.

«Sennò che mi succede, Mirta? Muoio?», e s'è rimessa a mangiare. Io mi sono vergognata, Ilie, perché in quel preciso momento ho pensato: Magari! Ed è un pensiero che non bisogna avere mai. Mai, perché Olivia non è cattiva, ogni tanto le gira male e fa i capricci. Dice cose che non pensa. Però devo trattenermi. Perché io a Olivia, alla signora delle mele e pure a Pierpaolo li manderei tutti a quel paese.

Ma ci sei tu, Ilie. Allora mi trattengo e stringo i denti. Poi tanto se ne va davanti alla televisione e si sta zitta per il resto del pomeriggio.

Come vanno le cose a casa? Nonna sta meglio? E la stufa fa ancora fumo? Appena metto insieme i soldi ne mando una nuova.

Tua madre

Da: mirta.mitea@gmail.com
A: ilie-mitea@list.ru

Caro Ilie, oggi ho guardato fuori dalla finestra. Il vento era forte e la gente in strada camminava veloce senza badare alla direzione. Ogni volta che guardo le persone camminare controvento mi torna alla mente la Rapsodia ungherese di Popper. Te la ricordi? L'abbiamo sentita un sacco di volte. Con il violino veloce come un lampo, allegro e quasi dispettoso, mentre l'orchestra cerca di stargli dietro con gli archi tenebrosi che sembrano ricordare che l'inverno non è passato e che da un momento all'altro, se il violino se ne andasse, potrebbero tornare pioggia e neve. Ma a Roma la neve non l'ho mai vista. Invece mi sa che voi al villaggio ne siete pieni, vero?

Da: mirta.mitea@gmail.com
A: boris_noica@list.ru

Padre, nel pacco che sto mandando ho messo la medicina per mamma, quella che non trovate mai ed è già finita. Allora ne ho prese due scatole. Ho messo un flacone di vitamina C. Al mercato per mamma ho preso i guanti di lana e i maglioncini a collo alto, e una sciarpa che magari l'aiuta con quella tosse. Per lei ci sono anche gli scarponi, ho preso il 38, spero di aver indovinato. Non mi ricordo se mamma ha quello o il 37, semmai ci mette i calzettoni di lana. Hanno il pellicciotto dentro e la terranno al caldo. Gli occhiali da sole sono per Ilie. Come pure i due giochi per la playstation. C'è una borsa, padre, blu con la zip. Dentro la tasca laterale ho messo trecento euro per il mese. Invece nella busta di plastica troverà il parmigiano, la mortadella e il prosciutto sottovuoto, quattro tavolette di cioccolato e le Rossana che piacciono a mamma. Per la stufa cerco di farlo all'inizio del mese prossimo. Sto mettendo da parte i soldi. Qui dovrebbero darmi qualche arretrato e allora la comprerò.

Come al solito porto il pacco a Pavel. Fra due giorni sarà a Logofteni. Non dovete un soldo, il trasporto l'ho già pagato. Ma tanto Pavel è un uomo onesto e mai vi chiederebbe un euro. Ah, dimenticavo, per lei padre ci sono due bottiglie di vino rosso toscano. Le piaceranno tantissimo. Ora torno dalla signora Olivia, che è convinta siano le dieci del mattino e vuole fare la spesa, invece abbiamo appena cenato. Secondo me sta peggiorando. Ormai non passa giorno che non chiede di Pierpaolo. Oggi è giovedì, e sabato è ancora lontano.

Grazie padre per tutto quello che fa per me e la mia famiglia. Senza di lei sarei perduta.

Un abbraccio,
Mirta

Da: mirta.mitea@gmail.com
A: nina-cassian@yahoo.it

Ciao Nina, amica mia. Ho bisogno di parlarti, di dirti le cose che succedono intorno a me e che non ho la forza di affrontare da sola. È andato tutto di fretta e ho ancora la testa che gira. Giovedì è arrivato Pierpaolo a casa, e non sarebbe dovuto essere lì, con una faccia nera che sembrava di terra. Ha baciato sua madre e poi mi ha detto: «Vieni, sediamoci». E io l'ho seguito in cucina. Sentivo che qualcosa andava storto. Aveva la cravatta slacciata, e gli tremava la mano. Ci siamo seduti al tavolo in cucina, per fortuna perché io sentivo le gambe che tremavano. Lui si è acceso una sigaretta. Neanche me l'ha offerta. Ha posato il pacchetto sul tavolo e ha buttato fuori il fumo. «Mirta – mi ha detto – c'è un problema.» Io avevo una cosa in gola, che neanche riuscivo a inghiottire. «Andrea s'è messo nei guai.» Così m'ha detto. Andrea, ricordi? È suo fratello. Ha scosso la testa: «Dobbiamo vendere la casa. Ci servono soldi». E poi m'ha guardato.

Io sono riuscita ad aprire la bocca: «E la signora Olivia dove va?» gli ho chiesto.

«C'è una casa di riposo, ce l'ha un mio cliente, mi fanno un prezzo buono. La mettiamo lì. Tanto mamma non si rende conto di niente.»

«Ogni tanto sì» gli ho detto io. «Ogni tanto torna in sé.»

Lui ha continuato: «Io l'andrò a trovare, e lei starà pure meglio, perché ci sono gli infermieri e i medici. Più passa il tempo e peggio è. Quindi i medici servono. È una cosa che io e mia moglie prima o poi dovevamo fare. Mi dispiace per te, Mirta, sono due anni che stai con mamma, e adesso finisce. Ma tanto presto sarebbe morta, per te la cosa finiva lo stesso».

«Io Olivia l'avrei accompagnata fino alla fine» gli ho risposto.

Lui ha allargato le braccia: «Cosa ti devo dire? È così. Ora magari cercati un altro posto, tanto qualche giorno ce l'hai. Mi dispiace Mirta, ormai sei una di famiglia. Se posso fare qualcosa...».

Io ci ho pensato. Se posso fare qualcosa? Mi veniva da urlare: E certo che puoi fare qualcosa! Non la mandare alla casa per vecchi. Fammi stare ancora con lei. Oppure trovami un altro lavoro! Ma sono stata zitta.

Poi lui s'è messo la mano in tasca e ha tirato fuori un bigliettino. Me l'ha dato. Mi ha detto: «Questa è una cooperativa. Fanno le pulizie negli uffici e nei condomini. Magari può aiutare». Mi ha abbracciato, ha dato un bacio a sua madre ed è corso via.

Ecco Nina, è successo questo. E adesso io non so dove sbattere la testa. Puoi sentire a Milano se c'è bisogno di me? Qui a Roma devo trovare una casa dove vivere. Che costi poco. Ti prego, dammi una mano. Mi sento le pareti che mi crollano addosso.

Tua, Mirta

Da: nina-cassian@yahoo.it
A: mirta.mitea@gmail.com

Cara Mirta, amica del mio cuore, mi dispiace. Mi dispiace tanto. Io ho chiesto però per adesso qui a Milano niente. Ma se dovessi sapere qualcosa ti scrivo subito. Tu sei andata al centro? Magari qualcosa ti trovano...

Da: mirta.mitea@gmail.com
A: nina-cassian@yahoo.it

Cara Nina, amica mia, ci sono andata. Per ora niente. Si sono presi il numero come sempre e se c'è qualche novità mi fanno sapere. Io fra tre giorni lascio la casa. Dove vado?

Da: nina-cassian@yahoo.it
A: mirta.mitea@gmail.com

Mirta, amica del mio cuore, buone notizie!!!

Ti ho trovato una casa. Meglio, te l'ha trovata Gheorghe. Io ringrazio Gesù ogni giorno di aver incontrato quest'uomo. È una benedizione. Se verrò a Roma o tu a Milano te lo presento. Lo sai? Mi ha anche chiesto se... vabbè, lasciamo perdere e torniamo alla bella notizia, la casa! È un po' fuori mano, vicino al Raccordo anulare. È grande, la dividono in cinque. Ieri però se n'è andata una donna bulgara. C'è anche Inna che ci abita. Ricordi Inna? Ci siamo conosciute il primo anno che stavamo in Italia. È amica di Gheorghe e... oddio, devo essere gelosa? Ah ah ah! Dovrai dividere la stanza con un'altra donna, ma è una a posto. Costa solo centocinquanta euro al mese. Per ora ti puoi sistemare lì, no? Questo è il numero: 338 22 435 239, chiama a nome di Gheorghe. Fallo subito però perché in giro c'è gente che cerca. Io se so qualcosa da Milano ti chiamo.

Da: mirta.mitea@gmail.com
A: boris_noica@list.ru

Caro padre Boris, spero abbia ricevuto il pacco. Non ho buone notizie. Dovrebbe riferire a mia madre una cosa triste. Purtroppo la signora Olivia finisce in un ospizio. Vado a vivere in un'altra casa e per ora vado a pulire i condomini. Ho più spese, quindi posso mandare meno soldi al mese. E la stufa dovrà aspettare. Dica a mamma di fare attenzione e di non caricarla troppo. Intanto si potrebbe mettere un po' di mastice sul tubo, no? Ora devo pensare a mangiare e a dormire. Mi viene da piangere. Vorrei tornare, padre Boris. Ma non posso.

P.s. Lei crede possibile che mia madre un giorno impari a usare la chat?

Da: boris_noica@list.ru
A: mirta.mitea@gmail.com

Figlia mia, come fai a chiedere a tua madre di imparare la chat se a malapena scrive il suo nome con la penna? È qui accanto a me. Dice tua madre: Non ti preoccupare figlia mia. Vedrai che le cose si raddrizzano. La tosse va un po' meglio e Ilie sta andando a scuola ogni giorno. La tua famiglia è forte, lo sai. E quelli che riesci a mandarci saranno soldi benedetti dal cielo. Altrimenti non mandare niente, per ora ce la caviamo bene. Non serve la legna, e anche le bollette della luce sono pagate. Per la stufa farò come dici, faccio mettere un po' di mastice al tubo e tirerà ancora avanti per quest'inverno. Pensa a te. Non tornare. Qui non c'è niente. Ilie sta bene, non ti preoccupare. Ricordati sempre le parole che ti ha detto tuo padre tanti anni fa quando sei partita: lo fai per dare un domani a Ilie. Tu vivi oggi, Ilie è il domani. Io sono solo passato, e non vale la pena neanche fermarsi a pensarci. È un passato che non è servito, che dobbiamo solo dimenticare. Devi solo pensare al domani. Questo dice tua madre.

Che il Signore Iddio ti illumini la strada, Mirta.

P.s. Il pacco è arrivato. Il vino è un nettare. L'ho bevuto con il vecchio Inidel alla tua salute!

Non voglio metterti in allarme, ma tua madre ogni tanto si scorda le cose. È normale, ha passato i settant'anni. Una volta sono le luci accese, un'altra la porta di casa aperta. Ieri è uscita senza cappello e faceva un freddo cattivo. Per fortuna Ilie le va dietro e ridendo le ricorda tutto. Quindi stai tranquilla, tua madre controlla Ilie e noi controlliamo tua madre!

Tutta la roba era entrata in due valigie. Mirta guardava la stanzetta che per due anni l'aveva ospitata. Aveva tolto le foto di Ilie e dei genitori, i pochi libri e la foto di lei al pianoforte a sedici anni, l'unico concerto che avesse mai dato. Due sonatine di Mozart, tanto tempo fa nella sala del liceo. Molto prima che la sua vita facesse un testacoda trascinandola fino a Roma. Salutò la carta da parati, l'armadio con l'anta specchiata. Salutò la finestra alla quale s'era affacciata centinaia di volte soprattutto d'estate, di notte, quando un refolo d'aria riusciva a portare un odore di fiori ed erba bagnata. Salutò il letto singolo che aveva ospitato tutti i suoi sogni. E pure il tappetino che due anni prima le aveva tirato un brutto scherzo nascondendo il biglietto d'aereo per tornare a casa a festeggiare i suoi trentadue anni. «Dobbiamo vendere la casa» le aveva detto Pierpaolo. E chissà se i nuovi proprietari si sarebbero portati una badante anche loro. Avrebbe dormito lì anche lei? Anche lei in quella stanza a contare i giorni e i soldi che la separavano da un figlio?

Mirta poggiò le valigie nell'ingresso. Era davanti alla signora Olivia che sorrideva e si sorreggeva al bastone.

«Arrivederci signora Olivia. Sono stata bene con te.»

«Dove vai Mirta?»

«Vado in un'altra casa. Però ti verrò a trovare.»

«Quando viene Pierpaolo?»

«Tuo figlio è giù che mi aspetta con la macchina. Fra poco torna.»

Olivia sorrise. Dal salone spuntò Fabiana, la nuora, elegante e con i capelli appena piegati dal parrucchiere. «Mi dispiace tanto, Mirta. Ci mancherai!» Si abbracciarono. Ma sul viso di Fabiana non c'era nessuna emozione. Invece Mirta faticava a trattenere le lacrime. «Grazie signora. Andrò a trovare Olivia. Se mi fanno entrare...»

«Ma certo. Certo che ti fanno entrare, e perché non dovrebbero? Mio marito è giù che ti aspetta. Ora vai. Salutami tanto tua figlia.»

Non ebbe il coraggio di ricordarle che lei una figlia non l'aveva. Aveva Ilie, un maschio di dodici anni. Dopo due anni di servizio era già tanto che Fabiana ricordasse il suo nome.

«Ci vediamo presto Olivia!»

«Dove vai Mirta?»

Mirta la abbracciò. Poi veloce prese le valigie e uscì di casa. Quando chiuse la porta fece scappare tutte le lacrime che tratteneva.

Rimboccarsi le maniche

Un colpo di clacson strappò Mirta dalla vertigine del sonno. Si guardò intorno, ancora stordita. La sveglia cinese stava lì, stupida e atona sul comodino. Non aveva suonato. Si scaraventò fuori del letto e si stropicciò gli occhi. I vestiti per fortuna li aveva preparati la sera prima e stavano appoggiati sulla sedia vicino alla porta. Ma per raggiungerli doveva scavalcare Dolores che era rientrata tardi dal turno di notte e aveva preso sonno solo tre ore prima. Mirta, che dormiva appiccicata al muro, provò a passare prima con la gamba destra poi lentamente con la sinistra ma batté col ginocchio sul comodino di vimini della peruviana.

«Puta madre!» disse fra i denti Dolores e si rannicchiò dall'altra parte.

«Scusami...»

Mirta si infilò jeans, maglietta e maglione e uscì dalla stanzetta gelata lasciando l'amica a riprendere il filo dei suoi sogni. Il riscaldamento al minimo non aiutava e la casa era attraversata da spifferi glaciali ad altezza stinchi che tagliavano la pelle. Si infilò gli stivaletti che aveva lasciato fuori dalla porta e proseguì verso il bagno. Il corridoio era un budello buio e umido. Le porte delle altre due stanze ancora chiuse, segno che in casa dormivano tutti.

Entrò nel bagno. Cinque metri quadrati con una sola finestrella in alto, una specie di feritoia, dalla quale si scorgeva il cielo nero e pesante. Mirta accese la luce dello specchio, si mise rapidamente un po' di rimmel. La lampadina da venticinque watt era insufficiente per giudicare. Passò quasi a casaccio il correttore per coprire le occhiaie. Cercò il suo spazzolino fra i cinque che spuntavano dal bicchiere sulla mensola. Se l'era comprato giallo per distinguerlo facilmente. Ci spalmò su un tocco di dentifricio e guardò nello specchio la bocca gorgogliare sapone e acqua. Avrebbe avuto bisogno di farsi una doccia, ma non poteva. I minuti passavano inesorabili.

Inna era in piedi, seduta al tavolo della cucina, e faceva colazione fumando la prima sigaretta della giornata. A Mirta il puzzo della sigaretta dava la nausea, soprattutto appena sveglia.

«Inna, puoi non fumare in cucina?»

«Mmm. Sì, scusa... Senti Mirta, ti ho preso un po' di succo. Il mio l'ho finito.»

«Non fa niente» le rispose. Guardò l'orologio. Non c'era tempo per il caffè.

Tracannò un bicchiere di latte freddo, afferrò una crostatina e uscì salutando la russa che le rispose con un'alzata di testa avvolta in una nuvola di fumo.

«Torni stasera?» le chiese.

«Spero di sì», e sorridendo per la risposta scema chiuse la porta di casa.

L'ascensore era rotto. Era sempre rotto. Dal quarto piano si lanciò giù per le scale.

Arrivata al piano terra si diede una guardata nello specchio lurido dell'androne del palazzo. Poteva andare peggio. Si chiuse gli ultimi bottoni del giaccone nero, si aggiustò i capelli biondi con un paio di manate, e quelli obbedendo presero la piega giusta. La luce impietosa del neon evidenziò che il trucco era un po' esagerato, ma con venticinque watt e diciassette secondi a disposizione sarebbe stato difficile fare di meglio

Le 6.43. Non aveva tempo da perdere.

Appena fuori dal portone la investì una ventata di aria polare. Il vento piegava gli alberelli sulla strada e nel pratone davanti casa. Sentì freddo e le venne da sorridere. Da quando era a Roma sembrava avesse cambiato pelle. A casa sua a Logofteni quella poteva essere una giornata quasi primaverile.

Si incamminò verso la fermata del 24. Il traffico sulla Casilina era già impazzito. Le auto una colonna metallica e scura che ruggiva sotto le nuvole nere. Non c'era una corsia preferenziale per i mezzi, e almeno fino all'altezza del Raccordo anulare se la sarebbe fatta a passo d'uomo. Poi lì la consolare si allargava e finalmente l'autobus avrebbe avuto la sua corsia dove correre un po' di più.

Il 24 stava arrivando. Era il primo colpo di fortuna, e la cosa riconciliò Mirta con la giornata da affrontare.

Salì e dovette sgomitare per arrivare a guadagnare un quarto di metro quadrato e resistere in equilibrio precario afferrandosi ai sostegni metallici. Un uomo, un magrebino, alzò il braccio per afferrare anche lui il corrimano e una zaffata di ascella sudata strisciò fuori dal giubbotto e la colpì micidiale come un pugno. Infilò le mani nella borsetta. Prese il campioncino di Chanel che aveva trovato su «Donna Moderna». L'idea era di mettersi due punti di profumo sotto le narici e tirare avanti fino alla fine della corsa. Ma era evaporato. Le toccava sottostare alle esalazioni dei suoi compagni di viaggio. Ora l'ascella del magrebino si era mischiata all'aglio di un orientale alle sue spalle e all'alito etilico di un paio di suoi connazionali. Li intravedeva a metà autobus, rossi in viso e con gli occhi tumidi e spenti. In due non arrivavano a sedici denti.

Il mezzo continuava la marcia, perché chiamarla corsa non si poteva. Prima-seconda-stop. Prima-seconda-stop. A ogni stacco di freni o accelerata urtava contro corpi sconosciuti. Un ciccione cinese, il sospettato numero uno per l'olezzo di aglio fritto che gli trasudava dai pori della pelle, sembrava provarci gusto a quegli sbatti e struscia improvvisi. La guardava e le sorrideva con due incisivi d'argento e una chiostra di denti giallo paglia infilati casualmente in bocca. Mirta teneva lo sguardo basso. Meglio soffrire e aspettare. Aspettare e soffrire. Che lei con l'altro sesso non aveva mai avuto belle esperienze. A Chişinău aveva avuto un fidanzato, Vladimir, che divideva la giornata in tre momenti fondamentali. Nel primo mischiava cemento e beveva birra, nel secondo tornava a casa e beveva birra, nel terzo, a sera fatta, si buttava sul letto con tutti i vestiti e una lattina di birra. Questo durante la settimana. Poi per fortuna arrivava la domenica. E allora Vladimir dedicava le sue attenzioni al vino e finalmente a lei, scopandosela quando il tasso alcolemico stava sotto il grammo per litro, massacrandola di botte non appena lo superava. Poi Vladimir aveva perso il lavoro e aveva cominciato a dedicarsi a lei tutti i giorni, sobrio o ubriaco che fosse. Quando Mirta non aveva più un lembo di pelle libero da ecchimosi violacee, il fidanzato se ne era andato con una vecchia che aveva un bar casinò in centro. Lì, in cambio di una scopata con la cartapecora, aveva birra e grappa gratis ogni giorno e ragazze che un pompino all'uomo della boss non lo negavano mai. Mirta aveva impiegato più di sette mesi per tornare ad avere un aspetto umano. Ma aveva vent'anni. E sicuramente ancora molta strada da fare e parecchie cose da imparare sugli uomini. Poi aveva incontrato Adrian ed era rimasta incinta di Ilie. Adrian non aveva mai avuto un lavoro, tantomeno la voglia di andarlo a cercare. Campavano con quel poco che Mirta riusciva a portare a casa. Ma almeno non era violento. Fumava decine di sigarette al giorno e faceva gli occhi dolci a quella del piano di sotto che pesava più di cento chili e cantava a squarciagola canzoni di Toto Cutugno. Finché una mattina, Ilie allora aveva tre anni, Adrian era sparito senza lasciare traccia. Mirta quella fuga l'aveva festeggiata con una bottiglia di vino rosso italiano, però negli anni sentì sempre di più la mancanza di qualcuno che le desse una mano a provvedere a Ilie, alla sua salute, ai soldi. Un uomo vero, serio, che lavorasse e pensasse a farsi una famiglia.

Non le restò che tornare al villaggio, prima, e poi lasciarlo per andare in Italia perché un lavoro pagato decentemente nel suo paese non c'era.

Finalmente dopo quaranta minuti chiusa nell'autobus come una deportata scese per prendere il 67 che l'avrebbe lasciata alla stazione della metro, felice di respirare aria. Inquinata sì, ma almeno era aria. Il cielo era sempre più basso, sembrava volere scendere per mischiarsi alla città. In attesa insieme a lei c'erano venti persone. Mirta sentiva parlare una decina di lingue diverse, dallo spagnolo al russo, dialetti cantonesi, polacco e roba africana.

Neanche un italiano. Il bus spuntò dalla curva arrancando come un asmatico verso la fermata. Sembrava una corriera sulla cordigliera delle Ande in un documentario che Mirta aveva visto qualche giorno prima. I venti passeggeri in attesa cominciarono a studiarsi. Nessuno poteva permettersi il lusso di perderlo. Il prossimo chissà quando e se sarebbe passato. Si prepararono come dei corridori in attesa del testimone nella quattro per cento. Il 67 si fermò aprendo le porte. Scesero solo un paio di nordafricani. Dentro c'era un muro multicolore di carne umana, una parete di mani, gambe, jeans, gonne a fiori, cappotti, giacconi e colli di pelliccia finti. Non c'era spazio nemmeno per infilare una mano, ma i venti lo presero comunque d'assalto. Mirta si lanciò nella porta centrale. Qualcuno ne approfittò per una palpatina.

«Giù le mani, stronzo!» Dietro di lei la calca continuava a spingere, era impossibile individuare il colpevole, Mirta strinse la borsa al petto per evitare che qualcuno ci infilasse le mani dentro. Aveva i documenti col permesso di soggiorno che le era costato tre giorni di fila alla questura, le chiavi di casa, trenta euro e il telefonino.

«Aspettate il prossimo! Qui non si entra!» urlò una voce africana da dentro l'autobus. Ma era inutile. Chi era a terra spingeva quelli sulle scalette come vestiti che non volevano entrare in un armadio. I corpi pressati si ammassavano in spazi impossibili. Gomiti, colli, braccia, ascelle, gambe, piedi, aliti, capelli, tutto si mischiò e uomini e donne divennero una massa compatta, multirazziale e multiforme. Le porte dell'autobus, contro ogni aspettativa, si chiusero con uno sbuffo e il mezzo gonfio di umanità riprese la sua corsa verso il centro. Mirta aveva una mano nera e inanellata davanti al naso, il viso di un bambino peruviano attaccato al pube, una gamba russa in mezzo alle sue e delle treccine afro sul collo. Non aveva bisogno di reggersi agli appositi sostegni. Cadere era impossibile.

«Mi fate passare che devo scendere?» berciò una donna sui settant'anni alzandosi dal sedile. Mirta scivolò via per farla passare. Sentì il corpo di un uomo dietro di lei e per un attimo, solo per un attimo, ebbe il sospetto che quello fosse preda di un'erezione esagerata. Ma non volle indagare oltre. La donna anziana le passò accanto guardandola con gli occhi carichi di odio. «Stranieri... quando non c'eravate gli autobus erano sempre in orario...» disse fra i denti. «Permesso!» urlò. «Levateve, fateme passa'!»

La donna si perse nella selva dei corpi grazie a un preciso gioco di pieni e vuoti e lentamente guadagnò la porta. Mirta guardò il posto lasciato libero ma un ragazzo cinese veloce e senza troppi scrupoli si gettò a corpo morto sul sedile. Soddisfatto si guardò intorno. Un suo amico ridendo gli disse qualcosa che nessuno capì.

L'autobus finalmente frenò davanti alla fermata della metro e vomitò fuori un ammasso sudato e putrefatto di esseri umani. Mirta tornò a respirare aria, felice che il vento non si fosse placato e la schiaffeggiasse senza ritegno colorandole le guance di rosso. Prese un bel respiro e guardò l'ora. Le 7.33. Aveva dodici minuti per arrivare a Monti Tiburtini.

Wendy e Natasha erano già lì. Fumavano appoggiate al cofano. Altre due donne nel furgoncino sembravano dormire. Pippo Bertuccelli faceva su e giù come un lupo. Appena vide Mirta tirò fuori gli occhi cattivi e si indicò il polso, anche se l'orologio lì non lo portava da anni. L'ora la guardava sul cellulare.

«Altri due minuti e ce ne andavamo. Mica possiamo aspettare te, Mirta!», e montò sul furgone. Sandra e Nida si svegliarono. Mancava Laureen.

«E Laureen?»

«Laureen ha rotto il cazzo!»

Partirono. Due condomini da finire in mattinata. Altri tre nel pomeriggio. Pausa pranzo di mezz'ora.

Mi sono dimenticata il pranzo in frigo, si disse Mirta mentre guardava fuori dal finestrino il traffico fermo al semaforo. L'uomo nell'auto bianca si cercava roba nel naso. La donna sulla Panda aveva tirato giù il parasole e si truccava guardandosi nello specchietto di cortesia. Due operai su un camioncino facevano la faccia da fessi e le sorridevano. Poi scattò il verde e non rimase niente.

Sette piani. Nida i primi tre, Mirta gli ultimi quattro. Poi insieme l'androne, la cassetta della posta e il vetro del portone.

Mocio sui primi tre gradini. Strizzare. Poi sugli altri tre. Strizzare. La puzza dell'ammoniaca già s'era presa le narici. Le venne da lacrimare.

Si aprì una porta sul pianerottolo. Due bambini con lo zainetto sulle spalle seguiti dal padre. «Piano, piano!» Il più grande si alzò sulle punte dei piedi e premette il tasto dell'ascensore. «Primo!» urlò. Il più piccolino si appoggiò al muro con le braccia conserte. «No! Primo ero io!» Era arrabbiato davvero. L'uomo si mise ad aspettare insieme ai figli agitando la gamba destra e chiudendo e riaprendo le dita sul manico della sua ventiquattrore. La porta di casa si riaprì. Ne uscì una donna in camicia e pantaloni. Aveva un quaderno in mano. «Alfredo! Il quaderno di aritmetica!», e lo portò al più grande. Il padre lo strappò dalle mani della donna, nervoso aprì lo zainetto sulle spalle del figlio e cercò di infilarlo pressando con tutte le forze. A ogni colpo del padre le spalle del bambino tremavano. Finalmente il quaderno trovò il suo spazio. Quando l'ascensore si aprì i tre maschi entrarono, la donna tornò in casa. Le porte dell'ascensore si chiusero insieme a quella dell'appartamento. L'ultima cosa che Mirta vide prima che i battenti metallici si serrassero furono gli occhi smarriti dei due bambini. Le parve che il più piccolo avesse alzato una mano per salutarla. Ma forse fu una sua impressione.

S'erano chiuse nel furgoncino a mangiare la focaccia del fornaio. Nida ci aveva fatto mettere lo stracchino, Wendy la soppressata. Mirta la mortadella. La faceva impazzire, la mortadella. Mangiavano in silenzio, per riprendere le forze, guardando fuori dai finestrini. Wendy pensava a Javier, suo marito, che a forza di lavorare dal meccanico non riusciva più ad avere le mani pulite. Sotto le unghie o sopra i polpastrelli, fra colla e olio e polvere, restavano sempre macchie indelebili. Mentre passava lo straccio, neanche mezz'ora prima, stava fantasticando di lavargliele con uno di quei prodotti che usavano per le scale. Le venne da sorridere immaginando quanto avrebbe protestato Javier. Nida invece si toccava la collanina d'argento.

Gliel'aveva regalata suo marito, due settimane prima, quando lei gli aveva annunciato che le mestruazioni erano sparite. Aveva tremato per ore prima di dirglielo, non sapendo come avrebbe reagito. Invece quello s'era messo a fare i salti di gioia. Avevano ventitré anni e rispetto ai cugini rimasti a Islamabad, che a quell'età avevano già sfornato almeno un paio di marmocchi, erano in un ritardo pazzesco. «È quel paese Nida» l'ammoniva la madre al telefono da migliaia di chilometri di distanza. «È quel paese che non vi fa fare i figli.»

«È bella quella collana» le disse Wendy. «Un regalo?»

Nida annuì arrossendo. «Mio marito.»

«Posso?» Wendy si avvicinò per guardarla con occhio di chi se ne intende. «Sì, è proprio bella. Oro bianco?»

«No. Mi sa di no. Argento, forse.»

Wendy fece una smorfia. «Se penso all'ultimo regalo di Javier... A Natale mi ha dato una farfalla fermacapelli. No, vi rendete conto?», e si accarezzò la testa con il taglio corto. «Quello ormai neanche mi guarda più. Ma io gliel'ho detto: Javier, sai che ci metto? Torno a Ibagué e come te e anche più giovani ne trovo mille.»

Nida sorrise.

Mirta continuava a masticare la focaccia e a guardare fuori dal finestrino. Sandra e Natasha, le due ucraine, se ne stavano sedute sulla soglia del portone del condominio. Fumavano e parlavano fitto.

Un'amica, ecco la mancanza più dolorosa, dopo quella del figlio, che spesso la notte la faceva lacrimare. Qualcuna con cui guardarsi negli occhi, magari ricordare i posti familiari, le sciocchezze fatte assieme, gli uomini che osservavano sussurrandosi parole ridicole nelle orecchie.

«Oh, mi senti?»

Mirta si girò di scatto verso Wendy. «Scusa?»

«Un marito ce l'hai?»

Mirta fece no con la testa.

«Ma hai un figlio, no?»

«Ilie.»

«E che l'hai fatto da sola?»

«No. Si chiamava Adrian.»

«È morto?»

«Per me sì.»

Wendy la guardò senza capire. «È vivo o è morto?»

«Non lo so. Dopo che è nato Ilie se n'è andato e non l'ho più visto. Qualcuno mi ha detto che è a Mosca. Qualcuno in Germania. Non lo so. Fatto sta che non c'è.»

«E ti manca?»

«No.»

«Come fai a stare senza uomo?»

Mirta alzò le spalle. «Come fai a stare senza figlio, dovresti chiedermi. E io non saprei risponderti.»

«Siete tutti così tristi in Romania?»

«Non sono romena. Sono moldava.»

«Siete tutti così tristi in Moldavia?»

«E siete tutti così impiccioni in Perù?»

«Colombia. Io vengo dalla Colombia!»

Tornarono a guardare fuori, ognuna persa nei propri pensieri, fino a quando Pippo Bertuccelli bussò sui finestrini del furgoncino gridando: «Andare! Si riprende, signore belle!».

Ceneri

Crollò sul letto alle sette di sera. Fuori era buio da un pezzo. Dolores era già uscita per il turno di notte. Centocinquanta euro per un letto da dividere con una sconosciuta, alternandosi al sonno e alla veglia.

Potrebbero farci pagare la metà, pensava sorridendo, dal momento che io e Dolores insieme in stanza non ci stiamo mai. Neanche la domenica. Che la sudamericana andava a trovare gli amici a Colle Oppio, a mangiare la carne alla brace nel parco archeologico e a guardare gli uomini giocare a calcio in sfide interminabili. Mirta aveva la schiena a pezzi e i piedi gonfi come pagnotte. Si osservò le mani. Erano rosse e spellate intorno alle unghie. Se le rigirava davanti agli occhi guardando ora i palmi ora il dorso. Stavano invecchiando peggio del viso. A niente servivano i guanti. I detersivi penetravano la gomma, si infilavano ovunque e quella puzza di ammoniaca che le chiudeva lo stomaco non si toglieva mai. Doveva alzarsi a prepararsi la cena. Un uovo, un po' di insalata. Ma il solo pensiero di mollare il materasso e il cuscino la stancava. Allungò la mano e prese il cellulare. Lo accese. Chissà se Ilie le aveva finalmente scritto un messaggio. Anche solo un ciao. Era così anche lei a dodici anni? Ignorava così i suoi genitori? Non se lo ricordava, comunque no. Aiutava a casa, andava a scuola, suonava il vecchio pianoforte dei Petrescu, abbracciava suo padre e sua madre, e la mattina di domenica trovava sempre la marmellata.

Loro vivevano con te, cretina!, si disse. Tu stai a migliaia di chilometri da Ilie e perdi le cose più importanti. I suoi anni migliori, e i tuoi.

Dal Nokia suonò un campanellino. C'era una mail.

Da: boris_noica@list.ru
A: mirta.mitea@gmail.com

Mirta, figliola, sono distrutto! È successa una cosa brutta. Molto brutta. Ti prego, chiama subito in chiesa. Per favore fallo subito!

Il messaggio precipitò nello stomaco come una ghigliottina. Il sangue si depositò in basso e andò a riempire i piedi gonfi. Non riusciva a tenere gli occhi asciutti, mentre un pugno di ferro le si era messo al centro della gola e non faceva passare aria. «No... no...» diceva mentre cercava in rubrica il numero del prete.

«Ilie...» disse a bassa voce.

Seduta sul letto inviò la chiamata. «Ti prego, no! Ti prego...» mormorava.

Il primo segnale fu come un tamburo cupo nelle orecchie. Si portò la mano davanti alla bocca. Secondo segnale. Il puzzo di ammoniaca penetrò le narici. Le venne da rimettere. Terzo segnale. Perché non rispondevano?

«Pronto?» Era la voce di padre Boris che usciva dalle caverne.

«Padre? Che è successo? Dov'è Ilie?»

«Calmati Mirta. Ilie sta bene.»

Mirta finalmente respirò. Il cuore continuava a galoppare ma almeno l'aria era entrata nei polmoni strizzati. Le lacrime uscivano da sole, fermarle non si poteva. «Che cosa è successo?»

Ci fu una pausa brevissima. Padre Boris stava forse pensando alle parole da usare. «Un incidente... un brutto incidente. Tua madre...»

«Cosa!»

«... Purtroppo... è morta...»

«Come morta? Che dice padre?»

«La stufa. Quella vecchia stufa rotta, maledetta!... Si è addormentata col fuoco acceso... te l'ho detto che cominciava a non starci con la testa.»

«No...» Mirta si piegò in due. «No, no, no... la stufa... È colpa mia, è tutta colpa mia!» diceva con un filo di voce.

«Mirta, per favore...»

«Dov'è Ilie? Mi faccia parlare con Ilie!»

«Ilie ora è a casa dei Monteanu... ha passato lì la notte, per fortuna, altrimenti ora... Ma Ilie sta bene Mirta, sta bene. Siamo arrivati troppo tardi, la casa stava già bruciando. Ora ascoltami bene, devi essere forte. Il Padre nostro...»

Mirta appoggiò il cellulare sul ginocchio. Rimase piegata in due a piangere. I singhiozzi le squassavano il petto, la pancia, la testa. Si stese sul letto chiudendosi a riccio. La voce di padre Boris continuava a uscire dal cellulare, ma era un rumore che lei non ascoltava più. Le ginocchia unite, chiusa come un feto, piangeva e guardava la coperta a fiori scolorita dai troppi lavaggi. Sua madre era morta. E lei era a migliaia di chilometri. Il viso di Tatiana emerse dal buio della memoria. «Mamma...», poi morse il cuscino e l'urlo di dolore uscì insieme a un fiotto di saliva.

Inna aprì la porta: «Mirta, che succede?».

Ma lei singhiozzava. Non riusciva a rispondere. «Mirta?»

Lei riprese il cellulare. «Padre? Porti Ilie in chiesa. Voglio parlare con Ilie!»

«Va bene figlia mia. Fra cinque minuti sono di ritorno. Richiamami fra qualche minuto!», e il prete chiuse la telefonata.

Inna era rimasta in piedi sull'uscio. Si stropicciava le mani e guardava Mirta spaventata. Si avvicinò al letto. «Che è successo?» disse sedendosi accanto a lei.

Mirta si gettò fra le braccia della russa bagnandole il maglione con le lacrime. «Mamma...» diceva.

«Ilie come sta?»

«Ilie sta bene... mamma invece... è morta...»

Inna le carezzava i capelli biondi. L'abbracciò più forte che poté. Mirta riprese a piangere.

«La vita fa così» le disse Inna. «Non avverte mai, porca la miseria puttana. Picchia all'improvviso, perché lo sa, lo sa che fa male il doppio!»

Si asciugò le lacrime, recuperò il controllo e compose il numero del prete.

«Mirta, sei tu?»

«Sono io. Ilie?»

«Eccolo...», poi sentì padre Boris parlare con suo figlio. «Ecco tua madre, tieni...»

«Pronto, Ilie?»

«Sì...»

«Stai bene?»

«Sì.»

«Non ti preoccupare, adesso mamma arriva. Domani parto. Vengo a casa, va bene?»

«Sì.»

«Non essere triste, Ilie. Adesso risolviamo tutto. È stata una cosa terribile. Ma tu stai bene, vero?»

«Sì.»

«Non possiamo farci niente. È stato un incidente. Mamma ti vuole bene, lo sai?»

«Mirta?» Era la voce di padre Boris.

«Che...»

«Ilie sta bene. È qui seduto sul letto. Ma sta bene. Stanotte lo faccio dormire da me. Quando arrivi?»

Raggiunse il bar sulla Casilina alle dieci. Lo stomaco vuoto, il ghiaccio nelle vene, tremava e si stringeva nella giacca a vento che pareva non servisse contro quel freddo. Pavel l'aspettava seduto all'unico tavolino del locale. Era con un altro uomo e stavano bevendo una birra. Appena la vide entrare si alzò. «Mirta!», e allargò le braccia. La baciò sulle guance. «Mi dispiace, mi dispiace tanto. Vuoi bere una cosa?»

Mirta fece no con la testa. L'altro uomo si alzò e con delicatezza le lasciò il posto.

«Hai mangiato?»

«Non ho fame. Pavel, io devo tornare.»

«Lo immagino.»

«Ma i soldi per l'aereo non ce li ho. Posso pagarti il passaggio.»

«Non se ne parla nemmeno. Io domani parto con il furgone. Ci mettiamo un po', ma a casa ti ci porto io», e le strinse le mani che lei aveva poggiato sul tavolino. «Te la senti? È lunga!»

«L'ho fatto tanti anni fa, lo rifaccio anche adesso.»

Il barista stava servendo due caffè a un uomo e una donna. Avevano il viso rosso per il freddo e ridevano sommessamente. Sul televisore in alto, sopra la scansia dei liquori, qualcuno stava facendo una gara ai fornelli maneggiando pezzi di carne cruda. Il bar puzzava di segatura, liquore e cibo andato a male. Mirta buttò un occhio distratto ai panini avvolti nel cellophane. Le tornò il vomito.

«Che pensi di fare?» disse Pavel.

Mirta lo guardò. «Con Ilie?»

«Lo porti qui a Roma?»

«Non ho neanche una casa, Pavel. Dove lo porto?»

L'uomo annuì. «A chi lo lasci?»

«Non lo so. Non ho più nessuno.»

«E suo padre? Come si chiama? Adrian?»

Mirta alzò le spalle. «Tanti anni fa ho provato a cercarlo. Magari è anche morto. È inutile.»

«Forse devi restare a casa tua.»

«A Logofteni? E che mangiamo io e Ilie? A proposito. Domani devo andare a comprargli dei vestiti. Non avrà più niente...»

Da: mirta.mitea@gmail.com
A: nina-cassian@yahoo.it

Cara Nina, amica mia. Sono ferma in un autogrill da qualche parte dopo Venezia. Pavel mi sta portando a casa. Un brutto incidente s'è portato via mamma. È bruciata la casa al paese. La stufa. Io mi vergogno. Perché è pure colpa mia. Era vecchia e rotta, e io non sono riuscita a comprarne una nuova. I soldi, sempre loro. Sono cani arrabbiati che quando li hai per le mani ti mordono e li devi lasciare andare subito via. Sono molle che rimbalzano, sono l'incubo, Nina, l'incubo di questa vita. Mi sembra di essere stata investita da un camion. Ho le ossa a pezzi e non riesco a smettere di piangere. Non avrò neanche il corpo, lo sai? È ridotta in cenere. Nemmeno una tomba dove poter piangere mamma. Ora sto tornando. Perché Ilie è solo. E non so come fare. Ti scrivo solo quando le cose vanno male. Se solo potessi, forse tornerei indietro, lo sai? Non partirei più. Rimarrei accanto a mio figlio, a morire di fame con lui. Dove starà Ilie?

Da: nina-cassian@yahoo.it
A: mirta.mitea@gmail.com

Mirta, amica mia del cuore, mi dispiace tanto. Povera mamma, che cosa terribile. Vorrei venire insieme a te, ma non posso. Non mi posso muovere da Milano. Hai provato a chiamare la mamma di Adrian?

Da: mirta.mitea@gmail.com
A: nina-cassian@yahoo.it

Cara Nina, amica mia, sì, ho provato a chiamare la madre dello stronzo, ma non c'è più in quella casa a Chişinău, non si sa dove sia andata e neanche se è ancora viva. La vicina, la ricordi? Quella che secondo noi era nata già vecchia? È morta due anni fa. Ma sapevo che non l'avrei trovata, e comunque, anche se ci fossi riuscita, non avrebbe mosso un dito. La madre dello stronzo ha visto Ilie solo quando è nato e non lo ha mai chiamato, neanche a Natale o al compleanno. Mai. D'altra parte figlio stronzo può nascere solo da madre stronza. E lui adesso chissà dov'è. Se ti devo dire la verità, mi farebbe piacere saperlo morto. Perché è capace di ritornare a Logofteni per chiedermi soldi. È tardi domandarsi perché ci ho fatto un figlio. Però Ilie c'è, e quella è una cosa che non potrà togliermi nessuno!

I tergicristalli del pulmino cercavano di pulire il parabrezza dalle secchiate d'acqua che il cielo scaraventava senza sosta da ore. Mirta guardava silenziosa fuori dal finestrino. Pavel con la cicca in bocca guidava. A ogni buca e a ogni dosso dal retro del furgone si sentivano rumori di ferraglia che sbatteva. Il confine era vicino. Fra poco sarebbero entrati in Slovenia. Ma tanto con tutta quell'acqua non avrebbero notato nessuna differenza.

«Rischio di perdere pure il lavoro» disse Mirta. «Appena al capo gli ho detto che dovevo tornare per qualche giorno a casa, lui ha risposto: Be', io il posto non te lo posso tenere. Se quando torni è libero te lo ridò!»

Una buca piena d'acqua sul lato della carreggiata spruzzò un'onda in mezzo alla campagna.

«Stronzo...» mormorò Pavel.

«Già...»

«Magari non è solo colpa della stufa, Mirta. Tua madre era anziana, no? Mi hai sempre detto che non ci stava più con la testa.»

«Già. Era arrivata all'età in cui sarebbe toccato a me badare a lei...»

Il paesaggio continuava a scorrere. Alberi neri piantati su campi luridi e impantanati.

«... Badare a lei» ripeté a bassa voce, ma Pavel la sentì.

«Hai fame?» le chiese.

«No.» Poi chiuse gli occhi. Appoggiò la testa al finestrino e piano piano si addormentò.

Il pulmino avanzava sobbalzando sulle buche della strada che portava al villaggio. Non era mai stata asfaltata e pioggia ghiaccio e vento avevano sbranato la terra battuta lasciando crateri di fango e acqua.

Gli alberi spogli e secchi puntellavano la campagna nera macchiata di neve. Il cielo scuro ricopriva tutto come un coperchio di alluminio. Due galline scapparono appena sentirono il rumore del motore. Un cane coi peli bagnati tenuto alla catena latrò al loro passaggio. Le case del villaggio, basse e con gli occhi ciechi, si affacciavano sulla strada principale del paese. L'unico negozio, la botteguccia di Caterina, aveva la porta a vetri chiusa. Una decina di anziani fermi davanti alla chiesa di padre Boris sembravano aspettarli da ore. Mirta riconobbe Anna Aderca, la migliore amica di sua madre, i Tulipesti, i Mircea, Viorelo Lovinescu e Caterina con suo marito che portavano un senale sporco allacciato alla vita. Infagottati nei cappotti grigi tenevano tutti la testa bassa e le mani giunte davanti al pube. Muti, stavano fermi come gli alberi spogli lì intorno. Padre Boris, con la barba nera e una giacca a vento stretta sulla sottana lunga ai piedi, uscì da una porta laterale della chiesetta e andò incontro al furgone. Allargò le braccia mentre Mirta scendeva dall'abitacolo. L'aria era gelida, il fiato denso come fumo di sigaretta. Padre Boris l'abbracciò. La barba puzzava di tabacco e la giacca a vento di terra. Mirta strinse Anna, poi i Mircea, poi gli altri. Avevano tutti gli occhi pieni di lacrime. Nessuno aveva il coraggio di dire una parola, nessuno se la sentì di rompere quel silenzio. Lontano un uccello urlò, due cani abbaiarono. Il prete con un gesto del braccio invitò Mirta e Pavel verso la casetta attaccata alla chiesa.

Una sola stanza con due mobili che fungevano da cucina e un camino acceso. Seduta vicino al fuoco c'era la mamma di padre Boris. Vecchia, i capelli bianchi e trattenuti in una crocchia, guardava il pavimento con la bocca aperta e teneva le mani tremolanti in grembo. Seduto sul divano letto c'era Ilie. Mirta si lanciò verso di lui, si inginocchiò e l'abbracciò.

Non le parve vero. Stringeva il corpo di suo figlio. Reale, carne e ossa, non un ricordo, un sogno, un desiderio. Ilie era lì stretto al suo petto. Con gli occhi chiusi, teneva le mani intorno al collo di sua madre e l'abbracciava con tutta la forza. Mirta si staccò, gli afferrò la testa e lo guardò negli occhi, neri e lontani, come se glieli stesse leggendo.

«... Amore mio...»

Ilie abbozzò un sorriso. Mirta lo baciò sulla bocca e lo strinse ancora a sé. «Mi sei mancato, sei mancato tanto a tua madre, lo sai?»

«Mamma...»

Finalmente quella parola aveva preso corpo sulle labbra di suo figlio e stava riempiendo tutte le sue cellule. «Dillo ancora...»

«Cosa?»

«Mamma. Dillo ancora.»

«Di nuovo? Va bene: mamma!», e si mise a ridere.

«Come stai, Ilie?» chiese Pavel facendosi avanti.

«Lui è Pavel. Lo riconosci?»

«L'uomo dei pacchi» fece Ilie.

«Guarda che cos'ho per te!» Pavel si mise una mano in tasca. Tirò fuori un pacchettino avvolto nella carta bianca: «Tieni».

Ilie incerto allungò una mano per prendere quell'oggetto misterioso. Mirta lo incoraggiò con lo sguardo. Lento lo scartò. C'era un Nintendo 2ds, nuovo.

«Dentro c'è un gioco di Supermario. Ti piace?»

Il viso si trasformò. Sorrise mostrando i denti bianchi.

«Che bello!» disse Mirta. «Pavel, non dovevi. Ilie, ringrazia Pavel!»

Il bambino si alzò e abbracciò l'uomo posandogli la testa sulla pancia. Poi con il suo nuovo giocattolo scappò fuori dalla casetta di padre Boris. Mirta guardò Pavel negli occhi: «Sei un angelo».

Quello alzò le spalle e sorrise.

Avevano inchiodato il coperchio della bara di legno grezzo che ora era poggiata su quattro cavalletti sotto il tetto del granaio dei Mircea. L'avevano chiusa prima che arrivasse lei, e Mirta ringraziò con uno sguardo padre Boris per averle evitato quell'incombenza terribile. Lei e suo figlio si avvicinarono. Il nome di sua madre era scritto con un pennarello sul coperchio di abete. Mirta accarezzò il legno. Si fece il segno della croce e cominciò a pregare. «Concedi, Signore, il riposo alle anime dei tuoi servi dormienti...»

Un gatto bianco steso sotto un vecchio trattore si puliva una zampa.

«Padre... cosa c'è qui dentro?»

Il prete guardò in terra, poi prese un respiro e alzò appena le spalle. «Poco, Mirta. E quel poco l'ho avvolto in un lenzuolo bianco.»

Mirta accarezzò ancora la bara e piangendo si allontanò dal cortile. Guardò la campagna. Era convinta che quei luoghi fossero in bianco e nero solo nei suoi ricordi. Invece erano così anche nella realtà. Grigi erano i prati che spuntavano dalla neve, gli alberi, il cielo e le nuvole. Grigi i visi degli anziani abitanti del villaggio, i loro vestiti, la loro pelle. Anche le case erano grigie, come i tetti, i cani e gli altri animali. Qualcuno aveva passato uno straccio e aveva cancellato i colori. Si voltò verso suo figlio. Anche lui era grigio. Come un pezzo di ferro bruciacchiato.

La casa dei suoi vecchi non aveva più il tetto. Era crollato all'interno, ingoiato da quello che restava dei muri. Le finestre erano buchi. Mozziconi di legno anneriti spuntavano dal terreno. Sfigurata dal fuoco, riconobbe solo la cucina economica coperta di cenere nell'angolo e l'unica parete della sua stanza che s'era salvata. Sulla carta da parati c'era ancora l'ombra del quadro che aveva dipinto alle scuole primarie. Un paesaggio di campagna. Ricordò di averci messo un lago. Non che ce ne fosse uno da quelle parti, ma a lei piaceva pensare di sì. Chissà dov'era finita quella tela. Chissà se ci aveva messo i colori oppure l'aveva fatto in bianco e nero.

Non entrò in quello scheletro carbonizzato. Pensò che forse fra pezzi di intonaco e mattonelle c'erano ancora le ceneri di sua madre. Avrebbe potuto calpestarle e non andava bene. Sapeva che prima o poi sarebbe arrivato il vento per spargerle sui prati e intrappolarle fra i fili d'erba e i rami degli alberi. Si sarebbero mischiate ai fiori della primavera, e quello era un bel pensiero.

«Rimango qui per la notte» le disse Pavel. «Mi arrangio nel furgone.»

«Ma non devi ripartire?»

«Ormai è tardi. Senza luce queste strade sono pericolose. Non ho voglia di andare a sbattere o finire in un burrone. Domani voglio stare con te quando portiamo tua madre al cimitero.»

«Starai scomodissimo. Chiedo a padre Boris di trovarti una sistemazione migliore?»

«Lascia perdere. Sai quante notti ho passato così?»

«Troppe?»

Pavel annuì con un sorriso a bocca chiusa.

«Vieni dentro. Almeno una cosa calda con noi te la mangi, no?»

«Posso fare di meglio!» Girò intorno al furgone. Aprì lo sportello laterale. Tirò fuori una busta della Coop. «Babbo Natale ha portato un salame, una caciotta e delle belle bistecche. A Ilie piaceranno...»

Riuscì a strapparle un sorriso.

Mangiarono in silenzio, solo il rumore delle forchette sui piatti o della bottiglia che batteva il collo sul bicchiere. Alla fine del pasto Pavel ringraziò e uscì per andarsi a fumare una sigaretta. Mirta e padre Boris aprirono il piccolo divano letto e lo prepararono per la notte.

«Ilie, spegni quel coso... è ora di andare a letto.»

Il bambino alzò gli occhi al cielo ma obbedì, nascose il videogioco sotto al cuscino, si tolse le scarpe e si mise sotto le coperte. Padre Boris intanto aveva accompagnato la madre al loro letto. La fece sedere poi tirò la tenda. Mirta si spogliò, si mise la camicia da notte e si accoccolò sul divano letto accanto a Ilie che se ne stava con gli occhi aperti a guardare il soffitto.

«Dove vado ora?»

La domanda semplice e diretta cadde pesante come un colpo di martello. «Non lo so amore... ora una soluzione la troviamo.»

«Nonna non si ricordava più niente. Mi chiamava Constantin. E spesso la notte si alzava e si metteva davanti alla finestra a disegnare col dito sul vetro. Una mattina l'ho vista seduta davanti alla bottega di Caterina. Parlava. Io pensavo che parlava con Caterina o il marito. Invece era sola. Parlava da sola, mamma.»

Mirta lo abbracciò. «Povera nonna.»

«Ma ora io dove vado a stare?»

Mirta respirò profonda. Si passò una mano nei capelli. «Domani ci pensiamo. Magari Pavel ha una buona idea. Ti piace Pavel?»

Ilie ci pensò su. «Sì» disse. «È bravo. È alto.»

«Sì. È alto. Tu pure diventerai alto, che credi?»

«Papà era alto?»

«Papà era alto e bello. Tu diventerai alto e bello come lui.»

«Che ne sai?» le disse. E poi chiuse gli occhi.

Ilie dormiva accucciato accanto a Mirta. Padre Boris e sua madre russavano dietro la tenda nell'altro angolo della stanza. L'odore di carne cotta e di formaggio appestava l'aria. Fuori solo il rumore del vento che sbatteva sui muri della vecchia casa. Mirta aveva sete. Lentamente si alzò, scavalcò il corpo di suo figlio e si avvicinò al piccolo frigorifero vicino al forno. La luna era spuntata fra le nuvole e i suoi raggi sbiaditi facevano abbastanza luce. Si attaccò direttamente alla bottiglia. Fuori, davanti alla porta della chiesa, c'era il furgone di Pavel. Teneva la lucina accesa e Mirta lo vide mentre leggeva un libro con gli occhiali sul naso. Si infilò le scarpe, indossò la giacca a vento e silenziosa uscì di casa.

«Ehi...» Pavel si tolse gli occhiali e le sorrise mentre Mirta apriva lo sportello. «Che fai?» le chiese. «Non riesci a dormire?»

«No...» Si sedette. Si fregò le mani. «Che freddo. Perché qui dentro invece fa caldo?»

«Accendo l'aria ogni mezz'ora.»

«E la batteria non si scarica?»

«Questo gioiellino ne ha due, amica mia. Posso stare tre notti con la luce accesa e ancora ne avrei... Aspetta...» Mise la mano sotto il sedile e tirò fuori una bottiglia senza etichetta. «Questa ti fa bene» fece passandola a Mirta.

«Che roba è?»

«Grappa. Da leccarsi i baffi.»

Mirta si toccò il labbro: «Ce li ho?».

Risero.

Mirta prese un piccolo sorso. «Dio! Ma è forte!»

«Macché... si vede che non sei abituata!» Le riprese la bottiglia e senza pulirne l'orlo ingurgitò una bella sorsata.

«Che faccio, Pavel?» Gli occhi di Mirta erano cerchiati di nero.

«Per Ilie?»

«Ormai in paese sono tutti vecchi, nessuno potrà prenderlo con sé.»

«A casa di quel suo amico, Monteanu?»

«Ma sei matto? Il padre è in galera, la madre... lasciamo perdere la madre che è meglio. Lo sanno tutti come si è guadagnata da vivere a Chişinău. No, non posso lasciarlo lì. Non se ne parla.»

«Hai pensato a padre Boris?»

«E dove? L'hai vista la casa? La casa... la stanza. Dorme con la madre dietro una tenda e poi la sorella ogni tanto la dimettono dall'ospedale e sta da lui. Secondo te dove si mette Ilie?»

«Possibile che in tutto il paese non ci sia una persona che lo possa tenere?»

Mirta scosse la testa: «Li hai visti? Reggono l'anima coi denti».

«Magari invece, coi soldi che mandi dall'Italia, qualcuno sarebbe felice di prendersi tuo figlio. E poi mica sarà per sempre, no?»

«No, non sarà per sempre.»

«Appunto. Si tratterebbe di un sacrificio di... quanto? Un anno? Due? Devi parlarne a padre Boris. Secondo me una soluzione la trova.»

«Ora che ci penso! Forse Caterina, quella che ha la bottega di alimentari. Posso chiederlo a lei. Non ha ancora settant'anni. Potrebbe farcela. E nel pomeriggio Ilie potrebbe anche darle una mano al negozio visto che il marito non si regge più in piedi.»

«Mi sembra una bella idea... proprio una bella idea. Di lei ti fidi?»

«Ciecamente.» Il sorriso era tornato sul volto di Mirta. «Domani dopo il funerale gliene parlo.»

Pavel recuperò la grappa: «Merita un brindisi».

Fece bere prima Mirta, poi, dopo un occhiolino d'intesa, si scolò la bottiglia: «*Noroc!*».

La mattina dopo pioveva a pelo di bue. Le gocce lunghe e gelate si infilavano nel collo dei cappotti, in mezzo alla lana dei cappelli e dei fazzoletti, punzecchiavano il viso. Chi non aveva i guanti addosso si ritrovò con le mani rosse e screpolate. Inutile tenerle in tasca. La pioggia arrivava anche lì. Il cielo era diventato di carbone e il sole era una macchia pallida dietro quella cortina invalicabile di nuvole. Tatiana era stata interrata accanto a suo marito con l'aiuto di due uomini del villaggio vicino che si occupavano di tenere il camposanto in maniera dignitosa. Le vecchie lapidi erano storte, piogge e nevicate avevano riempito di buche il terreno della piccola collina che ospitava il cimitero. Due alberi spogli facevano da guardiani al recinto. Mezzo villaggio era venuto a salutare la mamma di Mirta. Le donne avevano pianto tutte insieme dopo la preghiera di padre Boris. Un tuono lontano pose fine alla cerimonia e tutti rientrarono in paese stando attenti a dove mettevano i piedi. Pozze di fango potevano intrappolarli e c'era il rischio di cadere e farsi male seriamente. Tornarono tutti alle loro case, solo Mirta se ne andò al negozio di Caterina, la sua unica speranza.

Su un tavolo di legno era appoggiata una cassa meccanica per battere i prezzi, un marchingegno vecchio che non era più in uso da anni nel resto del mondo. A terra sacchi con fagioli e lenticchie, farina di mais e di grano. Una bilancia. Qualche spezia e scatolette sulle scansie tutt'intorno. C'era anche un piccolo reparto di biscotti, dolciumi e latte a lunga conservazione che non comprava nessuno perché una mucca lì l'avevano tutti. Le pareti della bottega erano vecchie e annerite. In un angolo una stufa col vetro nero di fuliggine crepitava mandando un odore di resina. Quando Mirta entrò spalancando la porta di vetro lurida e piena di vecchi adesivi, Caterina era china sul tavolo a fare i conti. Avvolta in un maglioncino grigio legato alla vita con una cinta di lana, indossava una gonna lunga al polpaccio e un paio di stivali imbottiti. Le guance erano rosse e gli occhi azzurri risaltavano sul viso come due pietre. Si tirò su. Un donnone di un metro e settanta per novanta chili di peso. «Mirta... cosa posso fare per te?»

Mirta chiuse la porta.

«Smetterà mai di piovere?» chiese Caterina.

Mirta alzò le spalle: «Fino alla primavera, non credo».

«Vieni!», e le mise davanti una sedia di legno impagliata. Mirta si accomodò, Caterina invece si appoggiò col sedere al bancone tenendo le braccia conserte.

«Mirta, purtroppo ti devo dire una cosa spiacevole...»

Si sentì spiazzata. Era venuta lei a chiedere un favore a Caterina. Che invece continuava a parlare: «Oggi è un giorno triste, abbiamo appena portato tua mamma al cimitero. Anche io ho il cuore pieno di tristezza, ma so che domani o dopodomani partirai e tornerai in Italia e non avrò più il modo di parlarti di questa faccenda».

«Che succede?»

Caterina si staccò dal bancone. Andò fino a un comodino, aprì un cassetto e tirò fuori un vecchio quaderno. Si mise a girare i fogli lerci e gonfi di umidità leccandosi le dita a ogni pagina. «Ecco qua. Tatiana mi doveva dare 856 lei...», e passò il libriccino a Mirta che lo prese e lesse. C'erano decine di scarabocchi. Nomi e numeri. Accanto a quello di sua madre una serie di somme che terminavano con la cifra finale. Caterina, che le scuole non le aveva fatte, l'aveva trascritta così: 800 – 50 e 6.

«Certo Caterina. Te li ridò subito...» Mirta si mise la mano in tasca. Prese due banconote da venti euro dal portafogli e le diede alla donna. Alla vista di quella valuta gli occhi della commerciante si accesero e aumentò anche il rossore delle guance. «Grazie Mirta...» Le arrotolò, si alzò un lembo del maglione e le fece sparire in una grossa saccoccia che portava sotto la gonna. «Scusami. Ma sai, i soldi...»

Mirta con un gesto della mano interruppe le scuse.

«Ma tu perché sei venuta da me?»

«Io non so come fare con Ilie. In Italia non lo posso portare, qui non so a chi lasciarlo. Padre Boris lo sai non può farcela, e dei Monteanu non mi fido e non mi piacciono.»

«Non piacciono a nessuno.»

Mirta abbassò la testa. Prese un respiro e poi guardò Caterina negli occhi. «Mi resti solo tu.»

Caterina aveva perso il fuoco sulle gote. «Io?»

«Tu. Io di te e di tuo marito mi fido ciecamente. Ascoltami, prima di dare una risposta. Io mi impegno a mandare ogni mese almeno trecento euro, più di seimila lei, per le spese. Vestiti giocattoli e libri ci penso io. Ma se so che Ilie è qui, mi metto il cuore in pace.»

Caterina si stava facendo due conti. Non era avidità la sua, semplicemente deformazione professionale. «Senti, detto così, su due piedi... non lo so. Io penso a Mihail che fra due mesi finisce il lavoro a Chişinău e torna a casa con la moglie finché non trova altro. La mia casa la conosci. Ha solo due stanze. Dove metto tutti quanti?»

«Ilie potrebbe darti una mano al negozio quando torna da scuola.»

«Non ho bisogno di una mano. Tutto quello che ho lo vedi qui. E la merce la scaricano una volta al mese. Mi aiuta il ragazzo che viene col camioncino.»

«Ilie è bravo» disse Mirta alzandosi dalla sedia. «Non dà fastidio. Fa i compiti e non si mette nei guai.»

Caterina si grattò la testa. «Fammi parlare con mio marito. Tanto lo sai, è lui che decide.»

«Ma io voglio sapere per te...»

«Per me? Sinceramente?»

«Sinceramente.»

«Ho quasi settant'anni... Sono vecchia e stanca. Non lo so se ce la faccio con un ragazzino di dodici. Per tua madre era diverso, era la nonna, era il sangue del suo sangue, ma io?»

«Non puoi fare finta che sia figlio di Mihail, che sia tuo nipote?»

«No Mirta. Non lo posso fare.»

Mangiò in silenzio davanti alla madre di padre Boris sempre seduta accanto al fuoco con le mani tremanti e lo sguardo perso su un punto del pavimento. Mirta posò il cucchiaio. Guardò suo figlio. Se ne stava sul letto a giocare col suo nuovo Nintendo, gli occhi incollati al piccolo schermo e le dita agili che premevano i pulsanti senza sosta. Dall'aggeggio provenivano scoppi, boati e una musichetta stupida e ipnotica. Il bambino si sentì osservato. Alzò lo sguardo e incontrò gli occhi della madre. Che gli sorrise. Lui non rispose, tornò al suo passatempo.

Fosse stato per lei avrebbe preso il figlio e quei quattro vestiti che aveva e se lo sarebbe portato a Roma. Ma dove? In quella stanza che divideva con Dolores? L'affitto di una casa decente nella capitale superava abbondantemente i cinquecento euro al mese. E c'erano da aggiungere le spese. Senza pensare agli altri soldi che servivano per la scuola, i vestiti, i libri, il cibo. Tutto costava un accidente, laggiù, tutto sembrava fatto d'oro. E un figlio da mantenere era un lusso.

Pavel era in viaggio per Chişinău per le consegne. Sarebbe tornato a prenderla il giorno dopo. L'attesa della risposta del marito di Caterina la stava sfibrando. Si alzò, mise il piatto nel lavandino di marmo sbreccato, lo sciacquò e lo incastrò nello scolapiatti. Erano le due del pomeriggio, la luce fuori era calata e la pioggia non aveva smesso di torturare campi e bestiame. Toccò il vetro della finestra. Gelato. La mamma di padre Boris apriva e chiudeva la bocca, sembrava stesse parlando con qualcuno che solo lei riusciva a vedere. O forse pregava. Se Caterina avesse detto di no, cosa avrebbe fatto? Come avrebbe risolto il problema? Non poteva restare lì al villaggio in eterno. Avrebbe perso anche quel lavoro di merda a Roma, e con quello tutte le speranze. Bussarono. Mirta sobbalzò. Ilie non diede segno di essersene accorto.

Andò ad aprire. Era Caterina. Con lei c'era il marito, fradici di pioggia e con le scarpe sporche di fango.

«Grazie per essere venuti. Venite, entrate...»

Da: mirta.mitea@gmail.com
A: nina-cassian@yahoo.it

Cara Nina, amica mia. Mi manca l'aria, mi sento una mosca dentro una bottiglia. Caterina e il marito hanno detto di no. Non possono tenere Ilie. Tornerà Mihail con la fidanzata entro poche settimane e pare che aspettino anche un bambino. Mi hanno confessato che i trecento euro al mese gli avrebbero fatto comodo, ma proprio non possono. E me lo hanno detto con le lacrime agli occhi, scusandosi, in colpa per non poter aiutare me, la figlia di Tatiana e Constantin Alexandru Mitea, amici da sempre. Alla fine mi sono messa io a scusarmi, a commiserarli, a sostenerli, a dirgli che non c'era nessun problema, che una soluzione l'avrei trovata lo stesso.

Quale, Nina? Quale?

Da: nina-cassian@yahoo.it
A: mirta.mitea@gmail.com

Mirta, amica mia del cuore. Io una soluzione forse ce l'ho. Non voglio scrivertela sulla mail, dobbiamo parlare. È una cosa dura, ma alternative credo non ce ne siano. Se puoi alle sei e mezza vieni in chat, e ti dico quello che ho pensato. Ma fallo Mirta, non lasciarti andare. Noi non ce lo possiamo permettere.

Ilie era andato a casa di Andrea Monteanu a giocare. Mirta era salita sulla collina del cimitero per mettere un po' di fiori di campo sulla tomba dei genitori. Il vento s'era calmato, e si era portato via anche la pioggia. Stagnava un odore acre di terra bagnata e sterco di mucca. Le grondaie arrugginite continuavano a pisciare rivoletti d'acqua dai tetti e le pozzanghere in mezzo alla strada riflettevano il cielo grigio e monotono. Il sole se ne andò rapido e le prime luci deboli si accesero nelle casette a un piano del villaggio. Mirta trovò padre Boris che aveva messo a bollire una pentola di verdure. Il vetro della finestra era tutto appannato. La madre se ne stava nell'angolo del camino.

«Ciao Mirta...» le sorrise il prete. Poi si chinò a raccogliere un ceppo di legno che gettò nel fuoco. «Ti piacciono i fagioli nel minestrone?»

Mirta annuì sapendo che Ilie li detestava. Si sedette sul letto. Guardò l'ora: le sei e mezza. Accese il cellulare ed entrò in chat.

Il nome di Nina Cassian era già verde, segno che l'amica era in linea.

– Eccomi Nina...
– Come ti senti Mirta?
– Uno schifo.
– Sei a casa?
– Non c'è più la casa, Nina. Non c'è più nulla. È tutto bruciato. C'è rimasto qualche muro e una finestra.
– Hai parlato con padre Boris?
– Sono qui con lui e Ilie. Ilie non parla. Mi guarda e non dice niente. Ha gli occhi spenti e l'ho trovato magro, Nina. Magro come un gatto randagio.
– Io ho chiesto in giro. Per Ilie. Dovresti fare come Marisha e come ha fatto Lyudmilla.
– ...
– Mirta? Mirta ci sei?
– ...
– Mirta?
– L'internat?
– Sì. Altra soluzione non c'è.
– Come faccio a mettere Ilie in un internat? Ti rendi conto Nina?
– Lyudmilla ha i suoi a Chişinău, all'internat numero 1 da tre anni. Stanno bene. Studiano, mangiano, fanno i compiti, giocano e hanno un sacco di amici.
– Non mangiano, Nina. Studiano poco. E stanno in otto in una stanza!
– Hanno una casa.
– È un orfanotrofio.
– Li ospitano e gli vogliono bene.
– Ti sei accorta che io sono ancora viva?

– Per favore, stammi a sentire. Tu eri fortunata, avevi mamma. Ma ora devi pensare a come fare. Puoi portare Ilie in Italia?

– No.

– E allora? Sarà solo per poco tempo. Uno, al massimo due anni. Poi si aggiusta. Chiedi a Lyudmilla. Ce l'hai l'indirizzo?

– L'internat no!

– Chiedi a Lyudmilla. Non fare sciocchezze Mirta. Chiedi a Lyudmilla!

Mirta alzò gli occhi. La madre di padre Boris s'era addormentata con la bocca aperta. Il sacerdote girava il cucchiaio di legno nella pentola. «Che succede?» le chiese, ma Mirta non rispose.

«Hai avuto una brutta notizia?»

Mirta fece sì col capo. Poi guardò il cellulare che teneva fra le mani.

«La vuoi condividere con me?»

«No padre Boris. No...»

Passò la notte a guardare il soffitto basso della casetta. Da dietro la tenda si sentiva il russare del prete e di sua madre. Mirta teneva una mano di suo figlio che le dormiva accanto.

Che faccio, pensava, che faccio?

Fuori era ricominciato a piovere. L'acqua tamburellava il tetto sottile e i vetri della finestra, nel camino erano rimaste solo le braci. Mirta si tirò la coperta fin sotto il mento. Inutile girarci intorno. Nina aveva ragione, altre soluzioni non ce n'erano.

L'internat.

Solo la parola le faceva venire un brivido nella spina dorsale e le chiudeva la gola. Che razza di madre sei se sei costretta a mettere tuo figlio in un orfanotrofio?

Che razza di madre sei?

Non lo sapeva. Era una madre sola, e il mondo era un masso, un enorme masso che rotolava per una discesa e lei poteva solo scappare e cercare un posto dove nascondersi. Perché quello acquistava velocità, giorno per giorno, e se non fosse riuscita a evitarlo, a farlo rotolare via, l'avrebbe schiacciata sotto il suo peso.

L'alba la sorprese con gli occhi ancora aperti. Si alzò lentamente per preparare la colazione. Non voleva svegliare Ilie. In quei giorni la scuola poteva anche aspettare. Riempì il pentolino dal rubinetto che sputava un filo di acqua. Poi lo mise a bollire per il tè. La tenda di padre Boris si spalancò e apparve il sacerdote, già vestito con la tonaca. «Buongiorno Mirta.» La guardò. «Non hai dormito.»

«No padre.»

Parlavano sottovoce. Il prete si avvicinò. «A cosa pensavi?»

«A Ilie. Io non ho soluzioni. Meglio, una ci sarebbe, ma è terribile.»

Padre Boris si passò la mano sulla barba. «Parli dell'internat, vero?»

«Sì.»

«Anche io ci ho pensato. Forse è l'unica soluzione.»

Mirta si voltò per guardare l'uomo negli occhi. «E come faccio? Come faccio anche solo a dirglielo?»

Lui le prese le mani. «Ascolta. Devi vederla così. È solo per un periodo. Solo per un po' di tempo, non è per sempre. Perché tu farai in modo che Ilie un giorno possa venire a stare con te a Roma. Anzi – le si avvicinò ancora di più –, saperlo laggiù ti darà ancora più forza e più perseveranza. Non potrai scoraggiarti, non potrai mollare, perché Ilie aspetterà solo te. Dipenderà da te dargli una vita migliore.»

«Padre mio, io già lo faccio.»

«Lo farai con ancora più forza e determinazione. È una sfida che Dio ti ha mandato. E tu accetta quello che la vita ti mette davanti. Non tirarti indietro. Ci vuole forza, Mirta. Tanta forza per quelli come te e me. Ma se ti rimbocchi le maniche, se hai sempre presente il tuo cammino, anche se duro e pieno di ostacoli, quel cammino lo farai.» Gli occhi del prete erano umidi, le mani invece secche come rami di quercia. «Confida in Dio, lui ha per ognuno di noi un disegno preciso. Il tuo è pieno di difficoltà. Ma forse perché da te si aspetta molto.»

«Nessun Dio separerebbe la madre dal figlio.»

«Non ti sta separando da Ilie. Ti sta dando la forza per vivere con lui.» Padre Boris le strinse le mani ancora di più. «E guarda che oggi gli internat non sono così terribili. Sono cambiati dai tempi in cui eri una bambina. Sono un collegio, né più né meno. Ora lì vivono bene, hanno da mangiare, stanno al caldo, giocano, studiano e fanno un sacco di amicizie! Anzi, sai cosa ti dico? Che Ilie ci si troverà così bene che quando dovrà partire per raggiungerti piangerà di nostalgia.»

Internat

Pavel s'era offerto di accompagnarli. Il posto era a sud-est, a un'ora dalla capitale, a tre dal paese. Durante il viaggio avevano detto pochissime parole, e per lo più a dirle era stato lui. Ilie non aveva staccato gli occhi dal giochino elettronico. Quando gli avevano dato la notizia del trasferimento si era incupito ancora di più. Aveva detto: «Io non ci voglio andare, mamma. Non voglio...». Come faceva Mirta a spiegargli? Lo stava strappando da quel villaggio dove viveva da sempre. Dall'unico amico che aveva, Andrea, dalla sua scuola, per portarlo a vivere in un posto freddo, anonimo, sconosciuto, senza calore e senza sole. Mirta li conosceva gli internat, c'erano dai tempi della Russia, era la minaccia che i genitori usavano in casa quando i bimbi non obbedivano. «Piantala! O ti porto all'internat!» Qualche sua amica all'internat ci era finita dopo la caduta del muro, quando il paese era spezzato e c'erano solo fame e morte. E in Italia, appena era arrivata, aveva conosciuto due moldave che nell'internat erano cresciute. Le tornarono alla mente le parole del prete: «... Ora lì vivono bene, hanno da mangiare, stanno al caldo, giocano, studiano e fanno un sacco di amicizie!». E come no, pensava Mirta, un villaggio vacanze!

«Io non ci voglio andare, mamma. Non voglio!»

Che razza di madre...

Lo stomaco di Mirta era poco più grande di una prugna. Per tutto il viaggio aveva cercato la mano, la gamba di Ilie. Lo toccava, lo stringeva, lo guardava. Ma il bambino se ne stava lì, con gli occhi incollati al Nintendo, impegnato a far saltare in aria paperelle, casse di legno, e accumulare punti. Pavel aveva fatto un tentativo con sua sorella, che abitava a pochi chilometri da Bucarest. Ma era stato un tentativo disperato. Quella lavorava in un hotel a cinque stelle e abitava in un monolocale fuori dalla città. A malapena riusciva a campare insieme al marito che faceva il cameriere.

«Durerà poco...» aveva detto Mirta in ginocchio davanti al figlio per riuscire a guardarlo negli occhi. Ma Ilie era rimasto zitto. «Poi ti porto in Italia, fosse l'ultima cosa che faccio nella vita. Tu promettimi che cominci a studiare l'italiano però.» Lui aveva fatto sì con la testa. Gli aveva riempito la piccola valigia con i vestiti che aveva portato da Roma, tre maglioni di pile, i guanti, una giacca a vento della Moncler comprata di seconda mano e due berretti di lana gli avrebbero assicurato calore. Prima di salire sul furgone di Pavel, Ilie aveva voluto salutare Andrea. Sapevano che non si sarebbero più visti. Lo aveva abbracciato così forte che a Mirta venne da pensare: Con me così non l'ha mai fatto. Poi avevano pianto tutti e due. Ilie gli aveva regalato delle figurine con dei mostri. Andrea era scappato in casa e Ilie nel pulmino. S'era seduto e aveva acceso il Nintendo.

Fine delle comunicazioni.

S'erano addentrati nella campagna, l'ultimo centro abitato lo avevano salutato da almeno mezz'ora. Intorno solo campi sotto la neve, mucche, qualche pecora. Il cielo era bianco sporco. Finalmente lasciarono la strada principale per immettersi in una carreggiata senza asfalto. La neve era stata spalata sui bordi. Sobbalzavano nelle buche.

«È quello» disse Pavel dopo la curva.

Un blocco di cemento grigio, con le finestre piccole e allineate. Chiazze di neve e ghiaccio coprivano l'erba marrone del prato. Due altalene e uno scivolo arrugginiti erano addossati alla recinzione. Lentamente attraversarono il grande cancello. Parcheggiarono accanto a due utilitarie Fiat e a un trattore con una ruota a terra. Di ragazzi non c'era traccia.

Dalla porta principale uscì una donna sulla cinquantina, magra e piccolina coi capelli grigi spettinati, coperta da un cappotto pesante a tre quarti. Pallida in viso, stava finendo di infilarsi i guanti. Si avvicinò al terzetto: «Ben arrivati. Piacere, Yaroslava Ciobanu. Sono la direttrice...».

«Mirta Mitea. Lui è Ilie.»

«Ciao Ilie.» La direttrice gli sorrise. «Lei è il padre?» chiese poi a Pavel stringendogli la mano.

«Se fossi il padre Ilie non sarebbe qui. Sono solo un amico» rispose Pavel sorridendo.

«Questa è la cucina» disse Yaroslava Ciobanu spalancando una porta.

Una stanza enorme dove pentole annerite stavano sui fuochi e tre donne con un fazzoletto lercio in testa lavoravano senza alzare gli occhi. L'odore di gas e cavolo misto all'ammoniaca per pulire i pavimenti strozzava la gola. A terra una patina umida e scivolosa rivestiva le vecchie mattonelle di cemento. «Qui prepariamo tutti i pasti dei ragazzi» continuò la direttrice. Pavel e Mirta la seguivano. Ilie se n'era rimasto nell'ufficio ad aspettare che sua madre finisse la visita. «Oggi a pranzo abbiamo una zuppa di fagioli e l'uovo...» La direttrice sembrava orgogliosa del menu. «Venite, vi mostro il refettorio.»

Attraversarono una doppia porta di legno ed entrarono in una sala con tavoli e panche. Due donne stavano finendo di apparecchiare. Mirta notò subito i piatti sbreccati e di colori diversi, i bicchieri di plastica e le forchette coi rebbi piegati. Accanto c'erano i cucchiai di stagno. Niente coltelli. Non seppe se essere felice di quel dettaglio o se si dovesse invece preoccupare. Davanti a ogni piatto una mela. «Ecco, qui i ragazzi mangiano. Quando hanno finito posano i piatti su quel tavolo e le posate nel catino pieno d'acqua. Vedete? Tutto è organizzato, ci teniamo all'igiene...»

Mirta ebbe un brivido.

«Oh sì. Qui nel refettorio è un po' freddo. Ma nelle stanze e nel salone di ricreazione è diverso. Volete salire a vedere le stanze da letto?»

Un lungo corridoio sul quale si aprivano decine di porte. Ma il calore non era aumentato. Anzi. La direttrice aprì la prima porta: «Ecco. Qui su questo piano dormono le ragazze. Prego».

Nella camera c'erano sei letti, uno accanto all'altro in due file da tre. Ognuno aveva un piccolo armadio con un lucchetto. Sopra ogni testata qualcuna aveva attaccato la foto di un cane, di una madre, qualcun'altra aveva preferito mettere Johnny Depp vestito da pirata. Le sovraccoperte erano tutte uguali, sembravano dei tappeti turchi. Dall'unica finestra che dava sul cortile entrava la luce bianca e lattiginosa.

«Sembra una caserma» disse Pavel. Mirta annuì.

«Ogni ragazzo ha un letto comodo e un armadio. E la sera può leggere dopo la socializzazione. Abbiamo anche una piccola biblioteca. Tutti libri donati all'internat. Venite...»

Percorsero il corridoio fino ad arrivare ai bagni. «Questi sono quelli femminili.»

Mattonelle bianche e vecchie, sembrava una macelleria. Si aprivano sei docce senza tenda e sei porte con dietro il water. Al centro, dei lavandini comuni con gli specchi lunghi. I solchi fra le mattonelle del pavimento erano neri. Anche lì dominava la puzza di ammoniaca e di cavolo bollito. Un paio di rubinetti gocciolavano. Strisce di ruggine disegnavano le maioliche e i piatti doccia.

«Fa freddo anche qui.»

La direttrice allargò le braccia: «Purtroppo dobbiamo tenere il riscaldamento basso perché... lei capisce. Soldi non ce ne sono».

«Tanto basta tenere i cappotti addosso, no?» fece Pavel. Yaroslava lo guardò duro. I due non si stavano simpatici.

«Quanti ragazzi ci sono?»

«Ottantaquattro fra maschi e femmine. Dai quattro ai sedici anni.»

«Come fate per le classi?» chiese Mirta.

«Le classi sono divise a seconda dell'età. Ma i professori seguono singolarmente i ragazzi. Capirà, non tutti hanno lo steso programma di studi.»

«Posso sapere una cosa?» intervenne Pavel.

«Mi dica.»

«Sono tutti orfani?»

«No» disse la direttrice. «Neanche la metà. Molti sono come Ilie. Noi li chiamiamo orfani bianchi.»

Pavel guardò Mirta.

«Vi mostro le aule» fece la direttrice.

Una porta si apriva su un corridoio lunghissimo e scuro. «Ora i ragazzi sono tutti impegnati in classe. Studiano fino all'ora di pranzo, poi due ore nel pomeriggio e poi hanno il tempo libero. A volte si organizzano feste con la musica, oppure giocano...»

Chiazze di umidità macchiavano i muri. Mirta cercava di osservare il meno possibile quello che la circondava. Sapeva che i dettagli più schifosi se li sarebbe sognati nei mesi a venire. Come la muffa negli angoli e il nero sulle pareti. E la puzza. Quella non l'avrebbe mai abbandonata.

«Perché non c'è un paese vicino? Perché siete così isolati?» chiese Mirta.

La direttrice si fermò e si voltò a guardarla negli occhi. «Lo sa. Perché me lo chiede?»

«Perché voglio sentirlo dire da lei.»

«Perché se ci fosse un paese vicino qualcuno potrebbe approfittare. E scappare.»

«E il fatto che qualcuno voglia scappare, direttrice, secondo lei depone a favore dell'istituto?»

Yaroslava prese un respiro profondo. «Tutti preferirebbero stare a casa. Nessuno metterebbe per iscritto che la vita in un internat sia qualcosa di desiderabile. Ma non tutti ce l'hanno una casa. Ilie non ce l'ha. E se non ci fossimo noi, signora, mi dice dove andrebbero questi ragazzi?»

Mirta scosse la testa. «Non voglio vedere altro, signora Ciobanu. Andiamo nel suo ufficio e compiliamo i documenti.»

Silenziosi i ragazzi uscivano dalle aule. Tenevano quasi tutti gli occhi bassi e i giubbotti addosso. C'era chi portava anche guanti e cappello. Mirta e Pavel li osservavano dall'ufficio della direttrice. Nessuno si interessava a Ilie. Nessuno lo guardava. Tiravano dritto verso il refettorio senza dire una parola. Senza un cenno d'intesa per il nuovo arrivato. Ilie se ne stava a testa bassa a giocare col Nintendo. Mirta aveva la gola chiusa e le lacrime che grattavano per uscire. Si inginocchiò per guardare suo figlio negli occhi. Fece uno sforzo per ingoiare la saliva. «Ilie?» Il bambino interruppe il gioco. «Hai visto quanti ragazzi che ci sono? Ho controllato. Si mangia bene, e ci sono delle stanze bellissime.»

Un ragazzo grasso passò vicino a loro. Guardò appena Ilie. Aveva gli occhi cerchiati di nero. Non fece neanche un accenno di sorriso, continuò a camminare nel corridoio.

«Devi stare tranquillo. Starai qui poco tempo. Appena io mi organizzo bene mi raggiungi a Roma. Lo fai un sorriso a tua madre?»

Ilie alzò gli occhi e li puntò in quelli di Mirta. Due buchi neri. Mirta abbracciò suo figlio che continuava a tenere stretto il suo videogioco portatile.

«Allora Ilie, andiamo a mangiare? Ti aspettano!» intervenne la direttrice uscendo dal suo ufficio. Mirta si sollevò, la donna prese Ilie per le spalle e si incamminò nel corridoio. «Ci sentiamo ogni giorno, signora. Lei ha i miei numeri. Io i suoi. E tu Ilie la chiamerai, mamma, vero?» Ilie guardava sempre per terra. Teneva le braccia lungo il corpo, abbandonato dall'ultimo residuo di energia. «Forza, avrai fame, no?» La donna si incamminò col ragazzo seguendo gli altri lungo il corridoio. Mirta si morse le labbra.

«Ilie?» lo chiamò. Il ragazzo si voltò a guardare la madre. «Io vengo a prenderti presto.» Ilie si girò e proseguì accompagnato dalla direttrice. Appena la porta del refettorio lo ingoiò, Mirta scoppiò a piangere. L'ultimo strappo al cuore era stato il più doloroso. Era certa che da qualche parte, nel petto, stesse sanguinando. Dovette appoggiarsi a Pavel per non cadere.

Gli occhi di suo figlio.

Due buchi che la fissavano mentre lei si allontanava in quel corridoio lungo dipinto di azzurro screpolato. La puzza della minestra di fagioli e di straccio vecchio che veniva dalla cucina. I ragazzi, i bambini, tutti con gli stessi occhi. E le luci. Basse, giallo spento, illuminavano i visi scomponendoli in occhiaie e capelli corti come schegge di un quadro riuscito male. E le finestre non aiutavano. La luce grigia si sbriciolava appena faceva capolino dentro quelle stanze orrende. Letti in file di tre, sei ragazzi per stanza.

Non poteva ripensare alle pentole annerite, ammaccate, bruciate sul fondo. Oppure al bidone di allumino che serviva a far bollire l'acqua. E la dispensa? Una stanza ancora più fredda con uno scaffale di ferro arrugginito. Sulle mensole solo fagioli e lenticchie in scatola. Le proteine dei poveri.

L'infermeria era stata la goccia finale. Un lettino di finta pelle pieno di strappi e scarabocchiato con la penna. Due manifesti di anatomia che mostravano i muscoli e lo scheletro umano, un armadietto di vetro con poche scatole di medicine. «Neanche cinque euro al giorno a bambino» aveva detto l'economo, un uomo sulla quarantina che perdeva capelli e denti e che non s'era presentato, solo aveva alzato gli occhi dal tavolo dove stava concentrato su delle carte: «Questo passa lo Stato». Se si fossero presi l'influenza in sette, tra aspirine e tachipirine avrebbero consumato il budget di un anno. «Dio non voglia qualcosa di peggio.»

Gli occhi di Ilie.

Chissà se gli altri l'avrebbero mai accettato. Chissà se lui avrebbe mai accettato loro. Non avere un padre. E avere una madre che non può stare vicino a te ma a qualche migliaio di chilometri di distanza. Camminando e guardandosi all'indietro, Mirta aveva sentito come se lei e Ilie stringessero un filo di lana che si srotolava a ogni passo in più verso l'uscita. Poi quando era sparito nel refettorio, il filo s'era spezzato ed era rimasto lì, nel suo pugno stretto, l'altro capo a volare come la coda di un aquilone incagliato in un albero.

Fu Pavel, quando stavano per passare il confine con la Serbia, a dire la prima parola. Spegnendo la settima sigaretta nel portacenere pieno di cicche.

«Si troverà bene, Mirta. Protetto. E di questi giorni schifosi resterà solo un ricordo che sparirà piano piano come la nebbia a mezzogiorno. Credici. Lo fai per lui.»

La notte dopo, il maglione di Mirta aveva già perso l'odore di Ilie. E lei era a Roma, in una stanza di merda, condivisa con una donna che non avrebbe mai davvero conosciuto, sperando che almeno la richiamasse Bertuccelli per ridarle il lavoro, così da guadagnarsi quei quattro soldi da mandare a Ilie. Per farlo mangiare meglio, per fargli avere i giochi e i libri e le scarpe calde, i guanti, le sciarpe di lana e il berretto blu da velista.

Il soffitto era diventato d'acqua. Chiuse gli occhi inseguendo inutilmente il sonno.

Un quarto di bue appeso al gancio di una macelleria

Quando il cellulare squillò il sole era arancione e se ne stava andando a dormire dietro le antenne dei palazzoni della Casilina. Mirta saltò come un pesce all'amo e guardò l'ora sulla sveglia cinese. Le sei e un quarto. Aveva dormito otto ore! Dolores russava accanto a lei. Prese il telefono, si alzò e uscì in corridoio per non svegliarla.

«Pronto?»

Era Bertuccelli. Quello delle pulizie.

«Domani mi servono quattro persone che c'è un condominio enorme. Allora, ci sei o no? Sennò ne trovo un'altra.»

«Ci sono, ci sono.»

«Alle sette, solito posto», e attaccò.

La cucina puzzava di fritto. Mirta aprì il frigorifero e prese due uova. Mentre versava l'acqua in un pentolino per farsele sode, sentì la chiave girare nella toppa. Qualcuna stava rientrando. Sperava fosse Inna, l'unica con cui riusciva a parlare. Invece era Denisa, una delle due albanesi. Si affacciò in cucina e la salutò. Aveva gli occhi stanchi e la sua giornata era solo a metà, ora arrivava la parte più dura. Sei ore in piedi in un pub alla stazione, poi finalmente alle tre sarebbe tornata a casa a dormire.

«Come va, Mirta?»

«Bene. Tu?»

Denisa fece una smorfia: «Oggi al negozio hanno rubato».

«Chi?»

«Indovina? Amici tuoi...»

Amici tuoi significava romeni. «Falla finita. E io sono moldava, chiaro? E poi chi ti dice che erano romeni? Potevano essere albanesi, no?»

Denisa sorrise. Era carina, ma dimostrava almeno dieci anni di più dei suoi ventitré. «Erano due romeni. Hanno rubato il vino. Per andarsi a ubriacare.»

«Lo fanno.» Mirta mise il pentolino con l'acqua e le uova sul fuoco.

«Senti, ti devo dire una cosa...», e Denisa si avvicinò a Mirta. Poi continuò sottovoce: «Dobbiamo stare con gli occhi aperti. Perché secondo me Inna ruba».

«Inna?»

Denisa annuì. «A Besiana sono spariti un paio di orecchini d'oro. Li teneva nel comodino.»

«Perché dici che è stata Inna?»

«Faccio due più due. Tu non rubi, lo so. Io neanche. Dolores è tranquilla. Quindi rimane lei. Poi Inna ruba sempre da mangiare.»

Quello era vero. «Però lo dice.»

«Sì, ma a casa mia se uno allunga la mano su una cosa non sua, l'allunga sempre. Capito?»

«Va bene, Denisa. Starò con gli occhi aperti.»

«Vado che sono in ritardo», e sparì dalla cucina.

Questa storia degli orecchini era una bugia, Mirta lo sapeva. Besiana e Denisa volevano liberare la stanza di Inna per una loro amica. Volevano buttarla fuori, Mirta le aveva sentite confabulare. Vero che l'albanese non era una lingua che conosceva, ma quelle due tramavano, non c'era bisogno di un interprete per capirlo. Se avessero messo tutte contro Inna ce l'avrebbero fatta. Gli orecchini d'oro, figuriamoci, pensò. Se Besiana li avesse avuti davvero, li avrebbe portati da mesi al monte di pietà. Non c'era da fidarsi degli albanesi. Da quando era piccola le avevano detto che erano un popolo di pecorai. Avrebbe avvertito Inna, ecco cosa.

L'acqua nel pentolino non bolliva. All'improvviso un urlo squarciò l'aria oleosa dell'appartamento. Veniva dalla sua stanza.

«Dolores!»

Mirta si lanciò verso la camera e spalancò la porta. Dolores era seduta sul letto. Respirava a fatica. Era sudata. L'aria puzzava di scarpe di plastica e magliette vecchie.

«Dolores! Che c'è? Che succede?»

La peruviana si guardava intorno. Smarrita. Come se l'avessero scaraventata su quel letto direttamente da Lima con una catapulta.

«Che hai? Ti senti male?»

La donna guardò Mirta. Alzò una mano come a tranquillizzarla. «Non lo so... un sogno mi sa» disse mangiandosi la gi.

«Vuoi un bicchiere d'acqua?»

Dolores fece segno di no con la testa.

«Che stavi sognando?»

«Non so. Casa. C'era Alberto coi miei due figli che si buttava nel mare. Poi non tornava più su. Io gridavo e gridavo, ma niente. Alberto non tornava e neanche i miei due figli. Io volevo buttarmi. Ma non ero lì. Li vedevo, ma non ero lì.» Aveva gli occhi pieni di lacrime. Si girò a guardare il comodino. C'era una foto di lei con Alberto e i loro due bambini. Ma era una foto di anni prima. Ora i bambini non erano più bambini e non erano certamente più così. E forse neanche Alberto. Sicuramente anche Dolores era diversa. Aveva messo su una quindicina di chili. Nella foto sorrideva e aveva la faccia serena, indossava una maglietta di Topolino che aveva le orecchie nere proprio sopra i due seni enormi. E poi gli occhi le brillavano. Adesso la luce degli occhi se n'era andata e c'erano solo due organi che servivano per guardare. Niente di più. Il corpo era uno strumento per arrivare fino in fondo alla giornata. Le cosce erano diventate arti che servivano a camminare e a prendere i mezzi pubblici, i seni petto fastidioso quando si impasta la farina, i capelli peli da tagliare per il troppo caldo o l'igiene. Il sedere era un culo su cui poggiarsi a riprendere fiato. La donna era sparita, ingoiata da un involucro che espletava solo le funzioni necessarie alla sopravvivenza. A testa bassa, senza guardarsi intorno, come un cavallo coi paraocchi, Dolores trascinava i giorni, le settimane e i mesi col pensiero fisso di tornare a casa. E quando sarebbe tornata? L'avrebbero riconosciuta, abbracciata come quando era partita? Ci sarebbe stato qualcuno a dirle grazie? Si sarebbero spese le stesse lacrime, o il suo ritorno sarebbe stata solo la novità di una mattina, subito dimenticata la notte dopo? Dolores, una volta moglie giovane e piena di speranze, avrebbe finito i suoi giorni chiusa in casa, dimenticata dal marito e odiata dai figli che le avrebbero anche rinfacciato di averli abbandonati?

«Ci vai a casa?» le chiese Mirta.

«No. Quest'anno non posso. Forse maggio prossimo. Per la festa di mia madre.»

Erano due anni che Dolores non tornava in Perù. Di mezzo c'erano più di dodicimila chilometri, diciassette ore di volo e duemila euro di biglietto. Una cosa impressionante.

«Come sta tuo figlio?»

Mirta alzò le spalle. «È in un internat. Un orfanotrofio.»

Dolores si morse le labbra e si asciugò gli occhi. «Almeno mangia, no?»

«Almeno mangia.»

«Io sono fortunata. I miei stanno con il padre, sai? A casa loro. Questa è fortuna, dico io. Mi dispiace Mirta. Ma vedrai, poi starete insieme un'altra volta. Te lo dico io!»

«Sì, lo so.»

«Ieri notte pensavo a una cosa. Guardavo le stelle, no? E mi dicevo: ecco, ora magari Diego e Juan stanno guardando le stesse stelle che sto guardando io. Poi mi sono ricordata che no, non è possibile. Loro guardano altre stelle. Mica le stesse che sono qui. Due cieli diversi e niente per appiccicarli. Fa pensare questa cosa, dico io...»

Mirta le accarezzò la mano. Dolores la ritirò come se si fosse scottata. «Che ora è?»

«Le sei e mezza.»

Dolores annuì. Tirò un sospiro. Poi si alzò dal letto. Prese dall'armadio il suo asciugamano azzurro con i cuccioli della *Carica dei 101* disegnati sopra e se ne andò al bagno. Il tempo dei pensieri era finito, il bue tornava al suo giogo.

Mirta scappò in cucina. Chissà cos'era rimasto delle uova.

Il Fiorino guidato da Bertuccelli aveva gli ammortizzatori scarichi e a ogni buca scuoteva il sistema nervoso di Mirta. Le sedeva accanto Wendy che se ne stava con gli occhi chiusi. Nida invece guardava fuori i palazzi grigi. Accanto a Bertuccelli c'era una ragazza nuova, una moldava, come lei.

«Si chiama Damla!» aveva esordito Bertuccelli ridendo mentre la presentava alle altre. Quel tappo schifoso faceva ironia sul nome. «Damla, capito? Cazzo, è tutto un programma!»

Mirta l'aveva guardato cercando di sputare dagli occhi tutto il disprezzo che poteva per la sua testa pelata, la pancia e il suo metro e sessantasei di altezza.

«Damla! Non ti fa ridere, Mirta?»

«No.»

«Che cazzo di nome! Damla!»

«È di origine turca» aveva detto Mirta.

Damla le aveva sorriso felice che rispondesse lei al posto suo. Bruna, con gli occhi a mandorla, i capelli lunghi, sembrava timida e riservata. Mirta si chiese che cosa ci facesse con un porco maiale come Bertuccelli.

«Turca? Ma non è della Moldavia? La Moldavia non è tipo la Romania?»

«No. La Moldavia è la Moldavia. È una gaugazi, sono moldavi di origine turca.»

«Cazzo è islamica!» aveva detto Bertuccelli mettendosi al posto di guida. «Sei islamica, Damla?»

«Ortodossa» aveva risposto finalmente quella con una punta di orgoglio.

«Moldavia... Ma che cazzo di posto è? Sembra un paese dei giornaletti di Topolino.»

Mirta si era messa a guardare fuori dal finestrino spegnendo le comunicazioni con Bertuccelli.

Arrivati alla Salaria, Wendy, che ormai dormiva profondamente, le appoggiò la testa sulla spalla. Mirta la scansò con un gesto di schifo. Era sudata, e aveva sulla faccia un'esplosione di bolle, dei brufoli sottopelle che le facevano senso.

«Wendy, fatti in là!»

La colombiana si spostò senza aprire gli occhi. Si asciugò il naso con il polsino della camicia e riprese a dormire a bocca aperta. E nonostante Mirta avesse aperto il finestrino prendendo sul viso aria gelata, non riusciva a cacciare la puzza che quella emanava a intervalli regolari, come un deodorante per la casa al contrario.

Finalmente il fiorino carico di scope stracci e secchi si fermò davanti a un palazzone di via Conca d'oro.

«È qui!» disse Bertuccelli. Si accese una sigaretta e si risistemò i pantaloni. Mentre le ragazze cominciavano a scaricare la roba andò verso il condominio e aprì il portone.

«Io vado a fare colazione. Sono tre scale. Diciamo che per le undici deve essere finito, che a mezzogiorno passiamo al condominio accanto.»

Lente come delle condannate a morte, le donne si avviarono verso il portone di alluminio.

«Wendy e Mirta scala A, Nida e Damla la B. La C poi la fate insieme. Buon lavoro ragazze!», e Bertuccelli sparì dietro l'angolo del palazzo.

Erano undici piani! Undici cazzo di piani da lavare in due. Più altri undici in quattro. Una roba da diventare scemi dalla fatica.

«Sei qui da molto?» chiese Mirta a Damla.

«Da tre mesi. Tu?»

«Qualche anno. Sono di Logofteni.»

«E dov'è?»

«Quasi Ucraina.»

«Io di Chişinău, ma non lo so se qui resisto.»

Wendy e Mirta raggiunsero l'ascensore.

«Non mi sento bene oggi.»

«Non cominciare Wendy. Non me ne frega niente. Se stai male scendi e vai a dirlo a Bertuccelli. Sennò ti tocca lavorare come me. Io undici piani da sola non li faccio!»

«Ma ho la nausea!»

«Chissenefrega. La notte vai a dormire.»

Wendy si appoggiò allo specchio dell'ascensore: «Ieri sera in effetti ho fatto un po' tardi...», e ammiccò. A Mirta veniva da vomitare. Lì dentro il puzzo era peggio che in macchina, dal momento che prese d'aria non ce n'erano.

«E a fare che? A mangiare aglio?» le chiese.

La colombiana non si toglieva il sorriso dalla faccia. «A scopare come cani. Due ore. Ci siamo addormentati all'una e mezza!»

Gli avrà messo l'ovatta nelle narici, pensò Mirta guardando le lucine dei piani che indicavano i progressi nella salita.

«Non ci posso fare niente se io piaccio, Mirta. La donna latina e caliente piace sempre. E lo sai che mi ha detto Bruno?»

«Ah, non con tuo marito?»

«No. Questo si chiama Bruno. Comunque sai che mi ha detto?»

«No... che ti ha detto?» Ancora sesto piano, era un ascensore lento come un mulo.

«Che non somiglio mica a J.Lo.»

«Ma va?» Era inutile essere ironica con Wendy. Non capiva.

«Dice che assomiglio a Beyoncé. Sai chi è?»

«Sì, lo so.» Mirta scosse la testa. Wendy avrebbe potuto somigliare a Beyoncé se quella fosse sfregiata dalla lebbra e avesse mangiato sedici chili di zucchero in una nottata. A quel pensiero le venne da ridere.

«Perché ridi?» le chiese Wendy. «Tu dici che non somiglio a Beyoncé?»

Finalmente le porte dell'ascensore si aprirono, le due donne scesero e la colombiana si mise inopinatamente a cantare.

«Ai uont survaivo, ai dont biliv iu, chip on survaivo, aimon survaivo!»

«Sono le 7.45 Wendy. La gente dorme!!»

«Sono le destini ciaild.»

«E sempre le 7.45 sono.»

Davanti aveva centinaia di scalini da pulire insieme a una subdotata. Meglio non pensarci, si disse. Ma appena liberava la testa dal presente, ecco tornare gli occhi di Ilie, in mezzo ad altri occhi, tutti puntati su di lei, come una giuria che ha emesso un verdetto, talmente severo che per dirlo ad alta voce ci vorrebbe un bel coraggio.

Sette piani e due ore dopo Mirta si accorse che Wendy era sparita. Si affacciò sulla tromba delle scale.

«Wendy?» chiamò. Nessuna risposta. «Wendy!»

La sua voce rimbombava ma della donna nessuna traccia. Doveva risalire, ma avrebbe lasciato le orme sul marmo umido di acqua e detersivo.

«Wendy?» Guardò in giù, verso il piano terra. Magari era scesa con l'ascensore. Niente. Non le rimaneva che risalire poggiando i piedi sul bordo dei gradini per fare minor danno possibile. Arrivò al quarto piano. Tutte le porte chiuse. Guardò un'altra volta per le scale. Poi riprese a salire. Lì i gradini s'erano già asciugati e andò spedita. L'interno 23 aveva la porta di casa aperta. Mirta si avvicinò lentamente. Si affacciò. E la vide.

Se ne stava ipnotizzata davanti a un acquario a guardare i pesci.

«Wendy?» la chiamò sottovoce. «Che fai?»

La donna si girò. «Belli eh?»

«Belli ma che fai in casa di questi signori? Forza, esci che dobbiamo finire.»

«Ecco, vengo.» E invece restava appiccicata al cristallo a guardare le bollicine d'ossigeno salire verso la superficie. «Questi pesci hanno tutti i colori.»

Vedeva il viso della sudamericana riflesso nel vetro. Apriva la bocca e la chiudeva. Stava imitando gli animali. «Al mare in Colombia pesci così si vedono, sai?»

«Se ti scoprono ti denunciano.»

Niente da fare. Era incollata come una ventosa. Ascoltava senza sentire.

«Lo sai che qui ci abita un barone?» le disse. «Mi ha aperto lui!», e indicò qualcosa che Mirta non poteva vedere, a meno che non si fosse sporta dentro l'appartamento. Lo fece.

Su un divano di pelle nel salone con le tende ricamate era seduto un vecchio. Poteva avere trecentoventisei anni. Guardava le donne con gli occhi vuoti e velati. «Si chiama Arturo» disse Wendy. «Mi ha aperto e mi ha fatto segno di guardare l'acquario. Io lo sto facendo.»

«Buongiorno» salutò Mirta. Ma il vecchio non rispose. «Va bene, ora saluta Arturo e andiamo. Arrivederci!»

«Buongiorno belle ragazze.» Il vecchio aveva parlato. Wendy e Mirta si girarono verso di lui. «Che ci fate a quest'ora antelucana in questa stamberga?»

Mirta aggrottò le sopracciglia. Non aveva capito.

«Dai, scherzo. Che ci fate così presto qui?»

«Ah. Puliamo le scale del condominio» rispose Mirta.

«Avete voglia di un caffè?», e si alzò. Non sembrava più tanto vecchio. Anzi. Era alto, ben messo, i capelli bianchi portati all'indietro e gli occhi azzurri e vivi. Mirta gli sorrise. «No, grazie, signore...»

«Chiamami Arturo. Tu sei?»

«Io Mirta. Adesso andiamo che abbiamo da lavorare.»

«Un po' d'acqua? Coca-Cola?»

Alla parola Coca-Cola Wendy sorrise mostrando la dentatura disordinata. «Non abbiate paura. Potrei essere vostro nonno!»

«Non è che abbiamo paura. Ma non vogliamo disturbare...»

«Venite!»

Wendy e Mirta entrarono in casa. «Lasciate pure la porta aperta. Qui il riscaldamento va a palla di cannone!», e fece cenno di seguirlo. Il pavimento era lucido e c'era un bell'odore di pulito.

«Anche nel mio paese lasciamo la porta aperta – disse Wendy –, tanto non c'è niente da rubare...»

Il vecchio rise.

«Ecco... Allora Coca-Cola?»

«Sì, grazie.»

«Vi piacciono gli acquari?» chiese mentre apriva il frigorifero.

«A me sì» disse Wendy.

«Sì... perché no?» fece Mirta.

«Io li odio. A settembre scappo da questa casa e torno al paese. Però prima butto tutti i pesci nel water e poi tiro l'acqua. Almeno prima di morire avranno un'emozione, no?»

Versò la bibita nei bicchieri. Si sedette al tavolo e invitò le due ragazze a imitarlo. «Da dove venite?»

«Colombia.»

«Moldavia.»

«Mai stato. È bella la Moldavia?»

«Come una piaga sotto il sedere.»

Arturo e Wendy scoppiarono a ridere. «Ho combattuto accanto ai romeni. In Russia. Nel '43. Ero negli Alpini. Sì, ho novant'anni. Non si direbbe eh? Se noi eravamo poveri, quelli stavano messi peggio di noi. Mamma mia, brutta cosa la guerra. Ma già voi due dovreste saperlo quant'è brutta. La guerra. La fame. Come vi vanno le cose qui?»

Mirta alzò le spalle. «Come ci vede. Si lavora poco, si cerca di mandare i soldi a casa...»

«Lavare le scale è dura» fece eco Wendy.

«Non trovate niente di meglio?»

Negarono all'unisono.

«Per esempio badare a un vecchio rincoglionito come me?»

«Lei non ha bisogno di una che badi a lei. È in forma, sa?»

«Vi assumo tutt'e due. Almeno chiacchieriamo. Io mi annoio a stare solo qui. Poi magari la sera, se una di voi due vuole essere carina, mi fa anche un pompino. Come la vedete?»

Mirta aggrottò le ciglia. Forse non aveva capito bene.

«Che succede qui?»

Si girarono di scatto. Sulla porta della cucina era apparsa una donna sui sessanta, con una busta della spesa per mano. «Che ci fate in casa mia?»

Mirta diventò rossa. «Scusi signora, il signore qui...»

«Ne approfittate di un povero vecchio per rubare? Levatevi di torno o chiamo la polizia!» urlò.

«Stai calma Barbara. E fai silenzio. Le signore sono mie ospiti.»

Wendy e Mirta s'erano alzate. «Ci scusi. Non credevamo che...»

«Fuori di qui!» Aveva poggiato le buste e afferrato il cellulare. «Ho detto via!»

Mirta prese Wendy per mano e la trascinò fuori dall'appartamento. Quando passarono davanti alla padrona di casa, quella indietreggiò di un metro come avesse paura di un contatto fisico.

«L'amministratore mi sentirà. Via! Via!», e sbatté la porta blindata. Il rumore rimbombò per tutto il palazzo. Wendy era rimasta ferma a guardare il portoncino mentre la signora da dentro chiudeva con tutte le mandate possibili.

«Sei un'imbecille» digrignò Mirta fra i denti. «Adesso scendiamo e finiamo di lavorare. Andiamo!»

«Ma ha detto pompino?»

«Mi sa di sì...»

Wendy scoppiò a ridere. «Te l'immagini? Badare al vecchio e fargli anche un pompino? Come ce l'ha l'uccello secondo te, gli funziona ancora?»

«Non me ne frega niente del suo uccello.»

«Sai che ti dico? Per un stipendio decente... io ci farei un pensierino. Un pompino a settimana, cosa vuoi che sia? Io a mio marito li facevo gratis. Alla fine un uccello vale l'altro. Ora ribusso alla donna e le faccio la proposta. Una bella casa con l'acquario e un pompino a settimana. Che ne dici?»

Mirta non le rispose e cominciò a scendere le scale.

Da: mirta.mitea@gmail.com
A: ilie-mitea@list.ru

Ilie, amore mio. Come vanno le cose? Studi? Mangi? Hai freddo? Non mi hai scritto da quando sono partita e neanche mi hai chiamato. Ti prego, fallo. Dimmi di te, raccontami. Non mi mandi neanche più le foto. Ti copri abbastanza? Sta ancora nevicando? Qui a Roma piove e fa freddo. Vedrai, quando saremo insieme ti piacerà questa città. Ci sono un sacco di cose da fare ed è molto più grande di Chişinău. C'è il Colosseo, uguale a quello del film che abbiamo visto dove i romani facevano i duelli con i leoni. E un sacco di cose antiche. C'è pure la casa del papa. Ti ci porto. Io ancora non ci sono andata, aspetto te. Comincia a studiare un po' di italiano. Sabato vado da Pavel a dargli una scatola per te. Ci metto pure un libro e una grammatica che ho trovato qui su una bancarella. Vedrai, è facile. Lo imparerai presto. Tu sei così bravo con le lingue. Sai tutte quelle parole inglesi! Fai le preghiere la sera per nonna e nonno? Li ricordi? Loro ti hanno voluto bene, Ilie. Come te ne voglio io. Scrivimi appena ti arriva lo scatolone. Ci ho messo una sorpresa per te. È una novità che lì non ha nessuno! Me l'ha detto il negoziante. È un videogioco fortissimo. Ce l'ho qui sul letto accanto a me. Si chiama *Zero escape*. Vedrai quanto ti piacerà.

Scrivimi.

Tua madre

Straccio gradino strizza, straccio gradino strizza, straccio gradino strizza. Pianerottolo.

Straccio gradino...

Da: mirta.mitea@gmail.com
A: yaroslava.ciobanu@internat2.md

Egregia dottoressa Ciobanu,

sono Mirta Mitea, la mamma di Ilie. Purtroppo da giorni non ho notizie di mio figlio. Ha il cellulare sempre staccato e non chiama mai. La disturbo quindi per sapere come vanno le cose. Sono preoccupata, lei anche è madre e può capirmi. Vuole essere così gentile da darmi qualche sua notizia? Anche in breve, ma solo per sapere come sta. Si sta integrando? Parla con gli altri? È triste? La prego, anche due righe mi farebbero felice.

Mirta Mitea

Da: yaroslava.ciobanu@internat2.md
A: mirta.mitea@gmail.com

Gentile signora Mitea,

va tutto a gonfie vele. Ilie mangia tanto, è in salute a parte un leggero raffreddore ma niente di importante. In classe si comporta molto bene e fa tutti i compiti. Lo vedo sempre in mensa e ha trovato degli amici. Ride sempre e gioca con loro. Ha una bella collezione di videogiochi e li fa usare a tutti. È proprio un caro ragazzo. Gli ho anche chiesto il perché tenga il cellulare spento. Mi ha risposto che non ha nessuno al di fuori dell'istituto con cui parlare. L'ho rimproverato ricordandogli lei, sua madre, e allora mi ha sorriso e ha detto che non se la sente di parlare con lei al telefono. Se sente la sua voce diventa troppo triste. Preferisce aspettarla quando verrà su a trovarlo. Stia serena signora Mitea, Ilie sta bene e non vede l'ora di riabbracciarla.

Sua,

Yaroslava Ciobanu

L'angelo

Il pacco da portare a piazza Albania era piccolo, poco più di una scatola da scarpe. Aveva potuto risparmiare poco e quel poco l'aveva speso per il videogioco. Alle solite mutande magliette e calzini aveva aggiunto due libri e dei gadget comprati in una bancarella cinese. Una specie di antenna telescopica con il magnete sulla punta per recuperare monete nei tombini, un coltellino milleusi, dei piccoli adesivi di plastica fosforescenti a forma di luna, stelle e pianeti e due bellissimi auricolari azzurri per sentire la musica con l'iPod, sperando che Ilie l'avesse ancora e che non gliel'avessero rubato all'internat. Perché che tutti i ragazzi lì dentro andassero d'amore e d'accordo era una favola alla quale Mirta non credeva.

In fila da Pavel c'erano sempre le stesse persone. La coppia di sorelle di Kangaz, il muratore di Chişinău e gli ucraini. Il furgone era già ricolmo di roba. Ma anche se era l'ultima della fila non si preoccupava. La sua scatola sarebbe entrata comunque. Quando la consegnò a Pavel, l'uomo la soppesò con lo sguardo.

«Tutto qui?» le chiese.

«Tutto qui...» Mirta aprì la borsa per pagare il dovuto, ma Pavel le bloccò la mano. «Troppo leggera. Non paghi.»

«Pavel per favore, tu...»

«Io ho il furgone, io lo porto, io faccio le regole. Questa scatola è troppo leggera, non ha tariffa.» L'afferrò e la mise sopra due pacchi con delle scritte in cirillico.

Mirta gli sorrise. «Grazie.»

«Aspetta, ho una cosa per te.» Chiuse a chiave gli sportelli del furgone e ci girò intorno. Aprì la portiera del guidatore e afferrò una carta che teneva nel portaoggetti. «Tieni.»

Era un foglio A4. Sopra c'era un annuncio: «Cercasi badante referenziata, lavoro urgente e di responsabilità».

Mirta alzò gli occhi dal foglio. «Grazie Pavel, ci proverò.»

«No. Ora ti spiego. L'ho strappato dalla porta del negozio dove era attaccato. Perché ho chiamato e so di che si tratta... Vieni!» Tirò le chiavi del furgone a un giovane. «Dimitri, vado al bar con questa mia amica. Occhio, torno subito.» Prese sottobraccio Mirta e insieme attraversarono la strada.

Il barista depositò i due caffè sul bancone. Pavel ci mise un'intera bustina di zucchero. Mentre girava il cucchiaino finalmente parlò. «È un lavoro molto, molto importante. Si parla di duemila al mese!»

Mirta rimase con la tazzina a mezza altezza. Pavel sorrise. «Bevi!»

Mirta eseguì.

«Solo che vogliono una persona con referenze.»

«E io non ce l'ho.»

«No, tu ce l'hai.»

«Sì, posso tornare dalla famiglia della signora Olivia e farmi scrivere una referenza che...»

Pavel scuoteva la testa. «No, vogliono un'infermiera professionista.»

«Io non sono un'infermiera!»

«Questo lo dici tu!» Si slacciò la giacca a vento. Dentro teneva una piccola cartellina. La posò sul bancone e l'aprì: «Guarda qui!».

«Cos'è?» fece Mirta buttandoci gli occhi.

«Sono le referenze per te. Devi solo mettere i dati anagrafici che non conoscevo. Viene dal Centru medical excellence di Chişinău. Dice che sei un'ottima infermiera e grande professionista.»

«Pavel... io al massimo so fare le iniezioni, che dici?»

«Ci ho pensato io. Ho un cugino, fa il radiologo lì... Vedi, questo è il nome e questa è la sua firma. Dottor Vasile Burlacu. Ed è d'accordo con me che, qualsiasi informazione richiedano da Roma su tale Mirta Mitea, lui confermerà. Visto? Hai lavorato lì tre anni!»

Mirta sbatteva gli occhi. «Pavel, è una truffa!»

Pavel scoppiò a ridere. «Tutta la vita è una truffa, non lo sapevi? Prendi queste carte e chiama. Mirta, sei mesi in quella casa e ti porti Ilie in Italia. E la vita sorride!»

Mirta non allungava la mano per prendere la cartellina che Pavel le stava passando.

«E se mi chiedessero cosa so fare? Se mi facessero un esame?»

«Quanto la fai lunga! Devi badare a una vecchia. Al massimo due punture, qualche massaggio, apri e chiudi la bombola dell'ossigeno. La sai mettere una flebo?»

«A papà prima che morisse gliele mettevo io, sì...»

«Ecco, allora sei un'infermiera! Forza, prendi questa cartellina e pensa a te per una volta.»

«Perché fai questo?»

Pavel sorrise. La guardò. «Andiamo, forza!»

Mirta perse una lacrima ma la raccolse subito con il polso. Poi afferrò la cartella.

«Ti saluto Ilie se lo vedo...»

«Ti prego, cercalo, fagli una foto!»

«E dove ha lavorato lei?»

La voce della donna al telefono era fredda, distante e acuta da trapanare le orecchie. Mirta immaginava il volto della proprietaria di quello stridio severo. Capelli corti alle spalle, castani, naso adunco, occhi stretti e neri, doppio mento e una collana di perle su un dolcevita azzurro.

«Al Centru medical excellence di Chişinău.» Per fortuna era al telefono altrimenti la donna l'avrebbe vista arrossire.

Un silenzio prolungato.

«Pronto?»

«E con quale dottore?»

«Vasile Burlacu...»

«Reparto?»

«Radiologia.»

«Bene. La richiamo io per un appuntamento», e chiuse la telefonata senza salutare.

Mirta prese un respiro. Avrebbe veramente telefonato all'ospedale?

Chissenefrega, si disse. Lo facesse. E se quella follia di Pavel non avesse funzionato, cosa ci avrebbe rimesso? Al massimo un'altra italiana che pensava il peggio sul suo paese e la sua gente. Una più o una meno, che differenza faceva?

Sì, siamo dei truffatori. Sì, siamo ladri. Sì, veniamo a rubare il lavoro agli italiani! Quasi sorrise. Quale italiano avrebbe fatto il suo lavoro? Chi sarebbe stato attaccato a un anziano avvizzito e morente ventiquattr'ore su ventiquattro? Neanche erano in grado di conviverci i familiari, concentrati com'erano sulla loro esistenza, figurarsi se un estraneo si sarebbe sobbarcato quella vita. Guardò la statua al centro della piazza. Sapeva chi era, l'aveva letto sulla base. Giorgio Castriota Scanderbeg. A cavallo, petto orgoglioso e spada puntata verso l'alto. Immaginò di essere al posto dell'eroe albanese in sella al destriero con la spada sguainata. Con la siringa in mano e la ramazza nell'altra, e sulla base ci avrebbe fatto scrivere: *Mirta Mitea, eroina moldava, finta infermiera, che ha abbandonato la sua famiglia per aiutare quelle degli altri.* Le venne da ridere. Poi pensò a sua madre, andata in cenere insieme a un pezzo della sua vita, e a Ilie che non sorrideva più.

Mors tua

«Roma Colosseo. Prossima fermata Circo Massimo» gracchiò una voce femminile dagli altoparlanti sfondati nel vagone della metro B. Mirta si preparò a scendere. Guardò l'ora e fece un bel respiro. Aveva dieci minuti abbondanti per arrivare a via Eufemiano. Salì le scale della stazione Circo Massimo. Fu nuovamente aggredita dal puzzo impietoso e dal rumore del traffico che impazzava su viale Aventino. Si inerpicò lungo la strada che saliva sull'antico colle romano, e che si dipanava in mezzo a villette liberty con giardini da sogno. Mirta le osservava. E pensava. Chi abitava lì o era un console oppure nella vita poteva dire di essere arrivato molto in alto. Sapeva che i prezzi delle abitazioni da quelle parti, ammesso che se ne riuscisse a trovare una, superavano lo stipendio mensile del più ricco della Moldavia per un solo metro quadrato. Dai giardini racchiusi in vecchie cancellate di ferro battuto spuntavano rami di glicine che fra neanche un mese avrebbero tirato fuori i loro grappoli viola, bouganville e rincospermi. Dietro quelle selve di fiori, in quei giardini, si immaginava esistenze felici. I problemi non possono superare quelle barriere delicate e resistentissime. Non si piange dietro quei cespugli. Si sta seduti nei saloni con i camini accesi, su una poltrona di pelle mentre uno stereo spalma una musica soffice e delicata per tutti i duecento metri quadrati dell'appartamento e il tepore ti abbraccia come una coperta di lana.

A questo pensava Mirta mentre camminava con gli occhi socchiusi sulle sue scarpe finte Hogan con il rialzo plantare. Il traffico con le sue polveri sottili non penetrava in quelle strade e il marzo romano avvertiva che la primavera non era così lontana.

Arrivò alla fine della strada e davanti a lei vide la piazzetta col giardino pubblico dalla quale partiva via Eufemiano. Si era studiata il percorso la sera prima sul telefonino. Nel giardinetto un paio di colf dallo sguardo assente portavano a spasso dei cani che segnavano con la pipì tutti gli alberi a disposizione. Girò per via Eufemiano. Ville di due, tre piani che traboccavano storia e opulenza. Si fermò al 12. Era lì l'appuntamento. Per le nove. Guardò l'orologio. Mancavano due minuti.

Bene, era in perfetto orario.

Si avvicinò a una macchina parcheggiata e si dette un'occhiata nello specchietto laterale. Si ravviò i capelli, si inumidì un dito con la saliva e si pettinò le sopracciglia bionde. Si rassettò la gonna. Poi prese il deodorante al muschio dalla borsa e si sparò un paio di spruzzi sotto la maglietta, più un altro sul collo.

Era pronta.

Si avvicinò al citofono. Una sola targhetta con un doppio cognome: Ferlaini Strozzi. Chiuse gli occhi. Si raccomandò a san Gregorio e suonò con un minuto di anticipo. Attese qualche secondo, poi una voce lontana e molto seccata le rispose.

«Sì?»

«Sono Mirta... Mirta Mitea... Sono qui per...»

Il gracchio elettrico la fece trasalire. Si appoggiò al cancello di ferro e aprì.

Il vialetto del giardino era di ghiaia. Lento ma inesorabile un vecchio spinone le si avvicinò. Mirta gli sorrise, non aveva paura dei cani. A Chişinău anni prima andavano in giro a branchi, tutti randagi, molti idrofobi. Figurarsi se un vecchio spinone male in arnese poteva spaventarla. Ma quello annusandola le lasciò una sgommata di bava sulla gonna arancione appena lavata.

«Cazzo!» disse tra i denti. La gonna pulita. Era stata così attenta per tutto il viaggio a non macchiarla, l'aveva stirata la sera prima! Ci passò la mano un paio di volte ma riuscì solo ad allargare la macchia.

Cane di merda..., pensò. Non era il caso di dirlo ad alta voce, dal momento che una donna abbondantemente sopra i cinquant'anni si era affacciata al doppio portone di casa. Non era affatto come Mirta l'aveva immaginata. Era bionda, aveva un tailleur pantalone color crema e oro un po' dappertutto. Era abbronzata e aveva il viso tirato e nervoso.

«È in ritardo!» disse la donna indicando l'orologio.

«... Sono le nove...»

«E due minuti. Dunque è in ritardo!»

Se questo è l'inizio..., pensò Mirta.

«Vieni, su vieni!», e Mirta non capì se ce l'avesse con lei o con il vecchio spinone.

Ma il cane si era accucciato sotto un cespuglio di rose.

Mirta arrivò in cima alle scalette di marmo e attraversò la porta di casa.

Lame di luce dalle finestre tagliavano le tende di broccato, i quadri antichi alle pareti, i tappeti orientali a terra. Ebbe timore di camminarci sopra, di sporcarli. Si sentiva fuori luogo, un brufolo sulla schiena di Dio.

«Seguimi...»

La signora non aveva tempo da perdere. Mirta si accodò e attraversò l'ingresso grande quanto la vecchia casa dei suoi genitori, un paio di saloni, e arrivò a uno studio circondato da una libreria piena di vecchi tomi con le coste dorate. La donna si sedette su un divano di velluto e accavallò le gambe. Ora Mirta ebbe il tempo di esaminarla. La tinta dei capelli bionda era perfetta come lo smalto sulle unghie. La bocca tirata e senza labbra raccontava lo sdegno profondo e il disgusto che provava per la razza umana con la quale le toccava condividere il pianeta. Occhi piccoli e chiari truccati con l'eyeliner, naso secco e a punta, nessun doppio mento. Con un gesto pretesco le indicò una sedia di fronte a lei.

«Mica vorrai stare in piedi tutto il tempo, no?»

Mirta prese posto, ordinata e composta. Si mise la borsa sulle ginocchia e se la strinse alla pancia. La macchia sulla sua gonna arancione era un cazzotto in un occhio.

«Mi fai vedere se i documenti sono a posto?»

Mirta aprì la borsa, prese la busta dei documenti e li passò alla signora. Un signore vestito di nero incorniciato la guardava severo da sopra il camino. Accanto, un cinghiale veniva dilaniato da una muta di cani da caccia. Dietro la finestra un banano mostrava sfacciatamente le sue foglie. Mirta si guardò i piedi e le sue scarpe taroccate.

«A ma', t'aspetto in macchina!»

Quasi saltò sulla sedia a sentire quella voce di uomo. Sulla porta della biblioteca era apparso un ragazzo sui venticinque anni. Vestito con una felpa grigia e i jeans sgarrati sulle ginocchia. Neanche la guardò. Sparì senza che *a ma'* lo avesse degnato di una risposta.

«Bene... va bene. Io ho mandato una mail all'ospedale e il medico... tale Vasile...»

«Burlacu!» intervenne Mirta.

«Ha risposto in un buon inglese, devo dire... e mi ha parlato molto bene di te. E parli italiano?»

Perché, che stava facendo?

«Certo...»

La donna la guardò. La stava studiando. Molto attentamente. I suoi occhi erano penetranti e Mirta si sentì scrutata fin dentro i pensieri.

«E perché non fai l'infermiera in Italia?»

«Ho fatto domanda. Sto aspettando. Ma sa come vanno le cose...»

«No. Come vanno?»

«Ci sono le raccomandazioni. È difficile che...»

«Ah!» fece la signora con una lama di voce alzando il mento. «Senti, l'ultima cosa di cui ho bisogno è una predica da una straniera su come vanno le cose nel mio paese», e le restituì i documenti.

Mirta avrebbe voluto mangiarsi la lingua. Ma ormai l'aveva detto.

«E che fai al momento?»

«Pulisco le scale nei condomini, signora.»

«... Va bene. Senti, sarò sincera e diretta. È inutile che ti dica che mamma avrebbe voluto un'italiana, ma non se ne trovano. Quindi vada per una bulgara, romena o africana...»

Come se fossero la stessa cosa, pensò Mirta, ma se lo tenne per sé.

«Ma ti dico subito che qui devi lavorare. Per me e mio marito la cosa più importante, quella che conta, è la prima sensazione che ho dalla gente. Bene!» La donna si alzò e Mirta la imitò immediatamente. La seguì di nuovo attraversando i due saloni e l'ingresso. La padrona di casa aprì la porta e lei uscì.

«Ho il tuo numero. Ti faccio sapere. Arrivederci.»

«Arrivederci signora.»

«Ah, un'altra cosa. Se dovessi scegliere te, mi fai la cortesia di venire con dei vestiti puliti la prossima volta», e indicò la saliva nerastra sulla gonna arancione.

«Sì signora, ma vede...»

«Non c'è né ma né se. In questa casa le cose vanno così.»

«Certo.» Non c'era da ribattere. C'era solo da chinare il capo. Mirta voltò la schiena. Si avvicinò al cancello del giardino. Si girò per salutare, ma quella aveva già richiuso la porta di casa. Con un rumore elettrico il cancello di ferro battuto si aprì col chiaro invito che era proprio il momento di levarsi dalle palle. Così fece Mirta e si ritrovò di nuovo in strada.

Fuori, a bordo di un suv metallizzato, il figlio con la felpa grigia smanettava nervoso sul cellulare. Dai finestrini chiusi filtrava una musica isterica che il ragazzo seguiva dondolando il capo.

Era andata bene? Sinceramente non lo sapeva. Si sentì la schiena sudata. Era stato un esame difficilissimo. Sperava di averlo superato. Ripassò mentalmente tutti i momenti del dialogo, che era durato neanche un paio di minuti. A parte la sciocchezza sull'Italia era stata composta, attenta, e sperava di aver dimostrato di essere anche piuttosto sveglia. Non aveva mai ribattuto alle continue punzecchiate della padrona di casa. Tutto sommato s'era comportata bene. Ora aveva la giornata a disposizione. Con Bertuccelli s'era data malata.

Erano le nove e trenta e Mirta decise che si sarebbe presa un bel lusso. Voleva andare in un bar, sedersi al tavolino e ordinare un cappuccino e un cornetto.

Le veniva incontro una donna, una slava coi capelli biondi di paglia. Percorreva il marciapiede con un foglietto in mano e l'aria di chi cercava un numero civico. Mirta la vide suonare al 12 e aspettare.

«Sono Irina...», ed entrò nel giardino.

Una russa. Un'altra aspirante a quel lavoro. Mentre la vedeva sparire dietro i cespugli di bosso, sentì per quella donna un odio feroce. E le augurò tutto il male possibile. Quel lavoro doveva essere suo. E di nessun altro. Si avviò triste verso viale

Aventino maledicendo quel quartiere, quella città, quel paese che continuava a illuderla e che non era in grado di offrirle una vita degna di questo nome.

E maledisse tutte quelle schiave che come lei cercavano di mettere insieme il pranzo con la cena.

«Permette? Alfonso Liguori...» Un uomo sui settant'anni le sorrideva dal tavolino accanto. Aveva un'aria rispettabile, il cappotto e i pantaloni erano lisi.

Mirta gli sorrise. «Mirta Mitea...»

«Romena? Moldava?»

«Moldava, sì...»

«In cerca di lavoro...»

«Perché. Lei me lo può offrire?»

L'uomo scoppiò a ridere. «No, direi proprio di no. Con la pensione che prendo al massimo posso offrirle un cappuccino.»

«Che lavoro faceva lei?»

«Professore di filosofia. Al liceo. Ma non sono di Roma. Vengo da giù, da Benevento. Mai stata?»

«No. Una volta a Napoli.»

«Non è la stessa cosa. Mi è andata meglio che ai miei fratelli. Sono finiti tutti nelle fabbriche su al Nord. Studiare è importante, lo sa?»

Mirta annuì senza rispondere.

«È sempre stato così. Io e lei siamo un po' uguali. Ci crede?»

«Cosa abbiamo io e lei per essere uguali?»

«Emigriamo.» Poi si sporse verso Mirta. «È così il capitalismo. Ha sempre bisogno di un popolo da sfruttare, altrimenti come fa a vivere? Qui in Italia negli anni Sessanta erano i meridionali, oggi con l'Europa sono italiani greci e portoghesi che servono alle economie tedesche e anglosassoni. Cambiano solo i termini dello sfruttamento, madame, ma sempre sfruttamento è...»

Mirta accennò un sorriso.

«... Ma come sono crollati i muri – riprese il professore – anche il capitalismo ha il respiro corto. Io non arriverò a vederne la fine, ma ce ne saranno delle belle!», e terminò con un sorso il suo caffè. «Be', la saluto. Come ogni pensionato che si rispetti vado a dare una controllata ai lavori in corso sotto casa, poi a sentire il notiziario. All'una vado a prendere i miei nipoti a scuola e finché le gambe mi reggeranno e la testa mi seguirà andrò anche a fare la spesa. Buona giornata!», e con il gesto di togliersi il cappello uscì dal bar.

«Ecco dolcezza» le disse il cameriere servendole cornetto e cappuccino. Aveva disegnato un cuore sulla schiuma. Mirta lo guardò. Una faccia italiana. Scuro, con gli occhi neri, la pelle olivastra. Poteva avere una trentina d'anni. La fronte imperlata di sudore, un po' di pancia usciva dai pantaloni di cotone nero. Il papillon sembrava strozzarlo.

«Grazie. Quant'è?»

«Fosse pe' me sarebbe gratis. Ma poi me cacciano. Sono quattro euro e venti.»

Prese i soldi, li contò e li diede al cameriere.

«E non dia troppo retta al professore. Rompe li cojoni a tutti quelli che je se siedono accanto.»

«No... perché? È stato gentile.»

«Con lei. Viene qui tre volte al giorno. E attacca certe pippe che suonano! Io a volte vado a casa col mal de testa. Ha parlato del muro del pianto a Gerusalemme e del papa?»

«Del muro di Berlino... Del papa mi pare di no.»

«Mo' je presa la fissa. Poi passa alla guerra dell'Iraq. Dipende», e con un sorriso si allontanò dal tavolino.

Due giovani in giacca e cravatta se ne stavano seduti uno di fronte all'altro e parlavano ognuno col suo cellulare. Il biondo rideva, quello più scuro sembrava impegnato in una telefonata di lavoro. Il cornetto era buono, caldo e con la crema. Il cappuccino superava ogni aspettativa. Quattro euro e venti. Più di un'ora di lavoro per una colazione.

Era poi così sicura che avrebbe preso quel lavoro? Magari in quel momento la russa stava uscendo con il contratto in mano, oppure un'altra candidata stava entrando nella casa di via Eufemiano. E poi ce ne sarebbe stata un'altra, e un'altra ancora. Quante ne poteva esaminare la signora in un giorno? Quante possibilità aveva di passare? Se ne faceva una ogni cinque minuti, tanto era durato il suo colloquio dall'entrata in casa all'uscita, dieci in un'ora era una cifra abbastanza plausibile. Con sei ore di colloqui si stava già parlando di sessanta candidate a quel lavoro. Sessanta possibilità su una. Sarebbe stato più facile giocarsi una cinquina all'Enalotto.

Però... il ragazzo aspettava la madre in macchina. Segno che forse il suo era uno degli ultimi colloqui. Alle nove e mezza li aveva quasi finiti? Non erano tanti allora. Forse quella russa entrata dopo di lei era l'ultima candidata? Il figlio non avrebbe aspettato tanto in auto. Non si scende in auto per restarci due ore, ma qualche minuto. Uscì dal bar salutando con un sorriso il cameriere che ricambiò strizzandole l'occhio. Se ne stava andando a riprendere la metro alla stazione del Circo Massimo quando la vide appoggiata al muretto mentre parlava al cellulare. La russa, Irina, quella entrata dopo di lei. Mirta controllò l'orario. Erano le dieci.

L'ha tenuta almeno venti minuti! A me cinque!, pensò.

Non andava bene. Non andava affatto bene.

Mirta si avvicinò alle scale delle metropolitana a passo lento provando ad ascoltare la telefonata della slava.

La ragazza parlava in russo e Mirta il russo lo capiva.

«... Sì, è andata molto bene. Molto. Mi ha visto i documenti. Sì, mi ha sorriso e mi ha detto: Irina sei in gamba. E io mi fido della prima impressione... Sì... ha detto così... No, duemila euro! ... Sì, è molto buono... è una svolta!»

Mirta sentì una mano di ferro che le strizzava i muscoli delle gambe. Irina le stava rubando il posto.

Perché?

Perché non ne andava una dritta da mesi? Perché tutto precipitava in un buco nero liscio e oleoso senza un appiglio per fermare la caduta?

E poi una russa, proprio una cazzo di russa. Quando la smetteranno di rompermi le palle, pensava. Quante volte s'era ritrovata a immaginare, durante le lezioni di storia: se la Romania e la Moldavia si fossero unite agli inglesi invece che ai nazisti? A quest'ora sarebbero come la Francia. Mica sotto Mosca. Ma a chi glien'è mai sbattuto niente della Romania e della Moldavia? Cos'hanno che può attirare? Non c'è il mare Mediterraneo, non ci sono porti palazzi e musei. Ci sono montagne, ma neanche ci si può sciare. Una lingua che non parla nessuno. Niente petrolio, diamanti, niente. Un posto così, dove l'eroe nazionale era uno che impalava turchi e succhiava sangue, poteva attirare solo i russi. Giusto loro. I peggiori padroni che ci si può ritrovare. E adesso era il turno di Irina.

«... No, ancora non so. La signora ha detto che mi chiama più tardi. Ma io dico che è sicuro... sì...»

Le faceva male, ma doveva ammetterlo. Era abbastanza carina. Non arrivava a trent'anni. Un bel seno. Un po' abbondante di culo, ma caviglie sottili. Braccia muscolose abituate al lavoro. Capelli così biondi da sembrare bianchi. Gli occhi azzurro slavato. I denti un po' gialli. E non aveva labbra. Pure il naso non era un granché, ma nell'insieme non era da buttare via. Le guardava il collo liscio, con quella leggera peluria chiara che saliva verso la nuca fino a confondersi coi capelli. Le orecchie rosa. Aveva le unghie smaltate di blu.

La odiava. La ragazzina le stava prendendo il lavoro. Sotto il naso. Così, con la stessa facilità con la quale il cameriere le aveva portato la colazione e il vecchio professore le aveva fatto una lezione di politica. Col sorriso.

Che bisogno aveva di quel lavoro Irina? Era giovane e bella, perché non se ne andava a lavorare in qualche pub alla moda a ottanta euro a sera mance escluse? Una così l'avrebbero presa di sicuro. Si mette una bella maglietta aderente con su scritto Heineken, coi seni sotto che sembrano esplodere, sai quanta gente attira? Di sicuro non ha un figlio a cui pensare. Di sicuro non ha un figlio che se ne sta solo chiuso in un orfanotrofio.

La russa infilò il cellulare nella borsetta, un obbrobrio bianco e nero con borchie e cinghie, e scese le scale della metropolitana. Mirta attese. Poi le andò dietro, con gli occhi fissi sulla coda di cavallo bionda che sobbalzava a ogni passo. Aveva la camminata spensierata di chi almeno per un giorno pensa di avere la propria vita in pugno. Leggera e con le spalle libere.

La stronza.

Si mise ad aspettare la metro a una decina di metri. La russa se ne stava con le braccia conserte a guardare il tunnel. Batteva un piede impaziente. Poi sembrò ricordarsi chissà quale urgenza. Infilò le mani nella borsa e tirò fuori un coso di plastica con degli auricolari. Se li mise alle orecchie e smanettò con l'aggeggio.

Cominciò a seguire un suo ritmo con la testa. Apriva e chiudeva la bocca. Cantava. Una folata di vento caldo e il solito puzzo di urina annunciarono l'arrivo del treno.

Irina salì. Anche Mirta. Si appoggiò al finestrino di coda e attraverso i vetri luridi vide la ragazza sedersi accanto a una donna anziana, che si spostò immediatamente mettendo un bel sedile di distanza fra lei e la nuova arrivata. Si sentiva evidentemente più sicura adesso. Ma le andò male, perché nel posto vuoto ci si catapultò un magrebino grasso e baffuto. L'anziana così si trovò stretta fra la mole dell'africano e i tubi di sostegno verticali. Girò la faccia e i suoi occhi incontrarono quelli di due senegalesi. Anche la vista non era più libera. Allora si mise a guardare davanti a lei dove un ragazzo coi dreadlock leggeva un giornale. Sembrava sporco, coi pantaloni stracciati, ma almeno era italiano, così la vecchia si mise a fissarlo e sembrò trovare pace.

Il treno correva all'aperto. E solo allora Mirta si rese conto che stava andando verso l'Eur, in direzione opposta a casa sua.

Alla fermata Garbatella Irina si alzò e scese.

Anche Mirta.

Cercò di non perdere di vista la coda di cavallo in mezzo alla gente che affollava il marciapiede della Circonvallazione ostiense. La vide fermarsi a una bancarella dove vendevano scarpe e borse. Toccava la merce e la rimetteva a posto. Forse stava dando un'occhiata a quello che si sarebbe potuta comprare coi soldi del lavoro di via Eufemiano. La russa svoltò su via Caffaro. Proseguì per un po', poi sparì dentro un negozio. Mirta si avvicinò fino a che la vide al di là di una vetrina, seduta, che masticava un pezzo di pizza. Gli auricolari sempre infilati nelle orecchie, guardava la strada senza espressione con gli occhi vacui di chi pensa ad altro. O forse era solo concentrata sulla musica che stava ascoltando. Mirta superò la pizzeria al taglio e si fermò davanti a una profumeria. Doveva farsi venire un'idea. Purtroppo l'unica percorribile era quella di rubarle il cellulare. Non aveva alternative. Così, se anche la signora l'avesse chiamata, la russa non avrebbe potuto rispondere e dopo un paio di tentativi quella avrebbe telefonato a un'altra. Magari a lei. Non era un gran piano, ma almeno avrebbe guadagnato qualche possibilità in più.

Entrò decisa nella pizzeria. Fu subito aggredita da un tanfo di olio fritto che le fece risalire il cappuccino che le sciacquava ancora nello stomaco. Il pizzaiolo dall'altra parte del banco era sudato e stava controllando la cottura dei polli allo spiedo. Oltre alla donna c'era un solo cliente, un bambino, che guardava il forno stringendo in mano dei soldi. La russa le dava le spalle. Aveva lasciato la borsa appesa allo schienale dello sgabello.

Ora o mai più.

Calmò il battito del cuore, respirò profondamente e si avvicinò alla sedia. Lo vide lì, dentro la borsa semiaperta, nella sua custodia azzurra. Aspettò che il pizzaiolo si girasse per prendere il pollo dentro la teca, il bambino continuava a fissare la teglia con le pizze, Irina muoveva leggermente la testa con gli occhi fissi sulla strada. Qualcuno, non lei, le fece alzare il braccio destro, qualcun altro le fece infilare rapida la mano nella borsa ed estrarre il cellulare azzurro. Sempre qualcun altro glielo mise in tasca e la fece scattare verso l'uscita.

Che hai fatto? Dio, che hai fatto?

Camminava a passi veloci voltandosi ogni tanto verso il negozio. Si aspettava di vedere la russa catapultarsi fuori da un momento all'altro. Si allontanò sempre più rapida mentre un sudore freddo cominciò a scenderle tra le scapole e sulla fronte.

Che ho fatto?

Girò l'angolo e quasi andò a sbattere contro una bancarella di un cingalese che vendeva stracci. Proseguì verso la stazione della metropolitana per tornare a casa.

Che ho fatto!

Da: yaroslava.ciobanu@internat2.md
A: mirta.mitea@gmail.com

Gentile signora Mitea,

Ilie ha ricevuto il suo pacchetto. La ringrazia tanto per il videogioco e per le stelline fosforescenti da mettere sul soffitto. Purtroppo devo ricordarle che in questo istituto coltelli e altri attrezzi pericolosi non sono ammessi, ho dovuto sequestrarlo. La prego di non commettere più questa leggerezza, siamo responsabili della salute di tanti ragazzi. Confido nel suo buon senso.

Yaroslava Ciobanu

Da: mirta.mitea@gmail.com
A: yaroslava.ciobanu@internat2.md

Cara direttrice,

non sapevo e non avevo l'intenzione di creare disordine o pericolo. Era un semplice oggetto per Ilie. Lui al villaggio si divertiva a intagliare i bastoni di betulla. Ma ne farà a meno. D'altra parte fa a meno di tante altre cose, no?

Sua, Mirta Mitea

Da: yaroslava.ciobanu@internat2.md
A: mirta.mitea@gmail.com

Gentile signora Mitea,

ho percepito nella sua ultima mail una critica velata all'istituto che ho l'onore di dirigere. Si sbaglia, e di grosso. Certamente non è un albergo extralusso ma le assicuro che i ragazzi qui hanno tutto ciò di cui hanno bisogno. Lei lo ha visto quando è venuta a farci visita, e l'educazione è al primo posto nei nostri pensieri. E saprà anche, altrimenti glielo dico adesso, che lo Stato non è generosissimo con noi. La prego di voler considerare quindi quanti sacrifici io e i miei collaboratori siamo costretti a fare per assicurare a Ilie e ad altri ragazzi come lui un soggiorno dignitoso, un'istruzione dignitosa, una speranza di crescere in maniera sana e decorosa.

Grazie comunque per la sua attenzione,

Yaroslava Ciobanu

Da: mirta.mitea@gmail.com
A: yaroslava.ciobanu@internat2.md

Cara direttrice,

non c'era nessun sarcasmo nei suoi confronti, semmai nei miei. E mi dispiace che lei, una donna, non l'abbia capito. Non critico l'istituto, che anzi mi sta aiutando (per quanto riguarda i pochi soldi che lo Stato elargisce agli internat non è colpa mia, le tasse io e i miei poveri genitori le abbiamo sempre pagate), era semmai l'esatto opposto. Un'autocritica, dottoressa Ciobanu, una frecciata autoinflitta a una madre che non riesce a prendersi cura di un figlio e che lo costringe a vivere lontano da lei. Ecco a cosa mi riferivo quando le ho scritto: «D'altra parte fa a meno di tante cose, no?». La sua vita è dura, la mia lo è altrettanto e lo è anche quella di tutti i ragazzi che voi cercate di educare e di nutrire. Ora a ricercare le colpe ci perderemmo in discussioni senza fine. Chi è il colpevole? La storia, il nostro paese, il capitalismo, la fame, la sventura, il destino? Se lo scelga lei. Però su una cosa vorrei farla ragionare. Che paese è quello che ti costringe a partire e andare a vivere in una famiglia straniera incapace di badare ai propri anziani costringendoti a sputare sulla tua?

Mirta

Da: yaroslava.ciobanu@internat2.md
A: mirta.mitea@gmail.com

Gentile Mirta,

mi dispiace. Ho letto la sua mail tante volte. Forse sono diventata una vecchia brontolona, e da troppi anni sto sulle barricate a ripararmi dalle frecce e dai colpi che arrivano da ogni parte. Lei è stata sincera con me. E io lo sarò con lei. Sono invece donne come lei, Mirta, che mi riempiono di orgoglio. Lei ha avuto il coraggio di fare un passo enorme per dare un futuro a suo figlio. E le assicuro, sono poche le persone pronte a un sacrificio simile. Anche io non so di chi sia la colpa di tutto questo, la storia, lo Stato, il destino, Dio. Ma è sicuro che una tempesta c'è stata e ci ha sballottato in giro come naufraghi. Ho un fratello in Ucraina, un altro in Germania e un figlio che vive qui con me nell'internat. Certo, almeno ha una madre accanto. E mi chiedo se questo è il meglio che gli possa offrire. Mi dispiace per il malinteso e le rinnovo la mia stima e l'affetto.

Yaroslava Ciobanu

Da: mirta.mitea@gmail.com
A: ilie-mitea@list.ru

Ciao amore mio, come stai? Qui a Roma ormai c'è il sole. Vedrai che fra un po' arriva anche da te. Non mi scrivi ancora. Hai parlato con la direttrice? Mi dispiace se hai dovuto passare qualche guaio per quel regalino. Ma vedrai che appena te ne andrai dall'istituto la signora Ciobanu te lo restituirà. Oggi ho fatto un incontro di lavoro. Se va bene sono un sacco di soldi, Ilie. E il nostro sogno farà qualche passo avanti. Pensa, uno stipendio altissimo solo per badare a una signora. Mi sa che è molto ricca. Devi vedere che casa che ha! Guarda, solo l'ingresso è più grande della vecchia casa dei nonni. Li pensi ai nonni? Li ricordi nelle preghiere? C'è anche un cane enorme, tutto peloso e un po' vecchio che mi ha macchiato la gonna. Però a te piacerebbe, sembra il cane di quel libro di fumetti che leggi sempre. Vedrai Ilie, vedrai quando staremo insieme io e te a Roma. Cambierà tutto. Tu ricorda però che devi cominciare a parlare l'italiano. Me lo prometti?

Tua madre

Aveva gironzolato tra la cucina e la stanza di Inna perché Dolores dormiva nella sua. Non era mai stata a casa durante il giorno senza avere qualcosa da fare, sembrava come quando non andava a scuola perché aveva la febbre. Buttare così il tempo era una cosa strana. Una nota fessa, stonata, che la faceva sentire in colpa. Da quando era piccola per lei il tempo era legato all'azione, al lavoro, allo studio, oppure la domenica ad aiutare mamma e papà in casa. E volava, il tempo, lo poteva calcolare con tutti i lavori e le azioni che faceva. Quel giorno lungo e tedioso sembrava non passare mai. Aveva approfittato della stanza delle albanesi che avevano la televisione per guardare uno sceneggiato dove attori italiani mormoravano frasi che lei non capiva. Non perché non parlasse l'italiano, Mirta ormai aveva anche perso l'accento, erano loro che non si spiegavano.

Scese la sera. Finalmente Dolores era uscita per andare al lavoro. Mirta recuperò la sua stanza. Si sedette sul letto, prese la borsa e se la mise sulle ginocchia. Poi tirò fuori il cellulare bianco con la custodia azzurra che aveva rubato. Lo aveva silenziato. Lo guardò. C'erano decine di chiamate non risposte. Controllò i numeri. Nessuno corrispondeva a quello della signora, che ormai conosceva a memoria. A chiamare il cellulare erano sicuramente la russa e qualche amico nel disperato tentativo di rintracciarlo.

Si sentì di schifo. Poggiò il telefono sul comodino, si tolse le scarpe e si stese sul letto e affogò la coscienza in un buco nero senza suoni che se la portò via per il resto della notte.

Dentro il furgoncino le donne stavano facendo la pausa pranzo. Wendy era seduta davanti, Mirta e Nida dietro. Nida e Wendy chiacchieravano. Damla, la nuova arrivata, se n'era andata alla pizzeria al taglio con Bertuccelli. Mirta era stanchissima. Rossa in viso, teneva i piedi fuori dalle scarpe. Erano gonfi, come le mani e la testa. Si sentiva sporca e coperta di polvere. Le mani puzzavano del lattice dei guanti e di ammoniaca. Un cellulare si mise a suonare, ma né Wendy né Nida si mossero. Evidentemente non era il loro. Wendy si girò verso Mirta sollevando una bella zaffata di sudore.

«Rispondi, no?»

«Non è il mio.»

«Viene dalla tua borsa però...»

Era vero. Mirta si chinò, aprì la borsa. Il Samsung azzurro della russa stava suonando. Aveva riattivato la suoneria? E quando? Lo guardò come fosse una forma di vita aliena.

«Oh! E rispondi!» insisteva Wendy. «Lo vedi che è il tuo?»

Mirta era come incantata a guardare il numero sul display. Era la signora di via Eufemiano! Si infilò le scarpe, come se quella potesse vederla, si aggiustò i capelli e rispose.

«Pronto?»

«Pronto?» Dall'altra parte la voce della signora, seria e sbrigativa. «Pronto, parlo con Irina Buinova?»

«S... sì?» E a quella bugia Mirta sentì il sangue congelarsi mentre lo stomaco si svuotava come una tasca rigirata.

«Sono la signora Ferlaini Strozzi. Per il colloquio di ieri. Bene, allora il lavoro è suo!»

L'avevano scelta. Cioè, non lei, la signora aveva scelto Irina Buinova!

«Ah...» rispose Mirta.

«Che succede?» fece la signora Ferlaini Strozzi.

Mirta aprì lo sportello e uscì dal furgoncino. L'aria fredda le ridiede la vita. Quello che stava per dire non era il caso lo ascoltassero le altre. «Ah... signora, io veramente...», l'accento russo le veniva facile. «Io veramente ho preso un altro lavoro. Sa... non l'ho sentita...»

Nessuna risposta dall'altra parte. «Pronto? Signora Ferlaini Strozzi?»

Ma la signora aveva già rimesso giù.

Mirta rimase in piedi a guardare le macchine che sfrecciavano sotto il cielo grigio di Roma, gli alberi striminziti e l'asfalto pieno di cartacce.

Che ho fatto?

Aveva appena rovinato Irina Buinova senza pensarci due volte. E senza pensare che magari quei soldi le potevano servire. Forse aveva una madre malata. Un padre disoccupato. Un fratello tossico.

«Peggio di me non può stare», e scosse la testa per allontanare quei pensieri. Tornò nel furgoncino a finire la pizza.

«Chi era?» chiese Wendy che per farsi i cazzi suoi non sarebbe passata alla storia.

«Un'amica» rispose vaga senza guardare la sudamericana.

«E che voleva?»

«Wendy? Ma che te ne frega?»

«Era così, per fare un po' di conversazione.»

«Falla con Nida. Lei ha voglia di starti a sentire, io no!» rispose brusca.

Nida scattò: «Che vorresti dire?».

«Che a te piace chiacchierare con Wendy, evidentemente avete argomenti in comune. Io no.»

La pakistana bofonchiò qualcosa nella sua lingua madre. Ma non c'era bisogno di conoscere l'urdu. L'aveva mandata a fare in culo, solo che a Mirta la cosa interessava poco o niente.

Se ne andò al bar a prendersi un caffè. Mentre aspettava appoggiata al bancone di marmo, vide il suo viso riflesso nello specchio della Coca-Cola. Stanca, spettinata, con le occhiaie. Sembrava appena uscita da una lunga degenza ospedaliera. Dodici piani a spazzare e passare lo straccio non era certo il modo migliore per invecchiare bene. Ma altro non aveva. Neanche si accorse che il barista le aveva appena sbattuto la tazzina sotto il naso. Mirta si toccò la faccia. La pelle bianca. Cercò di pettinarsi un po' i capelli. Agli angoli della bocca notò due belle rughe. Rughe che andavano verso il basso e le davano l'espressione di una donna sempre sul punto di scoppiare a piangere. Aveva trentaquattro anni e poteva fare affidamento solo sulle sue forze per continuare a vivere.

Ma almeno sapeva dove stava andando. La meta si chiamava Ilie, che però continuava a non risponderle al telefono. E a non scriverle messaggi. Nida, Wendy, le albanesi, Dolores, loro erano buoi che portavano un carro, e non si chiedevano dove dovesse arrivare tutta quella paglia che trasportavano. La trascinavano e basta. Mirta doveva pedalare, superare il passo montano, dopo il valico ci sarebbe stata solo discesa e avrebbe raggiunto Ilie. E con lui sarebbero tornati i pensieri di amore, di gioia, insomma i lussi di una esistenza vera.

Tracannò il caffè, che era il peggiore che avesse mai bevuto, e tornò al condominio, alle sue compagne di lavoro, a Bertuccelli e ai quattro euro l'ora.

Irina Buinova era già stata inghiottita dalle sabbie mobili della sua coscienza.

Quando rientrò a casa erano le otto di sera. Sentiva le orecchie piene di ovatta e aveva paura che gli occhi potessero saltarle fuori dalle orbite da un momento all'altro. Le mani pulsavano e la schiena era il morso di un animale che non le dava tregua. Per non parlare dei piedi, le sembravano cresciuti di almeno un paio di misure. Si stese sul letto mentre Dolores si stava preparando per la sua nottata al forno. Fra un po' se ne sarebbe andata e lei avrebbe avuto la camera tutta per sé.

Mirta non aveva fame. Aveva masticato chili di polvere durante tutto il giorno e sentiva lo stomaco gonfio. Una strana sensazione, molto vicina alla nausea. Si girò di pancia sul letto. Le lenzuola puzzavano di sudore. Doveva cambiarle e lavarle. Ma adesso non ce la faceva. Avrebbe sopportato fino all'indomani, tempo ne aveva. Chiuse gli occhi e lentamente si sentì scivolare nel sonno. Non doveva, non prima di una doccia, ma era una forza strisciante e silenziosa che s'era impossessata delle sue ossa, dei suoi nervi e dei suoi muscoli. Aprì leggermente la bocca e sussurrò qualcosa a metà fra una preghiera e un saluto alla giornata passata. Mentre si assopiva il suono di quelle parole la riportò al villaggio dei suoi, alla casa della sua amica Nina, al campo con il fienile abbandonato dove ogni anno incidevano le iniziali sul legno della porta, i banchi di scuola scorticati e il pianoforte del signor Gordienko con i tasti ingialliti dal tempo. «Do centrale» le diceva il maestro con la sua voce bassa e catarrosa, magro e pulito, con la cravatta e la camicia lisa e consumata sul colletto. Mozart. Le sue mani ancora piccole che incespicavano fra i tasti. Poi le note del piano cominciarono a perdere sonorità, come se il pianoforte si assottigliasse, il legno diventasse metallo, i tasti non azionassero più i martelletti per picchiare le corde. Gli accordi persero corpo e anima e la sonata in sol maggiore si mutò in un suono secco, senza vita né ritmo, senza calore. Non era più il piano a suonare. Era il cellulare. Il suo.

Aprì gli occhi saltando a sedere sul letto. Si guardò in giro. La stanza era vuota. La piccola finestra aperta con le serrande abbassate e la tenda arancione ferma come se fosse inamidata, il letto, un manifesto di George Clooney accanto alla porta, il Nokia sul comodino che suonava, vibrava e lampeggiava. Allungò una mano e rispose.

«Pronto?»

«Pronto?» La voce femminile italiana la riportò definitivamente a Roma.

«Sì, pronto?», e raddrizzò la schiena.

«Parlo con... Mirta Mitea?

«Sì... sono io.»

«Sono la signora Ferlaini Strozzi.»

La signora di via Eufemiano!

«Se è ancora disponibile il lavoro è suo.»

Mirta scosse la testa per essere sicura di aver lasciato definitivamente il suo mondo onirico. «Io... io...»

Non poteva crederci. L'avevano scelta.

«Ci ha ripensato?»

«No signora, assolutamente!» si affrettò a rispondere. «Sono molto... molto contenta. Vedrà che non si pentirà di questa cosa.»

«Me lo auguro vivamente. Ci vediamo domani, alle nove. Le spiego tutto. Entra in servizio da subito.»

«Va bene. Va bene. Grazie! Senta e...»

Ma la signora aveva già attaccato.

L'aveva scelta. Il lavoro era suo. Era fatta. Il sonno se ne era andato come l'acqua dal pelo di un cane che si sgrulla. Era sveglia, attenta, seduta sul letto, col cuore che galoppava e il respiro accelerato. Sentiva il sangue affluire sul viso e gli occhi inumidirsi. Le venne in mente quel gioco che faceva al paese... «Regina reginella, quanti passi mi darai per arrivare al tuo castello?» «Sedici da gigante, Ilie!»

Prese il cellulare, poi richiamò alla memoria il numero dell'internat eccitata come una bambina. Voleva dare la notizia a suo figlio, non poteva aspettare oltre. E aveva voglia di sentire la sua voce, anche se per pochi secondi, solo un ciao o un bacio schioccato alla cornetta. Dopo una decina di squilli rispose la voce di un uomo.

«Salve, sono Mirta Mitea. Posso parlare con Ilie Mitea, mio figlio?»

«Ora no, i ragazzi stanno dormendo. Lascio l'appunto della sua chiamata.»

«Mi può dire a che ora posso...?»

«La sera dopo le otto», e brusco chiuse la conversazione.

«Arrivederci!» gridò Mirta al muro della stanza.

Da: mirta.mitea@gmail.com
A: ilie-mitea@list.ru

Ilie! Cuore della mamma! È fatta! Mi hanno presa per quel lavoro! Sto saltando di gioia e ho il cuore che batte fortissimo! Presto verrò a prenderti, amore mio. Presto!

Tua madre

Da: mirta.mitea@gmail.com
A: nina-cassian@yahoo.it

Cara Nina, amica mia, ti scrivo sempre per darti delle brutte notizie, invece ora te ne do una buona. Ho avuto un lavoro nuovo. Un bellissimo lavoro! In una casa che, guarda, sembra un castello. Domani conoscerò la signora che devo accudire ma, e questa è la notizia, avrò uno stipendio altissimo. Più di duemila euro. Sono dei signori, credimi. La casa è una villa in pieno centro, e a dirti la verità è così grande da poter ospitare almeno tre famiglie. Nina, sono così felice che non riesco a dormire. Devi venire a Roma, dobbiamo stare almeno un pomeriggio insieme. Non sto nella pelle!

Si era messa la sveglia alle sette. Ma era troppo eccitata, troppo spaventata, troppa adrenalina in corpo per dormire.

A mezzanotte, visto che le palpebre stavano su come incollate all'arcata sopraccigliare, provò a leggere un libro che aveva comprato col quotidiano. La lingua italiana le era entrata nell'orecchio, la sapeva parlare, ma a leggerla ancora faticava. Così aveva scelto un romanzo che aveva già affrontato in romeno. Era *Robinson Crusoe*, che le aveva dato il nonno in tutta segretezza quando aveva tredici anni. Era un libro non gradito al regime perché, a suo dire, esaltava l'individualità contro l'interesse comune. Robinson per sopravvivere si era costruito una capanna con la palizzata e secondo il regime quello era il primo passo verso la proprietà privata. Poi si accaparrava tutte le merci che trovava dentro le navi naufragate su quegli scogli. Era l'esaltazione del proprio benessere a discapito della società. Mirta ci aveva riflettuto sopra. Ma su un'isola deserta che razza di collettività poteva esserci? Era un naufrago, stava da solo, che doveva fare? Dividere la capanna con chi? Con chi avrebbe dovuto condividere il cibo? Era una questione di vita o di morte. Doveva arrangiarsi per sopravvivere. Poi c'era Venerdì, che Robinson sottomise immediatamente facendone un servitore. Altro concetto a sfavore del libro. La colonizzazione, tipica della mentalità occidentale, sottomettere i popoli più deboli e sfruttarli per il proprio tornaconto, era un altro concetto borghese-capitalista da estirpare dalle giovani menti socialiste. Mirta non si spiegava allora la presenza ingombrante e profittatrice della grande madre Russia su tutti i paesi del blocco. Quella che cos'era? Socializzazione delle masse, le rispondeva il segretario regionale del partito che poi era suo zio. Dunque, pensava Mirta, è solo una questione di sinonimi. Da una parte si sfrutta, dall'altra si fa la socializzazione delle masse. Avevano una risposta per tutto. Solo una domanda che un giorno Mirta pose al suo professore rimase inevasa, anzi, lei si prese una ramanzina dal preside della scuola e dovette frequentare per due mesi un corso di rieducazione. La domanda era semplice: se non ci sono classi sociali e il potere è del popolo, perché Ceauşescu se ne sta in una villa da miliardario e i figli girano in Mercedes piene di donne?

Alle cinque rientrò Dolores dal forno. La trovò ancora sveglia.

«Ancora no estás dormida?»

«Non ci riesco. Tu?»

«Sono stanca... stanca da morire...»

«Lo sai? Mi hanno preso per il lavoro!»

«Muy bien! Ora scusami, ma devo dormire...»

Si spogliò. Aveva un seno enorme e il collo sudato rifletteva la luce fioca triturata dalle serrande semichiuse. Si gettò sfatta sul letto emettendo un sospiro, come un canotto che si sgonfiava. Mirta si girò dall'altra parte e provò a dormire per un paio d'ore.

Seconda parte

Via Eufemiano

Quando scese alla fermata Circo Massimo erano le nove meno un quarto. Era pulita, profumata nonostante la sporcizia dei mezzi di trasporto comunali, in mano la valigia con i pochi vestiti e le cose da toilette. Percorse il tragitto fino a via Eufemiano a grandi falcate. Si sentiva riposata ed energica. La vita le sorrideva, in corpo una corrente positiva che se ne fregava delle ore di sonno, di proteine e vitamine e sali minerali. Si sentiva come quando al liceo per la prima e unica volta aveva provato un'anfetamina per affrontare gli esami. Solo che era roba chimica, che aveva dovuto pure pagare. Quella che le girava nelle vene quella mattina era naturale e pure gratis.

Arrivò al numero 12 e suonò il citofono. Erano le nove meno cinque. Le aprirono ed entrò nel giardino come un generale che torna in patria dopo una campagna vittoriosa. Il sorriso le svanì non appena vide la signora che l'aspettava sul portone di casa. Aveva uno sguardo duro, e sembrava soppesare la merce che aveva appena acquistato. Gli stivali marroni lucidi che indossava dovevano costare un paio degli stipendi che prendeva da Bertuccelli. Il vecchio spinone se ne stava sotto un glicine accucciato sulle zampe e le riservò solo un silenzioso brontolio distratto.

«Buongiorno signora.»

Quella non rispose e le fece strada. Mirta la seguì.

Si fermarono al centro del vasto ingresso. La donna la guardò da capo a piedi.

«Ascolta Mirta, non credere che io ti abbia scelta perché hai un bel curriculum. Ma abbiamo fretta e sei la cosa meno peggiore che abbia trovato. Almeno hai un diploma di infermiera. Certo, in un paese che al posto degli ospedali avrà dei lazzaretti, ma se non altro sai fare un'iniezione. O mi sbaglio?»

«No signora.»

«Allora. Oggi cominci a lavorare in questa casa. Ma ascoltami bene: poche sciocchezze, per me sei in prova. Tutto chiaro?»

«Sì» rispose Mirta tenendo sempre la valigia in mano.

«Lo stipendio è duemilacento al mese più contributi. Ma per una cifra simile io esigo il massimo della dedizione e il massimo dell'impegno. Chiaro?»

Mirta annuì silenziosa.

«Bene, adesso vieni che ti presento la madre di mio marito.»

La signora si avviò e Mirta la seguì attraverso un altro salone che si affacciava sulla cucina. In fondo una scala saliva al piano superiore.

«Ora facciamo le scale. Ma sappi che c'è un montacarichi interno che dopo ti mostro.»

«Sissignora. Cos'è un montacarichi?»

«Un ascensore! Come lo vuoi chiamare?»

Salirono per le scale di legno. Contò quindici passi attutiti dal tappeto di velluto bordeaux che rivestiva i gradini. Arrivarono in un corridoio sul quale si aprivano svariate porte. Non c'era un angolo della villa senza un oggetto prezioso. Che fosse un quadro, una lampada, un vaso o un tappeto, la casa trasudava ricchezza.

Il corridoio si piegava in una elle e proseguiva per un'altra ventina di metri.

Ma quanto è grossa questa casa?, si domandava. Aveva contato almeno una decina di porte a occhio e croce, e solo al piano di sopra.

Arrivarono all'ultima stanza in fondo, accanto c'era una scaletta a chiocciola di ferro battuto che portava a un secondo piano.

«Sopra ci sono una stanza e un bagno, lì starai tu. Poggia la valigia e vieni.»

Mirta obbedì e ripercorsero il corridoio fino ad arrivare a una doppia porta di legno scuro. La donna bussò. Poi la aprì lentamente.

«Mamma?», e sorrise. «Sono io...» disse ed entrò nella stanza poco illuminata.

Mirta la seguì quasi in punta di piedi. Ebbe la sensazione di entrare in un sacrario, un pantheon che richiede silenzio e abbigliamento consono.

Una camera enorme. Con tre finestre. Tende tirate e persiane socchiuse lasciavano intravedere appena la mobilia. Regnava incontrastato un odore di pomate lenitive. Su una parete si apriva una porta di cristallo accanto alla quale c'era una pulsantiera con due lucine, una rossa e una verde che lampeggiava. Era un ascensore. Anzi, il montacarichi, come lo aveva chiamato la signora. Ai piedi di un letto a baldacchino, su una sedia a rotelle, c'era «la mamma». Guardava Mirta con due occhi fissi e azzurri che penetravano la semioscurità. Teneva le mani aggrappate ai braccioli, le unghie quasi conficcate nell'imbottitura. Gli angoli della bocca piegati in giù in un ghigno sprezzante e severo. I capelli raccolti dietro la nuca, bianchi. Un vestito a fiori blu e nero. Una collana di perle intorno al collo, respirava a fatica, ma non staccava gli occhi da Mirta. L'intrusa. Mirta sentì il sangue piombarle fino alle caviglie.

«Mamma? Lei è quella nuova. Starà con te... ti piace?» Tutta l'arroganza e la risolutezza della signora erano finite in cantina.

Ora sembrava una bambina che si giustificava per non aver fatto i compiti.

La vecchia fissò Mirta per un tempo che a lei parve infinito. Poi lentamente staccò le unghie dai braccioli e le poggiò sulle rotelle della sedia. La nuora capì quel linguaggio silenzioso e si avvicinò. Afferrò le maniglie e spinse in avanti la carrozzella per avvicinarsi alla ragazza. Le arrivò a venti centimetri. La vecchia tirò il busto in avanti con uno sforzo notevole, facendo leva sulle braccia fino a portare la testa all'altezza del pube di Mirta. La guardava minacciosa, dal basso. Sembrava studiarla. Poi improvvisamente allargò le narici arricciando il naso, come farebbe un dobermann prima di azzannare.

La stava annusando.

Si riaccomodò con il corpo sullo schienale della sedia e la padrona di casa fece marcia indietro, fermando la sedia a rotelle ai piedi del letto mentre la vecchia non staccava mai lo sguardo da quello di Mirta.

«Allora mamma?» le chiese.

Quella socchiuse le palpebre due volte. La signora sorrise.

«Bene. Ora le faccio vedere la casa. A dopo mamma.»

La signora aprì la porta e con un gesto secco del capo ordinò a Mirta di uscire.

«Arrivederci signora...» disse Mirta con un filo di voce incrinata.

Quando uscì dalla porta si sentì come liberata da un brutto incubo. Lo sguardo della padrona di casa era tornato freddo e distaccato.

«Prendi la valigia e vieni con me» comandò mentre saliva la scala a chiocciola che portava alla camera di Mirta, al piano superiore.

Era una bella stanza col tetto spiovente. C'erano un letto di ferro battuto, immagini di santi alle pareti e una porta che dava su un bagnetto con la doccia. Un armadio antico con la specchiera, un televisore e una bella finestra che guardava sul giardino della villa. Una sistemazione così, Mirta, non l'aveva mai avuta.

«Dentro l'armadio ci sono i cambi di lenzuola e asciugamani. Metterai a posto le tue cose più tardi.»

Tornarono al primo piano.

«Bene. Quella che hai visto è la stanza di mia suocera. Il suo bagno è in camera. Il resto delle stanze non ti riguardano, sono off limits, chiaro?»

«Chiaro, signora.»

«Torniamo giù.»

Riscesero le scale e rientrarono nel primo salone.

«Questo è il salone piccolo. Mamma ci guarda la televisione. Quella!», e indicò una parete su cui era appeso un televisore grande come una porta da calcio. «Andiamo in cucina.»

Appena entrata in cucina, per poco Mirta non ebbe un mancamento. Era immensa. Una vetrata curva la avvolgeva su un lato. Al centro un tavolo che avrebbe potuto ospitare comodamente una ventina di persone. La porta finestra dava sul giardino. Accanto al piano cottura a dodici fuochi c'era un mobile di alluminio enorme a tre ante, una cosa che Mirta non aveva mai visto prima, neanche sulle riviste.

«Allora, importante. Prima anta, quella piccola, è il frigo della famiglia. Come le stanze questo è off limits per te. Invece impara bene, questa seconda anta...», e la signora la aprì. Era più grande di un armadio quattro stagioni. Decine di scatolette etichettate erano stipate con ordine quasi maniacale. «... Questo è il cibo di mamma. Preparato per tutti i giorni. Segue una dieta precisa, per cui tu guardi il giorno, il pasto, lo prendi, lo scongeli e glielo dai. Intesi?»

«Sì.»

«In basso c'è la pappa di Ezechiele.»

«Chi è, signora?»

«Il cane. È vecchio e anche lui segue una dieta. Anche qui, scongeli e lo metti nella ciotola che è fuori in giardino, proprio appena esci. Due volte al giorno, chiaro?»

«Chiaro.»

«Tu non dovrai uscire per fare la spesa. Verrà ogni giorno Agnese che ti porta quello che ti serve. E la tua roba la metti in quest'altra parte del frigo. Il numero del negozio te l'ho scritto qui, sulla lavagna.»

«Bene, signora. Ma per sempre?»

La donna guardò Mirta negli occhi: «Che vuol dire per sempre?».

«Sarò sempre sola?»

La padrona di casa si mise a ridere. «Macché! Questa settimana. Solo questa settimana. Io e mio marito andiamo a Boston, accompagniamo mio figlio che va a studiare laggiù.» Poi scosse la testa: «... Capisci ora perché avevo fretta? Perché l'università non aspetta e Augusto deve presentarsi in tempo. Ora concentrazione, che arriva la parte difficile».

La signora uscì dalla cucina ed entrò in una stanza di una trentina di metri quadrati che lei chiamava disimpegno. Era una specie di lavanderia e deposito.

«Questa porta a vetri è l'ascensore, quello che arriva direttamente in camera di mamma al piano di sopra. Avrai notato che mamma sta sulla sedia a rotelle?»

Mirta annuì. La prendeva per deficiente?

«Quindi sale e scende con questo», e batté la mano sul vetro.

«Sì signora.»

«Ora attenzione.»

La donna aprì un armadio. Dentro, in ordine meticoloso, decine di scatole di medicine. Prese un foglio da un cassetto e lo diede a Mirta.

«Su questo foglio ci sono segnati gli orari e le medicine che mamma deve prendere. Non sbagliare mai. Ci sono due copie di questa lista in camera tua, un'altra in cucina e due nell'ingresso. Impara a memoria...»

Mirta guardò il foglio. Un incubo di nomi e orari. La vecchia era tenuta in piedi da una valanga di medicinali. Per il cuore, per i reni, per la testa, per le gambe, per la circolazione, per andare al bagno, per la vescica. Una cosa spaventosa.

«Di notte devi girare mamma ogni due ore. Sennò le vengono le piaghe.»

Ogni due ore, memorizzò Mirta. La cosa era semplice, l'aveva già fatta anni prima, a casa della signora Mazzanti.

«Due ore, va bene. Perché allora dormo al piano di sopra? Potrei restare accanto alla signora tutta la notte!»

La donna la guardò storta. «Sei impazzita? Dormire con mamma? Che ti dice il cervello? Ti metti la sveglia, scendi, la giri e torni a letto. Ah, cominciamo bene! Tu puoi riposare quando viene la cameriera e pulisce casa.»

«Sì signora.»

«Questa settimana non potrai ricevere nessuno, né avrai giorni liberi. Poi quando torniamo dagli States potrai andare a trovare i tuoi amichetti romeni il giovedì, c'è chi ti darà il cambio. Ma per questa settimana per te esisterà solo mamma!»

«Valentina!» Una voce maschile ruppe il silenzio della casa. La signora si voltò verso il corridoio.

«Aspettami qui» disse a Mirta, e uscì dalla cucina.

Sarebbe bastata quella casa per ospitare Ilie e tutti i ragazzi dell'internat. A questo pensava Mirta guardando le credenze di alluminio, gli elettrodomestici puliti che non sembravano essere stati usati dal loro acquisto. Su un lato della credenza c'erano una serie di robot da cucina rossi intonsi, accanto a una specie di grosso forno alto più di un metro e con la porta di cristallo.

Coltelli scintillanti dalla lama perfetta e dal manico di acciaio erano appesi lungo il muro. Non era la cucina di una casa, ma quella di un ristorante che sembrava aspettare i cuochi per il servizio. Passò una mano sul piano metallico e lasciò un'impronta grassa. Cercò di levarla strusciandoci sopra un lembo del maglione senza riuscirci.

«Lui è Paolo, mio marito.»

Un uomo sulla sessantina pieno di capelli bianchi e con gli occhiali dalla montatura nera si era affacciato sulla porta. Sorrideva. Elegante con un vestito blu e le scarpe di cuoio marroni che scricchiolavano a ogni passo.

«Tu devi essere Mirta!» avanzò protendendo la mano che Mirta strinse.

«Piacere.»

«Allora, Valentina mi ha detto tutto. Occhio che mamma è una peste, vero Vale?»

La signora sorrise. Come prima nella stanza della vecchia, davanti a suo marito sembrava un'altra. Il viso si era rasserenato, e un sorriso dolce le era spuntato sulle labbra.

«Ma vedrai, andrà tutto bene. Ti piace questa casa?» le chiese l'uomo.

«È... è bellissima. È enorme. Ci entrerebbero almeno due famiglie!»

«Vero? Ma non resterai sempre qui.»

Mirta si intristì.

«... Non preoccuparti per il tuo lavoro. Semplicemente mamma non starà sempre con noi. Le stiamo preparando un bell'appartamento a Prati. A proposito Vale, devi chiamare l'architetto, non so che problemi ha con le mattonelle del bagno!»

La signora sbuffò. «Quello mi chiama anche per sapere a che ora può andare a letto!»

«Bene!» fece l'uomo. «Allora in bocca al lupo. E per qualsiasi cosa ricorda che il medico curante di mamma è a disposizione acca ventiquattro.» Poi si rivolse alla moglie. «Le hai lasciato il numero?»

«Lo stavo facendo e sei arrivato te a interrompere.»

«Stammi bene Marta.»

Non lo corresse. Gli rispose con un sorriso. Tanto sapeva che quella sarebbe stata la prima e l'ultima volta che l'avrebbe visto. Era sempre così. Nei servizi precedenti, a parte Pierpaolo con Olivia, gli uomini di casa non li aveva mai incontrati. Aveva sempre a che fare solo e soltanto con le mogli.

«Salgo a prendere i documenti» disse lui uscendo dalla cucina.

«Vai a salutare mamma?»

Quello rispose di spalle facendo no con l'indice.

«Riprendiamo» disse la signora. «In questa casa sono proibiti gli alcolici, tutti!», e guardò Mirta dritta negli occhi. Era tornata la stronza di sempre. «Hai domande?»

«Sì, una. Mi lascia il suo numero, in caso di bisogno?»

«Sì, te lo lascio. Ma se è di ordine strettamente medico devi chiamare il dottore, il numero te lo scrivo sulla lista delle medicine. Ora passiamo alla casa. Per le pulizie viene una donna ogni giorno, ed è la stessa che ti farà la spesa. La casa è piena di antifurti. Ma tu non devi preoccuparti. Nella dépendance c'è Filippo. Ora te lo presento. È il nostro giardiniere e tuttofare. Per qualsiasi cosa che si rompe o simili, devi chiamare lui. La notte inserisce l'antifurto, va da sé che non puoi uscire altrimenti suona e arrivano immediatamente i carabinieri. Chiaro?»

Uscirono direttamente dalla porta finestra della cucina. Si ritrovarono in giardino. Mirta non se ne intendeva di piante, ma ce n'erano dappertutto. Immersa fra le foglie c'era anche una fontana con un putto sopra. Girarono intorno alla villa seguendo una stradina di ghiaia. Si inoltrarono in mezzo a degli alberi altissimi. Qui e là dei gazebo di ferro battuto, un'altalena, e anche l'azzurro di una piscina. Alla fine del viottolo apparve una casetta che sembrava uscita da un libro di fiabe.

«Filippo!» gridò la signora.

Dalle frasche apparve un filippino vestito di verde con le galosce e un cappello da pescatore grigio calcato in testa dal quale spuntavano le orecchie a sventola. Sorrideva. Aveva i denti bianchi, un'aria da minorato mentale ed era più basso della padrona di casa.

«Allora Mirta, questo qui si chiama Filippo. Cosa ridi?»

«Scusi...» Non aveva resistito. Un filippino che si chiamava Filippo.

Gli occhi della padrona di casa le tagliarono il viso, come se le avesse letto nel pensiero. «La verità è che si chiama Jay... qualcosa... Com'è che ti chiami?»

«Jaypee Orliber Sinfronio...» rispose quello con una voce acuta e un po' nasale.

«Ecco, solo che né io né mio marito ce lo ricordiamo, né in tutta sincerità ce ne frega qualcosa. Allora da lì Filippo. È più facile e diretto.» Poi di nuovo al tuttofare: «Tu ti offendi se ti chiamo Filippo?».

Quello col sorriso stampato sulla faccia rispose: «Nossignora», e fece anche un lieve inchino.

«Filippo, lei è Mirta. È la nuova infermiera di mamma.»

A lei Filippo non sorrise. Teneva gli occhi bassi e non la guardava. «Lei starà sempre in casa. Se ti chiama per ogni evenienza...»

«Io corro signo'...» disse lui.

La signora Valentina si girò verso Mirta: «Filippo non entra mai in casa. Solo se lo chiami tu. È vero?».

Quello fece sì con la testa.

«Ora vai a mettere a posto i vestiti in casa. Io devo stare cinque minuti con Filippo.»

Mirta sorrise all'uomo e tornò verso la villa.

Sistemò i vestiti nell'armadio della sua mansarda. Il letto era già stato preparato. Il bagno, piccolo, era pulito come un bisturi. Appoggiò il libro sul comodino. Si stese sul letto e si guardò intorno. Ripensò al viso della vecchia del piano di sotto. Era terrorizzata di dover convivere con quell'ammasso di odio represso. Cercò di farla somigliare a qualche viso familiare, qualche abitante del villaggio, qualche vecchia professoressa per calmare l'ansia. Sapeva che con quella lì l'attendevano giorni molto duri.

Un campanello trillò e la fece sobbalzare. Non capì da dove era arrivato il suono. Poi il trillo si ripeté, lungo, insolente e ansiogeno. Mirta cercò a tentoni dietro le tende, il tavolo, se ci fosse un citofono, un telefono, ma non trovò niente. Poi guardò sopra la porta e vide che si era accesa una lucina rossa. Lampeggiava come un allarme antincendio. Non capiva. Si affacciò sulla porta e scese le scale a chiocciola. La signora era lì e la guardava con gli stessi occhi cattivi della suocera.

«Quello che hai sentito era il campanello di chiamata. Quando lo senti, tu scendi. Niente deve andare storto. Sei un'infermiera, no? Nell'armadio dei medicinali c'è una bombola di ossigeno nel caso mamma dovesse avere problemi respiratori. Se la cosa peggiora chiami il 118, poi il medico, e la porti in ospedale dove ti trasferisci insieme a lei. Tutto chiaro?»

«Tutto chiaro...» deglutì Mirta.

«Quindi fai il favore di tenere sempre pronta anche la tua valigia.»

La signora si incamminò per il corridoio. Arrivata alla svolta si fermò, guardò Mirta. «Sei responsabile della vita di mamma.

Sia in questa settimana dove noi non ci saremo, sia nel tempo che verrà. Tienilo a mente. Ah, un'altra cosa. Guarda che il telefono è bloccato per le interurbane, nel caso ti fosse venuto in mente di fare qualche telefonata al tuo paese!»

Questo era davvero troppo. Mirta sentì la rabbia rimontarle l'esofago: «Signora, io certe cose non le faccio! Ho il mio di telefono, con la mia scheda!».

«Lo sai tu. E ora lo so anch'io. Buon lavoro.» Sparì nel corridoio ed entrò in una delle stanze off limits. «Paolo? Amore...» disse chiudendosi la porta alle spalle.

Mirta rimase in piedi senza sapere che fare. In mano aveva il foglio delle medicine. Lesse che alle dieci e trenta doveva somministrare il Sintrom alla vecchia. Erano le dieci e trenta. Era ora di mettersi al lavoro, senza indugiare oltre. Andò alla porta della donna. Bussò. Nessuna risposta. Bussò ancora poi aprì lentamente.

«Signora?»

La vecchia era sempre ai piedi del letto sulla sedia a rotelle, con gli occhi sbarrati.

«Devo darle il Sintrom...» Mirta entrò nella stanza, arrivò al comodino dove impilate in perfetto ordine c'erano tutte le medicine. Trovò la scatola giusta, prese una pasticca. Versò l'acqua minerale nel bicchiere e si avvicinò alla donna.

«Ecco... prenda.»

La vecchia la guardava dura e sprezzante, e non apriva la bocca.

«Su signora, la pasticca.»

A Mirta sembrò che per un attimo la donna accennasse un sorriso. Ma più di sfida che di gentilezza. Poi spalancò la bocca. Mirta depositò la pillola sulla lingua bianca. Avvicinò il bicchiere alla bocca della donna che con un sorso la mandò giù.

«Brava signora...» Aprì il foglio e lesse che alle 10.45 c'era un programma in tv. Quindi doveva portarla al piano di sotto.

«Andiamo alla televisione?» le sorrise. Poi afferrò la sedia a rotelle e la spinse verso la porta a vetri. Premette il pulsante e l'ascensore arrivò al piano. Entrarono nel vano abbastanza grande da contenerle tutt'e due. Premette il tasto 0 e l'ascensore si mosse verso il basso.

E se l'ascensore si blocca e io rimango dentro con la vecchia?, pensò. Ma notò che a destra c'era un telefono e sopra un adesivo con su scritto: *In caso di guasto chiamare l'809 31 31 31, attivo 24 ore su 24.* La cosa la rilassò. Cinque secondi dopo l'ascensore si fermò al piano terra. Mirta aprì la porta di cristallo e fece uscire la carrozzella. La spinse fino al salone e posizionò la vecchia di fronte al televisore al plasma. Trovò una serie di telecomandi. Provò a schiacciare qualche tasto, ma non successe niente. La vecchia la guardava, inespressiva, ma Mirta sapeva che si stava godendo quella scenetta. Avrebbe potuto indicarle il tasto giusto, ma non lo fece. Cercando di far funzionare l'elettrodomestico a bassa voce Mirta disse: «Merda, perché non mi aiuti?».

Finalmente il televisore si accese. Depose il telecomando in grembo alla donna e con un sorriso la lasciò. Il foglio parlava chiaro. Fino alle 11.30, ora della prossima medicina, non aveva molto da fare. Non le restava che andare in cucina a studiare il pranzo da servirle.

Aprì la grossa anta del congelatore e lesse le etichette sulle scatole ordinate e coloratissime. *18 marzo, pranzo mamma.* La tirò fuori. La depose sul piano di marmo. Aprì la scatola. Era una pappetta omogeneizzata. Con tre minuti di microonde sarebbe stata pronta.

E ora?

Ah, Ezechiele!, disse tra sé ricordandosi del cane, e tornò in cucina. Aprì l'altra porta del congelatore. Lesse *18 marzo, pranzo Ezechiele.* Tirò fuori la scatola e la depositò sul piano di marmo. La aprì. Una specie di minestrone con pezzi di carne triturata.

Sembrava un vomito congelato. Rise al pensiero di scambiare i pasti. Chissà se la vecchia si sarebbe mangiata quella sbobba. E viceversa il cane. Ezechiele mangiava all'una, la vecchia a mezzogiorno. Mise le due scatole nel microonde. Se lo studiò un po'. Ma era piuttosto semplice da far funzionare.

«Tutto a posto?»

Si girò di scatto. Era la signora.

«Più tardi verrà qui il dottor Ciasullo. Ti spiegherà un paio di cosette.»

«È il medico?»

«No, non è il medico.»

Riapparve il marito. «Dov'è Filippo?»

«In giardino» rispose la moglie.

«Deve portare giù i bagagli» disse l'uomo, e sparì nel corridoio. «Perché Augusto ancora non è qui?» lo sentì urlare. «Fra poco arriva la macchina! Tuo figlio...»

Valentina sbuffò: «È sempre isterico prima di un viaggio. Chissà perché. Ora dobbiamo andare. Ti è tutto chiaro?». Tentennò un attimo, poi si avvicinò a Mirta e le porse la mano. Da stringere, anche se dal gesto poteva sembrare che volesse il bacio dell'anello.

«Da questo momento mamma dipende da te. Non te lo scordare. Mai!», e le inchiodò addosso gli occhi freddi e distanti. Mirta annuì e fece una smorfia stringendo la bocca come a dire: Non si preoccupi. Si fidi di me. Che altro poteva fare? La signora la guardò per altri secondi interminabili, poi voltò le spalle e se ne andò.

Mirta si affacciò alla finestra che dava sul giardino. Filippo stava trasportando due valigie enormi. Da una Smart era sceso Augusto, il ragazzo con la felpa che aveva visto il giorno del primo incontro. Le sembrò che il padre lo stesse sgridando. Poi vide la famiglia salire su un macchinone nero.

Le portiere si chiusero e la vettura partì. Filippo rimase in mezzo alla strada a salutare con la manina, poi rientrò nel giardino.

E da quel momento in casa c'era solo lei.

Lei e la vecchia.

No

Non aveva niente da fare. Si versò un bicchiere d'acqua, poi in punta di piedi andò in salone. La donna era sempre seduta davanti al televisore. Stava guardando un programma che spiegava come innaffiare le piante.

Le venne voglia di scrivere a casa, oppure a Nina, raccontarle la villa da sogno in cui stava, il nuovo lavoro, i padroni. Doveva salire a prendere il cellulare. Decise che se lo sarebbe portato sempre dietro. Salì al primo piano, poi la scala a chiocciola e arrivò finalmente in camera sua. Un viaggio. Il display del cellulare segnalava una chiamata persa. Senza numero. Riscese in cucina, ma non volle usare l'ascensore. Stare chiusa in quel trabiccolo le dava una certa ansia. Una cosa è un ascensore condominiale, che pure se rimane fermo fra portiere e inquilini qualcuno a darti una mano lo si trova sempre, una cosa è un montacarichi dentro una casa abitata da una paraplegica e un vecchio cane sdentato. E un filippino che in casa non entrava, e se pure fosse entrato Mirta sospettava avesse il quoziente d'intelligenza di una pigna.

Percorse tutto il corridoio, scese le scale e si ritrovò nel salone. La vecchia immobile sembrava ipnotizzata dallo schermo al plasma. Si avvicinò cauta per poi tornare in cucina, ma notò che qualcosa non andava. Ai piedi della sedia a rotelle c'era una pozza d'acqua. Lentamente la vecchia distolse lo sguardo dal televisore e girò la testa verso di lei. Sorrideva. Mirta capì. Se l'era fatta addosso.

«Oh no! Signora...»

Allontanò la sedia dalla pozza e vide che si era bagnata il vestito e la seduta in pelle della carrozzella era fradicia.

«Signora, lei mi deve chiamare! Guarda che disastro...»

Doveva cambiarla. Non c'era nient'altro da fare.

In camera afferrò la vecchia sotto le ascelle per trasportarla sul letto. Era leggera come un vestito. La distese e le disse distrattamente: «Ora stia tranquilla qui, va bene? Cerco uno straccio».

Uscì dalla stanza della paralitica e salì in camera sua, dove le era parso di vedere delle pezze asciugatutto vicino al water. Ne afferrò un paio e tornò nella stanza della donna. Che stava ancora sdraiata a guardare il soffitto con i suoi occhi di ghiaccio.

Si mise ad asciugare la sedia. L'urina puzzava di medicinali aspri che punzecchiavano le narici chiudendo la gola. Ora toccava alla donna. Ma a quel lavoro Mirta era abituata. Le prime volte che aveva cambiato una signora le sue mani erano vergognose. Stava attenta a non toccarle la pelle, a sfiorarla appena. Un'intimità strana, curiosa, che la nonna di turno sicuramente non gradiva. Lei non era una figlia generata da quelle carni, cresciuta con quella donna e di cui ora, come nell'ordine naturale delle cose, avrebbe dovuto prendersi cura cambiandola, spogliandola, rivestendola. Insomma era un'estranea. Poi piano piano ci aveva fatto l'abitudine e non le faceva più effetto. Vestiva e svestiva le assistite come fossero bambolotti.

Aprì i cassetti e trovò le calze contenitive e le mutande. Dall'armadio prese un vestito a fiori simile a quello che indossava la donna. Si avvicinò al letto e cominciò a slacciarle i bottoni. La vecchia era dura come un pezzo di legno, e non aveva nessuna intenzione di facilitarle il compito. Con uno sforzo finale riuscì a toglierle il vestito. E la vecchia le apparve in mutandoni e reggiseno, con decine di collanine d'oro al collo.

«Queste dobbiamo toglierle, signora.» Si chinò ai suoi piedi slacciandole le scarpe nere e cominciò a sfilarle i collant che le arrivavano quasi alle ascelle. Erano stretti e la vecchia non alzava il sedere dal letto. Forse non poteva farlo. Forse non voleva farlo. Mirta infilò la testa sotto l'ascella della donna e fece perno sui piedi. La sollevò abbastanza da far passare le calze. Era fradicia. Mutande, collant, tutto. Le gambe della mummia erano violacee e le caviglie rigonfie e nere. Le mutande bianche erano inzuppate di urina. Ora doveva toglierle. Rimise la testa sotto l'ascella della donna, fece di nuovo perno e sfilò i mutandoni fradici che si incagliavano nelle pieghe delle natiche avvizzite e cadenti come il collo di un condor. Le fece scivolare giù per le gambe e le gettò a terra. Andò in bagno e trovò un catino. Lo riempì d'acqua. Con un asciugamano lavò la donna. E si accorse dei lividi sulle natiche flosce.

«Qui ci dobbiamo mettere un po' di pomata, va bene?»

Guardò sul comodino. Prese una pomata. Era per le emorroidi. Un'altra era per le punture di insetto. Ne trovò una alla calendula, poteva andare. La sparse sulla pelle secca della sua assistita che ci mise del tempo per assorbire il medicinale. Finalmente dopo il massaggio prese i mutandoni nuovi e glieli infilò. Lo stesso fece con le calze. E con il vestito.

Si staccò dal letto e guardò la vecchia. Ci aveva impiegato mezz'ora. Il sudore le aveva incollato la maglietta al petto. La donna la osservava in silenzio, dura, offesa da tutto quel tramestare fra i suoi vestiti e le sue nudità. Mirta si era appena girata per dare ancora una pulita alla seduta della sedia a rotelle, quando sentì un gocciolio sul pavimento. Lento, continuo e minaccioso. Si girò verso la vecchia. Se ne stava inespressiva sul letto e la guardava.

Aveva pisciato un'altra volta.

«No! Signora! No! Così no!» Mirta si mise le mani fra i capelli. Guardò l'ora. Alle undici e mezza doveva darle la seconda medicina. Aveva venti minuti per cambiarla e asciugarla di nuovo.

«Me lo deve dire quando la deve fare, signora! Così non va bene, proprio no!»

Tornò all'armadio a cercare un altro vestito pulito. Dal cassetto prese di nuovo mutande, calze e ricominciò tutta l'operazione. Sentiva i nervi tesi, pronti a esplodere. Si chiedeva se quella lo facesse apposta. Il sospetto che si stesse divertendo alle sue spalle c'era, ma la vecchia non parlava, non rideva, non faceva niente, tranne guardarla con gli occhi azzurri e appuntiti come spilli.

Bisogna trovare una soluzione, pensò, sennò divento matta.

La vestizione finì alle 11.25. Era il momento di somministrare la seconda medicina. La vecchia era seduta sulla sedia a rotelle, e il letto era chiazzato e umido. Doveva cambiare la sovraccoperta e forse anche il lenzuolo.

Mirta aprì il foglio delle istruzioni.

«Allora adesso prendiamo la medicina...» disse leggendo. «Duramax, Fibox e Maalox. Allora sono tre. Dunque...»

Andò a cercare sul comodino. Trovò solo il Duramax. «Devo scendere a cercare le altre. Lei sta qui buona, va bene?» Glielo disse guardandola negli occhi. Poi uscì dalla stanza lasciando la porta socchiusa. Si fermò a controllare di nascosto attraverso lo spiraglio. La vecchia stava lì, ferma, e ricambiava lo sguardo. Mirta scosse la testa. Attraversò il lungo corridoio, scese le scale e si ritrovò nel salone della televisione. A terra il tappeto antico era ancora macchiato di urina. Mirta superò la macchia ed entrò nel disimpegno con l'armadietto dei medicinali. Trovò le due medicine mancanti. Sentì ardere il palato. Aveva sete. In cucina, sul grande tavolo, erano poggiate le due scatole dei cibi che aveva tolto dal freezer. Si stavano già scongelando. Aprì il rubinetto e direttamente alla cannella si dissetò. Il cane la guardava attraverso la porta a vetri che dava sul giardino.

«È presto per la pappa!» gli urlò. Tornò nel disimpegno e chiamò l'ascensore. Non aveva voglia di rifare le scale. La gabbia di vetro salì docile e silenziosa al piano. Attraverso la cabina trasparente vide il soffitto diventare pavimento, poi le ruote della sedia a rotelle, il letto, il vestito a fiori e la testa della vecchia che se ne stava lì e guardava la porta dell'ascensore coi suoi occhi cattivi. Mirta entrò nella stanza. Scrutò attentamente la signora. Poi a terra. Niente. Non c'erano tracce di umidità. Non l'aveva rifatta. Una terza volta non avrebbe retto. Si avvicinò al comò, riempì il bicchiere d'acqua poi prese le tre pillole.

«Apra la bocca, signora, che prendiamo la medicina.»

La vecchia non mosse un muscolo. «Su, non faccia la cattiva, apra la bocca.»

Niente. Come se avesse parlato a un muro.

«Perché?» disse alzando gli occhi al cielo. «Perché mi fa questo? È per il suo bene!»

Continuava a guardarla. E Mirta finalmente capì. La stava sfidando.

«Va bene. Come vuole. O con le buone...»

Infilò la mano in bocca alla vecchia, con l'altra tirò giù la mandibola e spalancò le fauci della donna che sbarrò gli occhi terrorizzata.

«Ecco. Una», e infilò la prima pillola. «Due...», e buttò dentro la seconda. La vecchia cercava di chiudere la bocca, ma Mirta era molto più forte. «... E tre!». Buttò la terza pillola. Lasciò la bocca che si richiuse. Ora doveva darle l'acqua. Appena si girò per prendere il bicchiere quella sputò per terra tutte e tre le pasticche.

«Merda!» Si chinò, le raccolse umide di saliva.

Spalancò ancora la bocca della vecchia poggiando il ginocchio sul letto per fare leva. Le gettò dentro tutte insieme. Poi strinse una mano a pugno e la lasciò in bocca alla donna per non fargliela richiudere. La vecchia mordeva.

«Brutta stronza!» Con l'altra mano prese il bicchiere d'acqua.

Le tre pillole se ne stavano poggiate sulla lingua biancastra della vecchia. Avvicinò il bicchiere alla bocca e lo svuotò in quella specie di pozzo spalancato. Vide il gozzo della vecchia deglutire. Guardò in bocca. Le pillole non c'erano più.

«Fatto!» urlò Mirta. Ma poi un dolore lancinante le penetrò nel cervello fino a farla urlare. La vecchia le aveva morso con tutta la forza la mano sinistra e non la mollava.

«Ahi... lascia, lascia brutta stronza... lasciaaa!» Cercava di tirare via la mano, ma i denti della donna si erano serrati come una tagliola per volpi intrappolandola. Mise un piede sul petto della vecchia, con l'altra mano cercò di allentare la tenaglia delle mandibole e cominciò a tirare. Finalmente, con uno schiocco orrendo, la mano si liberò. Le era restata attaccata la dentiera.

Mirta urlava scrollandosi la mano come se impugnasse un termometro da scaricare. La dentiera non si staccava. Con orrore cercò di aprirla con la destra e finalmente la tagliola cadde per terra. Mirta guardò la vecchia negli occhi. Che erano sempre cattivi. La bocca senza denti era stata risucchiata dalle guance e questo dava un'espressione di stupore a quella faccia incartapecorita e segnata dalle rughe.

Pensa a Ilie... pensa a Ilie... pensa a Ilie..., si ripeteva Mirta.

Accarezzandosi la mano offesa si avvicinò alla signora. «Allora, lo so che mi senti. Mettiamoci d'accordo. Non ti piaccio. E neanche tu piaci a me. Però te ne devi fare una ragione. Io starò qui perché è tuo figlio che lo vuole. Non vogliono vivere con te, quindi tocca a me. O collabori oppure per te comincia la settimana peggiore della tua vita. Sono stata chiara?»

Dalla mummia nessuna risposta.

«Lo so, mi vuoi rendere le cose difficili. Ma tu non sai neanche lontanamente che cosa ho passato io nella vita. Quindi non mi fai paura. Vuoi la guerra? E quella avrai. Ora ascoltami, e spalanca bene le orecchie.» Aprì il foglio delle istruzioni. «Devi andare al piano di sotto a guardare la televisione fino all'una, per mangiare. E questo faremo. Se me ne fai un'altra io ti lascio in questa stanza per una settimana. Ti scordi la televisione, ti scordi la passeggiata in giardino. Tutto. Sono stata chiara?»

La vecchia continuava a osservare Mirta senza cambiare espressione.

«Va bene. Il silenzio da noi in Moldavia vuol dire sì. Ora asciugo la carrozzella e poi scendiamo.»

Mirta raccolse la dentiera e se la mise in tasca: «Questa te la rimetto per il pranzo».

Mise la mummia di nuovo davanti al televisore. Accese, scelse un canale qualsiasi e se ne andò in cucina a prendere gli stracci per provare ad asciugare l'urina sul tappeto.

Ci lavorò venti minuti, in ginocchio, davanti alla carrozzella. Dopo aver provato una quantità esagerata di prodotti, sembrava averla avuta vinta sulla macchia. Ora doveva aspettare che il pastrocchio si asciugasse. Tornò in cucina. In un bicchiere aveva sbattuto la dentiera, accanto aveva posato il biadesivo. Gettò di nuovo un'occhiata al salone. La vecchia era lì, inebetita davanti a un programma dove dei cuochi spiegavano le ricette e il pubblico applaudiva. Le venne da sorridere immaginando lo stesso programma fatto a Logofteni. Alla quarta puntata non avrebbero avuto più ricette da preparare e la cosa sarebbe finita lì. Questo invece andava avanti da anni. Il cibo era uno dei motivi per cui amava questo paese. E pensò che aveva fame.

Sul frigo trovò un post-it che non aveva notato prima. C'era scritto: *Giù in basso, nel tuo freezer, hai le porzioni di lasagne. Buon appetito.*

Cioè si sarebbe dovuta nutrire solo di lasagne al ragù per una settimana? Sarebbe diventata una bialberi e nessun vestito le sarebbe più entrato. Decise di spendere qualche soldo per comprarsi cose più digeribili e che attentassero meno al suo fisico.

Il suono dolce di un campanello elettronico rimbombò per la casa. Mirta si affacciò alla finestra. Filippo era sparito. Il campanello suonò ancora. Corse alla porta di casa passando per il corridoio e aprì. Fuori dal cancello c'era qualcuno. Afferrò il citofono. «Sì?»

«Sono Ciasullo. Apra!»

Ciasullo. Mirta si ricordò, la signora aveva annunciato la sua visita. Premette un tasto con il logo di una chiave e il cancello di ferro del giardino si aprì. Ezechiele se ne stava sotto il suo cespuglio, all'ombra. Entrò un uomo. Alto, coi capelli ricci e un naso importante. Indossava un trench blu da cui spuntava una cravatta dorata. Avanzava verso casa guardando dove posava i piedi. Forse aveva paura di calpestare la cacca dello spinone, o forse era semplicemente immerso nei suoi pensieri. Salì le scale e finalmente alzò gli occhi su Mirta. Erano scuri e intelligenti. Mirta sorrise. Quello la scansò ed entrò in casa. Lei richiuse la porta e si girò verso l'uomo che ora si aggiustava i capelli con una mano.

«Acqua?» chiese.

Mirta annuì: «Venga, mi segua...». Gli fece strada fino in cucina. L'uomo si sporse verso il salottino della televisione e guardò la vecchia. Era evidente che stesse controllando. Mirta aprì il rubinetto. E il dottor Ciasullo senza neanche girarsi verso di lei le disse: «Non ce l'hai minerale?».

«Non lo so. Ora la cerco. Sono appena arrivata.»

«Lo so.» E finalmente entrò in cucina.

Mirta aprì il frigo e trovò una bottiglia di Uliveto. La mostrò all'ospite, quello annuì, neanche si trattasse di una bottiglia di vino pregiato. Mirta prese un bicchiere, versò l'acqua e glielo porse.

«Lascia la bottiglia sul tavolo» disse lui e svuotò il bicchiere con un sorso solo. Si aprì il trench e si sedette all'enorme tavolo, poi le fece segno di accomodarsi davanti a lui. Mirta si sentiva oggetto di un vero e proprio interrogatorio. Ciasullo si mise una mano in tasca, estrasse un pacchetto di Camel e si accese una sigaretta. Soffiò fuori il fumo e attaccò: «Allora chi è questo signore?, ti starai chiedendo...». Altra boccata. Pausa. «Mi chiamo Daniele Ciasullo e quello che adesso ti dico farai bene a mettertelo bene in testa e a non dimenticarlo mai più.»

Guardò Mirta molto intensamente. Si appoggiò coi gomiti al tavolo e le sorrise come può sorridere una iena prima di azzannare la preda. «C'è un portacenere?» le chiese.

Fu presa in contropiede, perché si stava concentrando su quello che doveva tenere a mente. Si girò di scatto e si guardò in giro. Nessuna traccia di portacenere.

«Va bene anche una tazzina.»

Mirta annuì, si alzò e aprì uno a caso tra decine di sportelli. Al terzo tentativo la trovò. La prese e la portò al tavolo. Si sedette lentamente, tenendo le gambe un po' incrociate di lato e le mani strette appoggiate sul ripiano. Guardava l'uomo con gli occhi sgranati. Era pronta.

«Bene Mirta, allora, una regola...» L'uomo buttò un po' di cenere nella tazzina. «So tante cose su di te. Dove sei nata, cosa hai fatto nei primi anni qui in Italia. So anche come si chiamavano tuo padre e tua madre e che è appena morta. Un incendio. Roba da matti. Hai un figlio e affermi di aver lavorato all'ospedale di Chişinău... perché tu ci hai lavorato, giusto?»

Mirta annuì.

«So parecchie cose di te, Mirta Mitea», e spense la sigaretta nella tazzina guardandola schifato. «Ah, prima o poi bisogna che smetta... Allora, dicevo, la regola. Sei stata chiamata in questa casa a tenere in piedi la signora. È una cosa molto delicata, Mirta. Che devi fare molto bene. Vedi, i signori qui sono molto impegnati, l'avrai capito, e tempo non ne hanno. E hanno bisogno di una persona fidata. Purtroppo l'ultima infermiera ci ha lasciato...»

Ci ha lasciato. Parlava come uno di famiglia.

«... qualche giorno fa. Quindi capisci da te che la signora era disperata. Lo capisci, vero?»

«Sì.»

«Bene, hai un viso pulito e sei molto intelligente secondo me. Quindi la regola, a parte fare il tuo lavoro al meglio, è: giù le mani. Comprende?»

Mirta aggrottò la fronte. Non aveva capito.

«Tutto quello che vedi in questa casa non solo è catalogato al millesimo, ma i quadri, le cose preziose, sono tutte allarmate. Tu metti una sola di quelle tue manine su un oggetto, e io lo vengo a sapere. E te le taglio. Comprì?»

«Scusi, ma cosa le fa credere che io...»

L'uomo la interruppe con un gesto della mano. «Fai silenzio. Hai trentaquattro anni. Sei moldava e non hai precedenti penali. Però una mattina ti alzi e dici: perché devo lavorare come una bestia quando con uno solo di questi quadri ci compro mezzo villaggio? Eccola l'occasione. Se quella mattina ti dovesse venire questo pensiero, cancellalo. Perché io ti vengo a prendere anche nel buco del culo della Transilvania.»

«Non ho mai rubato io. Sono qui che lavoro...»

«Che palle! Non cominciare con la lagna del futuro migliore, e mio figlio, e il lavoro e le medicine... Non me ne frega un cazzo. Io ti ho avvertita, tocca solo un granello di polvere e ti stacco le mani. Ora vai, e buon lavoro.» Ciasullo si alzò dalla sedia. «Se righi dritto per questa settimana non ci vediamo più. Se rincontri la mia faccia per te sono cazzi acidi. Tu sai cosa vuol dire cazzi acidi?»

«Sono in Italia da tanto di quel tempo che i cazzi acidi ho imparato pure a ingoiarli» rispose Mirta, che ne aveva le palle piene di quelle minacce.

L'uomo la squadrò, come si guarda un insetto: «Di lungo hai solo la lingua o anche le mani?».

«Solo la lingua.»

«Brava. Ora vai dalla signora. E non farci pentire della scelta. Buona giornata Mirta Mitea.»

«Anche a lei, dottor Ciasullo. Non l'accompagno perché conosce la strada.»

L'uomo sorrise. Girò i tacchi e sparì. Mirta si mise le mani nei capelli. Aveva voglia di piangere. Fino a quando sarebbe stata colpevole per nascita? Fino a quando avrebbe dovuto sentire i piedi della gente sulla faccia senza poterseli togliere di dosso? Come se non avesse un orgoglio.

La fame te lo toglie, l'orgoglio. E ti toglie l'amor proprio, e la dignità. Come si fa a sopportare di essere colpevole di cose che non hai mai pensato? Solo perché altri quelle cose le fanno. Tutti i giorni. E quindi per riflesso le fai anche tu? Sarebbe mai arrivato il giorno in cui sarebbe stata considerata né più né meno che una donna e giudicata per le sue azioni? Fino a quando ce l'avrebbe fatta?

Era una domanda che le teneva compagnia da anni: fino a quando? Quella vita, fino a quando? Ogni volta l'orizzonte si rinnovava, sempre più distante, inavvicinabile. Costava fatica raggiungerlo, perché appena le sembrava di averlo a portata di mano quello rapido e irriverente si allontanava di nuovo. Dopo tutti i rospi salamandre e lombrichi mandati giù a cena pranzo e colazione, quanta merda l'aspettava ancora? Odiava Ciasullo, la signora, i poliziotti e gli occhi degli italiani. Ma non perché la trattavano così, loro erano i vincitori e si sa che i vincitori non provano pietà per i vinti, ma perché con gli sguardi e le parole le riportavano alla mente sempre quella domanda: fino a quando?

Con una scrollata di spalle cancellò l'eco dei suoi pensieri e si alzò dal tavolo.

C'era da pedalare. Pedalare e basta.

Era l'ora del pranzo. Mise il contenitore nel microonde. Lo scaldò. Lo stesso fece con quello del cane. Su un vassoio posò un piatto e ci versò dentro quella sbobba curiosa. Odorava di colla di pesce. Asciugò la dentiera, ci sparse sopra uno strato di biadesivo e se ne andò in salone. Prese una sedia e si sedette accanto alla mummia. E come per un miracolo quella aprì la bocca sdentata. Mirta fu sorpresa. Forse quel bel discorsetto a quattr'occhi aveva cambiato le cose? Le aveva dimostrato che non si faceva mettere sotto tanto facilmente, e la vecchia, chissà, aveva apprezzato. Fatto sta che se ne stava con la bocca aperta come un uccellino. Mirta con un po' di pressione fissò la dentiera. La donna chiuse la bocca e serrò le mandibole. Gli occhi azzurri erano sempre fissi e cattivi. Occhi senz'anima.

Senza dire una parola, Mirta le sistemò un bavaglio al collo, avvicinò lentamente il cucchiaio con la brodaglia tiepida alla bocca senza labbra temendo una reazione improvvisa e violenta. Invece la vecchia si fece imboccare tranquillamente. Fino alla fine.

«Era buono, signora?»

Nessuna risposta. Continuava a guardare la televisione. Ora c'era il telegiornale. Mirta le asciugò le labbra, le tolse il bavaglio, si alzò e se ne andò in cucina. Posò tutto nel lavello e prese la pappa del cane. Aprì la porta finestra. Dello spinone nessuna traccia.

«Oooh... cane!» chiamò. «Ezechiele! La pappa è pronta!»

Vide ai suoi piedi due ciotole smaltate di Vietri. Una piena d'acqua, l'altra con dei resti di cibo. Versò lì la sbobba e rientrò in casa. Le restava da cambiare le lenzuola zuppe di piscio perché all'una e mezza era il momento del riposino pomeridiano. Ma prima altre due medicine.

Che la signora stavolta prese con dolcezza, sulla punta delle labbra. Mirta si rilassò. Avevano avuto un inizio terrificante, ma le cose si erano messe decisamente meglio.

«Prima che ti metto a letto, devi fare pipì? Cacca? Se sì, chiudi le palpebre. Così io capisco.»

Le palpebre rimasero aperte. Venuzze rosse chiazzavano la sclera. Mirta la alzò di peso dalla sedia e la adagiò sul letto. Quella rimase lì, a fissare il soffitto. Poi si portò lentamente le mani sul petto e chiuse gli occhi.

Dormiva!

Mirta sospirò e si stiracchiò la schiena. Ce l'aveva fatta. Fine primo round. Ora toccava a lei mangiare qualcosa, poi sarebbe arrivata la donna delle pulizie e tre ore di sonno in pace non gliele avrebbe tolte nessuno.

Il silenzio rilassante della casa avvolgeva Mirta che, seduta al tavolo della cucina, masticava le lasagne che non erano affatto male. Si stava riprendendo, desiderava solo andarsi a mettere un po' sul letto perché la notte in bianco appena passata le cominciava a pesare. All'improvviso squillò il telefono. L'eco di dieci squilli da diversi apparecchi si propagò per tutta la casa. Con la bocca piena Mirta si lanciò su quello della cucina. Rispose.

«Casa Ferlaini Strozzi.»

«Sono io», una lontana voce di donna. Era la padrona di casa.

«Buongiorno signora.»

«Ascolta, mi sono dimenticata di un dettaglio importante. Quando mamma vuole defecare si porta le mani sul petto.»

«Va bene, ho capito.»

«Vedrai Mirta, all'inizio è dura. Ma poi le cose pian piano si accomodano. Buon lavoro. Ci vediamo fra una settimana!»

Clic. Fine della comunicazione.

Buono a sapersi, pensò Mirta. Almeno evito di dover pulire il... Fu un attimo. Un lampo, breve e terribile. L'immagine della vecchia che si metteva a letto per il riposino pomeridiano e si portava le mani al petto! L'aveva fatto. E poco prima lei glielo aveva anche chiesto. Quella non aveva detto niente. Si era solo messa le mani sul petto e aveva chiuso gli occhi. Non per dormire. Si stava semplicemente concentrando per defecare.

«Cazzo no!» urlò Mirta e si lanciò per le scale. Corse per il corridoio, ma ormai, se i suoi sospetti erano giustificati, la vecchia l'aveva bell'e fatta da tempo.

«Dio ti prego no! Per piacere...»

Spalancò la porta.

Un odore acre, amaro, avvolgeva tutta la stanza. La vecchia teneva gli occhi spalancati sul soffitto. Le mani lungo il corpo.

«No!»

Mirta si avvicinò. L'odore era sempre più forte. Un misto di muffa, marcio e uova sode. Dovette chiudersi il naso. Corse in bagno mentre la lasagna risaliva l'esofago. Ebbe un conato, ma non rovesciò niente. Si sciacquò la bocca, la faccia. Prese una boccettina di Acqua di Parma dalla mensola. Si spalmò due ditate sotto le narici e rientrò in stanza. Nonostante il profumo, la puzza continuava a bombardare le cellule olfattive. Guardò la vecchia stesa sul letto come un bassorilievo delle pietre tombali medievali. Non muoveva un muscolo. L'espansione della cassa toracica era quasi impercettibile.

Se la stava godendo.

Mirta l'afferrò per le scapole. La mise seduta e la guardò negli occhi. Dovette fare uno sforzo tremendo per non prenderla a schiaffi. Ma ci riuscì.

«Va bene, è la guerra che vuoi, ti giuro che te ne pentirai!»

Strattonandola aprì tutti i bottoni del vestito e glielo tolse. La spinse a faccia in giù sul letto. Le feci semiliquide avevano inzuppato completamente la parte posteriore dei mutandoni, erano fuoriuscite dall'elastico e si erano spalmate sull'interno delle cosce scendendo a rivoli lungo le calze contenitive.

«Adesso aspetti così!» disse Mirta. E andò giù in cucina. Prese i guanti per lavare i piatti e tornò su infilandoseli come un chirurgo prima di un'operazione.

Uscendo dall'ascensore notò che la vecchia era rotolata su se stessa e se ne stava al centro del letto, in mutande e reggiseno a guardare il soffitto. Aveva lordato tutte le lenzuola. Un'altra volta.

«Ma brava. Bravissima!»

Mirta fece schioccare l'indice di gomma del guanto, afferrò la vecchia e la rigirò di nuovo. Aveva visto giusto. La cacca aveva scarabocchiato le lenzuola candide che aveva messo neanche dieci minuti prima. Le tolse un'altra volta le calze. Le gettò a terra. Poi afferrò l'elastico delle mutande e lentamente cominciò a tirarle verso il basso. Molto lentamente, neanche lì dentro ci fosse nitroglicerina. Un po' per lo sforzo, ma soprattutto per lo schifo, sul viso di Mirta si era disegnata una smorfia. Aveva arricciato il labbro superiore e la radice del naso. Cercava di respirare il più possibile dalla bocca per sentire meno la puzza.

Aveva trascinato le mutande fino ai polpacci e le gambe. C'era quasi. Doveva superare le caviglie violacee e appallottolare la bomba per buttarla nella pattumiera, sigillarla e gettarla nel cassonetto liberandosene una volta per tutte. Le mutande avevano passato lentamente le caviglie, perle di sudore irroravano la fronte di Mirta tesa e concentrata nella difficile operazione. Una gamba era libera. Mancava l'altra. Mirta sfilò le brache sempre con molta cautela, ma non si accorse che l'elastico si era bloccato nell'alluce valgo e l'ultimo colpo di polso per liberarle ebbe un effetto mazzafionda. L'elastico si tese, poi sfuggì dal ditone livido della vecchia e la mutanda, come una frombola impazzita, scagliò una manciata di merda sul muro e sul viso di Mirta.

«Porca troia!» urlò e corse di nuovo in bagno. Non ebbe il coraggio di guardarsi allo specchio e si mise istericamente a lavarsi il viso con più acqua possibile.

«Che schifo, che schifo, che schifo!» Si gettava manciate di sapone liquido in mano e se lo passava sul volto, sul collo, poi immerse la faccia sotto il getto freddo dell'acqua. Alla fine si tirò su. Si guardò allo specchio. Tracce di quella roba non ce n'erano. Si asciugò e tornò nella camera da letto. La vecchia stava lì, sempre a pancia sotto, nuda dalla vita in giù, tatuata di lordume. Le mutande giacevano ai piedi del comò. Avevano liberato il resto del loro fardello sul tappeto. Sul muro la chiazza verde marrone si stava sciogliendo in mille rigagnoli verso il battiscopa disegnando una ragnatela. Mirta ebbe voglia di piangere. Si morse il labbro inferiore, prese un bel respiro e tornò in bagno.

Non aveva voglia di stare accanto a quella donna nei minuti che ci volevano per riempire la vasca da bagno. Seduta sul bordo, guardava un punto imprecisato nello spazio, mentre il vapore dell'acqua bollente annebbiava lo specchio e depositava un velo umido sulle mattonelle. Pensò a una soluzione. L'unica che le veniva in mente era il pannolone. Metterglielo all'inizio della giornata e cambiarglielo solo per la notte. Poi pensò alla pelle della vecchia, così avvizzita e rovinata, un pannolone l'avrebbe ridotta a una piaga. Aprì il foglio delle istruzioni. La donna doveva prendere due supposte alle tre. Aveva mezz'ora a disposizione per infilare la stronza nella vasca da bagno e ripulirla.

La sollevò e la mise a mollo. Le passò il sapone velocemente sulle spalle, sulle gambe. Poi la lasciò lì. La vasca era abbastanza piccola e non c'era il rischio che scivolasse giù.

«Vado a finire di pulire la schifezza che hai fatto. Buon bagno.»

Erano le due e quaranta quando finì di rassettare, ora di togliere la signora dal bagno. Era ancora nella vasca con la pelle d'oca, tremava un po'. L'acqua era torbida. Mirta non escluse che avesse continuato a fare i suoi bisogni. Tanto meglio, non c'era da pulire.

Avvolse la vecchia in un grosso asciugamano, la sollevò e la portò sul letto. Prese la scatola delle nuove medicine, aprì l'asciugamano, girò la mummia a pancia in giù. La guardò, nuda e impotente stesa sul letto. Con un sorriso le infilò le supposte di colpo, senza avvertirla né prepararla.

Zac! E una. Zac! E due.

Molto più comode delle pillole.

Poi girò la vecchia e la mise seduta. Coprì i seni avvizziti col reggiseno. La guardò ed ebbe un'idea. Sistemò un asciugamano sulla seduta della carrozzella e mise addosso alla donna solo un vestito verde, aperto davanti come un grembiule. Niente mutande, niente calze, le infilò delle vecchie ciabatte morse dal cane che aveva trovato nel comodino e la lasciò seduta sulla sedia.

«Io vado a riposarmi. Se devi fare ancora cacca o pipì fa' pure. Finisce tutto sulla sedia a rotelle. Senti freddo? Succede. Lì c'è il pulsante per qualsiasi cosa. Ah, qui c'è l'acqua – e le depositò il bicchiere colmo fino all'orlo sul bracciolo –, casomai ti viene sete.»

La vecchia rapida come un fulmine colpì il bicchiere con la mano e lo mandò a frantumarsi a terra.

«Peggio per te. A più tardi. Qui le istruzioni dicono che dalle tre e un quarto c'è la tua soap opera preferita. Che peccato. Oggi ti perdi la puntata. E anche domani.»

Mirta uscì dalla stanza e chiuse la porta.

Spalancò la finestra della sua stanza. L'aria fresca invase la camera e le tolse dalle narici tutte le puzze che aveva ingoiato. Piazzò la sveglia e si gettò sul letto, sfinita, desiderando solo di chiudere gli occhi e sprofondare sempre più giù, sempre più giù...

Sognò un palazzo pieno di citofoni, senza nomi, senza numeri. Doveva salire a casa di qualcuno, ma non sapeva a chi suonare. In giro non c'era anima viva. Forse era a Roma, forse a Chişinău. Cominciò a premere i pulsanti a casaccio, ma nessuno rispondeva. Il suono era sempre più forte, isterico e continuo. I citofoni presero a urlare e a gracchiare da soli senza bisogno di premere il pulsante, non c'era modo di fermare quella sinfonia distorta, quel martellare spietato. Si svegliò. Aprì gli occhi. Sul comodino la sveglia del cellulare suonava le sue note acute.

Dove... sono? si chiese. Una stanza pulita... una mansarda. Rimise a posto i pezzi. Sono a via Eufemiano, a casa della vecchia, oggi è il 18 marzo e ho appena preso servizio.

Si stropicciò gli occhi e si infilò le scarpe. Erano le cinque. Controllò la luce del citofono interno. Era spenta. La mummia non l'aveva chiamata. Andò in bagno per sciacquarsi la faccia. Poi scese la scala a chiocciola.

La vecchia stava dove l'aveva lasciata, sulla sedia a rotelle, e dormiva. Si avvicinò lentamente. Diede un'occhiata di controllo. Era tutto a posto. L'asciugamano sulla sedia era asciutto. Anche il vestito. Uscì dalla stanza.

Prese il foglio. Alle cinque e mezza doveva darle un paio di pasticche. Ma prima c'era il cane da portare fuori. Una mezz'ora nel giardinetto di via Eufemiano era una bella boccata d'aria. Ricordava di aver visto il guinzaglio in cucina. Lo prese insieme alle chiavi e uscì nel giardino.

«Bello... cane... qui!» chiamava. Ma dello spinone non c'era traccia. «Forza Ezechiele... vieni!»

Girò intorno al giardino. Era magnifico. L'erba curata al millimetro. E vasi con fiori lo adornavano. Su ogni lato c'erano cespugli con sfumature diverse. Rosso e arancione fino al giallo intorno alla casa, sulle siepi al centro era un trionfo di blu, viola e indaco. Bianco intorno alla recinzione. Una fila di ciliegi giapponesi coi primi germogli costeggiavano un vialetto in terra battuta che si perdeva dietro la casa. Filippo faceva bene il suo lavoro, non c'era niente da dire. Mirta imboccò il sentiero, più per curiosità che per cercare Ezechiele. Finiva in un laghetto artificiale soffocato da decine di piante lacustri. Ninfee galleggiavano placide sullo specchio giallognolo. L'acqua scrosciava da una cascatina in pietra. Una decina di carpe colorate nuotavano tranquille alla ricerca di cibo. Accanto al laghetto c'erano due sedie in ferro battuto e la piantana di un ombrellone. Era un bel posto per riposarsi. Doveva tenerlo a mente.

Da un cespuglio di bossi spuntò il faccione peloso di Ezechiele che la salutò col suo belato gutturale.

«Ah, eccoti qui... andiamo?»

Si avvicinò scodinzolando perché aveva notato il guinzaglio rosso nelle mani della donna.

Guinzaglio uguale passeggiata.

Si fece attaccare il moschettone e come se avesse preso vitalità seguì Mirta a passo spedito fuori della villa.

Appena in strada, Ezechiele cominciò a tirare. Doveva fare i suoi bisogni, e sapeva già dove. Mirta si fece condurre per alberelli e angoli di marciapiede dove lo spinone marcava il territorio con l'urina come un indemoniato. Poi puntò deciso verso il giardinetto comunale. Mirta lo seguì. C'erano altri due cani, liberi. Uno doveva appartenere a un signore che se ne stava all'ombra a leggere il giornale. L'altro lo portava a spasso una cameriera filippina. Erano due bastardelli rapidi e intelligenti, che subito si precipitarono da Ezechiele. Cominciarono a odorarsi scodinzolando. Mirta tolse il guinzaglio al cane e si sedette su una panchina libera, di fronte al signore col giornale che alzò gli occhi dalla carta stampata a guardare quel piccolo branco giocherellone.

«Ma guarda chi c'è? Ezechiele! Bello! Vieni qui... vieni qui!» L'uomo cominciò a coccolarlo. «Bello lui... peloso e puzzolente...» diceva con una vocina da imbecille. «Allora come stai, Ezechiele?»

L'aveva chiesto al cane, non a lei. Che doveva fare? Di solito rispondeva al posto delle signore cui badava, ma con un cane era lo stesso?

«Stai bene mi sa, guarda come sei felice. Hai visto chi c'è, Truffy? C'è Ezechiele!» Ora parlava col suo cane. Mirta non l'aveva neanche guardata. Per il signore in pensione con la giacca Burberry lei non esisteva. Era poco più di un'ombra. Prese il cellulare.

Da: nina-cassian@yahoo.it
A: mirta.mitea@gmail.com

Cara Mirta, amica mia del cuore, hai cominciato il nuovo lavoro? Come ti trovi? È quello che speravi? Hai notizie di Ilie? Scrivimi appena hai cinque minuti. Qui a Milano piove e io e la signora non usciamo da sei giorni. Non sta tanto bene. Ha cominciato a confondere i nomi e i giorni della settimana. Dice di vedere sempre meno. Ne parlo con la figlia, ma quella allarga le braccia e risponde: «È l'età, Nina. Che ci vuoi fare? Siamo alla fase calante». Anche le gambe cominciano a cederle. Proprio non ci posso pensare di doverla trasportare al bagno o sul letto. Sai quanto pesa la signora Ludovica? Quasi ottanta chili! E chi ce la fa? La notte mi fanno male le braccia e le mani mi bruciano. Ci metto la crema che mi hai consigliato, ma niente da fare. A Pasqua torno a casa. E non vedo l'ora. E la sai la novità? Gheorghe verrà con me. No, ma te lo immagini quando lo presenterò ai miei genitori? Io gli ho raccontato un sacco di bugie. Che mio padre è impiegato alle poste, che mia madre è un'insegnante. Invece li vedrà in quella casa che... vabbè, lasciamo perdere. E a proposito dei miei genitori, lo sai cos'hanno fatto quegli incoscienti? Hanno comprato tre maiali. Due maschi e una femmina. E pure una decina di galline. Mangiano uova da tre settimane! Fra poco esploderanno. Mamma si lamenta perché a papà è tornata la voglia e le dà il tormento ogni cinque minuti. Secondo te possono essere le uova?

Da: mirta.mitea@gmail.com
A: nina-cassian@yahoo.it

Cara Nina, amica mia, non lo so se è colpa delle uova. So solo che mi hai fatto pensare. Da quanto tempo non ho più voglia? Tanto. Credo che i pensieri erotici siano un lusso, un frutto che non cresce su terreni aridi e depressi. E infatti cambio discorso. Il nuovo lavoro è appena cominciato. È un incubo. Devo stare con una donna che non parla, sta sulla sedia a rotelle e mi fa di tutto. Non prende le pillole, si fa i bisogni addosso. E lo fa apposta! Credimi, se non fosse per i soldi, tanti, che mi danno, me ne tornerei a fare le pulizie nei condomini. Sono straricchi. Suo figlio e la moglie le stanno ristrutturando una casa dove la metteranno appena è pronta e loro vivranno da soli in questo castello. Quindi mi toccherà andar via da questo paradiso. Paradiso... con il diavolo nascosto dentro! Ilie non mi parla. La direttrice dell'internat mi dice che va tutto bene, che s'è fatto gli amici, che studia e mangia. Ma io non ci credo. Mi piacerebbe salire a vedere, ma per ora niente. Quando arriva Pasqua provo a chiedere un po' di giorni e magari saliamo insieme. Ti abbraccio come sempre.

Tua, Mirta

Appena rientrò nel giardino della villa, Ezechiele riprese l'aspetto vecchio stanco e indolente di sempre. Si accucciò triste sotto il banano. Tutto un altro cane rispetto a cinque minuti prima.

«Lo so. Ti capisco cucciolone» gli disse Mirta carezzandolo, ed entrò in cucina. Riempì di acqua la ciotola del cane e prese il foglio delle istruzioni.

Entrò nella stanza con un bicchiere d'acqua e le due pillole su una garza. La mummia era sveglia. La guardava senza perdersi un movimento.

«Senza storie, eh?»

Si avvicinò. La donna aprì la bocca. Mirta le infilò le due pillole ma con due colpi secchi la vecchia le sputò a terra. Mirta rimase col bicchiere a metà strada. Con infinita pazienza si chinò, raccolse le medicine e le riavvicinò alla bocca della mummia. Che si riaprì riprendendo le due pasticche. Mirta si riavvicinò col bicchiere. Ma le pillole schizzarono fuori un'altra volta per finire sul tappeto.

Mirta la guardò. Posò il bicchiere sul comodino. Si chinò di nuovo. «Io adesso te le rimetto in bocca. E tu le ingoi. È per il tuo bene. Non per me!»

Mirta le mise le pillole sulla lingua per la terza volta. E per la terza volta avvicinò il bicchiere. Poi con una mossa rapidissima tappò il naso della mummia. Che fu costretta ad aprire la bocca per respirare. E lei le gettò l'acqua nelle fauci spalancate. Le pasticche andarono giù in gola come nello scarico del lavandino. Lasciò il naso della vecchia e la guardò.

«Io di modi per farti prendere le medicine ne ho a decine. Ti conviene obbedire. Chiaro? Sono le 5.45. Ci rivediamo alle sei e mezza. Hai due punture. Ora ti metto a pancia sotto nel letto, che stai seduta da troppo tempo.»

Aveva quasi un'ora di libertà, ma sapeva già cosa fare.

Il sonno fu breve e buio. Lo disintegrò il suono del citofono. Mirta si alzò di soprassalto. Guardò la sveglia. Erano appena le sei e dieci. Il campanello insisteva. Si stropicciò gli occhi. Aveva un brutto sapore in bocca e le doleva la testa.

«Sì?» rispose.

«Sono Agnese.»

«Agnese chi?»

«Sono la signora Agnese! Quella delle pulizie!»

Mirta aprì. Poi andò alla porta di casa. Fuori stava calando la sera. Dal vialetto vide un cubo di un metro e quaranta per spigolo avanzare verso la casa. Aveva i capelli neri raccolti in una specie di tuppo e portava una pesante borsa di pezza che quasi toccava terra.

«Buongiorno.»

«Buonasera, che buongiorno!» rispose Agnese. «So' le sei so'! E questa dice buongiorno...»

La donna raggiunse Mirta sulla porta di casa. Aveva due porri enormi, uno per guancia, e gli occhi grossi e neri, tondi come biglie, che davano l'impressione di aver già visto tutto quello che c'era da vedere.

«E te chi sei?»

«Mirta. Sono l'infermiera della signora.»

«Ah!» disse Agnese e la scansò entrando in casa. «De dove sei?»

«Sono di Logofteni... per farla più semplice di Chişinău.»

«Chi.»

«Come chi?»

«Chi è?»

«Chi è che cosa?» chiese Mirta sbattendo le palpebre.

«Chi è sto cisinau?»

«È la capitale della Moldavia.»

Mirta seguì la donna in cucina.

«Se lo dici te. Io non l'ho mai sentita. Senti Marta...»

«Mirta» la corresse.

«Quello che è. Senti, io mo' pulisco tranne la camera dove stai tu. Qual è, la mansarda?»

«Sì.»

«Ecco, quella ci pensi tu. Be', statti bene.»

Si chiuse in un grembiule azzurro e sparì dentro uno sgabuzzino. Mirta girò su se stessa e andò all'armadietto dei medicinali. Aprì il foglio. Prese le due fiale, due siringhe e chiamò l'ascensore.

Stava lì, come l'aveva lasciata. Stesa sul letto ma non dormiva. Teneva gli occhi aperti e guardava il muro. Mancavano ancora una ventina di minuti all'ora prestabilita, ma Mirta decise di farle lo stesso le due punture. Anticipare un po' non l'avrebbe uccisa.

Spezzò la fiala, aspirò il primo medicinale, fece uscire l'aria dalla siringa e si avvicinò col cotone e l'alcol alla donna. Le sollevò il vestito. Decine di iniezioni le avevano colorato di viola le chiappe. Pelle sana non se ne vedeva. Non c'era più spazio libero. Ovunque vene schiacciate, lividi, ecchimosi, capillari rotti. Trovò un po' di spazio a destra, poggiò il cotone sulla pelle e la mummia sobbalzò. Il freddo dell'alcol l'aveva risvegliata da chissà quali pensieri. Cominciò ad agitarsi.

«Calma signora, sono io. Devo farti due punture.»

Ma la vecchia non stava ferma.

«Se fai così ti posso fare male. Rilassati. Buona, su...»

Niente da fare. Muoveva il corpo qua e là, quel poco che poteva, ma abbastanza per disturbare l'operazione.

«Senti, tanto le devi prendere 'ste medicine. È meglio che lo sai.»

Prese la siringa, agitò la boccettina del medicinale, poi aspirò il liquido con lo stantuffo. Massaggiò la chiappa floscia della vecchia, ci sfregò l'ovatta e poi con un colpo di polso preciso infilò l'ago nella carne e premette lo stantuffo. La donna si irrigidì. Era una puntura dolorosa. Sfilò la siringa, la gettò nel cestino ai piedi del letto e scartò l'altra. Prese la seconda fiala e la aspirò. Con un altro batuffolo di cotone sfregò un po' più in basso di dove aveva appena colpito. La pelle tremolò come un budino. Una goccia di sangue usciva dal buchino dell'iniezione appena fatta.

«Facciamo questa ed è finita.»

La vecchia s'era calmata. Non si dibatteva più. Aspettava. Mirta fu rapida e professionale, e la donna emise solo un respiro flebile e sommesso.

«Che c'è?» le chiese Mirta. Le andò davanti. La guardò. Gli occhi erano puntati sulla coperta del letto. Una lacrima le scendeva sul naso.

«No signora, no... Non pianga. Le ho fatto male?»

La donna chiuse le palpebre e altre gocce uscirono dagli occhi.

Mirta finalmente la vide per quello che era. Una donna vecchia, sola e stanca. Molto stanca. E dentro ci vide sua madre che piangeva il giorno che lei l'aveva lasciata per inseguire l'Italia e un futuro più incerto, ma che almeno poteva chiamarsi futuro.

La prese per le ascelle e la mise sulla sedia a rotelle. La mummia se ne stava a occhi chiusi.

«Andiamo giù a guardare la televisione? Vuole? Una passeggiata? Ha fame?»

La donna riaprì gli occhi. Erano tornati quelli freddi e cattivi di sempre. Mirta fece un passo indietro, quasi spaventata. La vecchia afferrò le ruote della sedia e si voltò verso l'ascensore. Mirta capì. Si avvicinò e premette il pulsante. Entrarono nel montacarichi e scesero al piano di sotto.

«Sei grande grande grande come te... sei grande solamente tuuu...»

Agnese cantava a squarciagola mentre puliva il piano cottura della cucina che già splendeva come argento. Si voltò all'improvviso. Sulla porta c'erano Mirta e la vecchia che la osservavano.

«Che state affà qua? No no, quando io sto a pulì, niente estranei tra i piedi, eh?»

«Agnese, questa è la padrona di casa, mica un'estranea!» rispose Mirta. «E dobbiamo prendere la merenda.»

«Fate un po' come ve pare. Poi però ve ne andate, eh?» Agnese si era avvicinata alla sedia a rotelle. «Ciao signora, come sta oggi?»

La donna non mosse neanche un sopracciglio. Agnese scosse la testa e se ne andò al piano cottura. Mirta aprì una scansia. Era piena di omogeneizzati. Ne prese uno. Pescò un cucchiaino dal cassetto e cominciò a imboccare la mummia.

«Io vedo tutte quante le mie amiche so' tranguille più di meeeee...»

Era intonata Agnese. E piacevole da ascoltare.

«Nun devono discute ogni cosa come tu fai fa' un po' a meeeee...»

«Bella voce, Agnese...»

«Sì?»

«Sì, bella. Io suonavo il pianoforte. Lo sento se una è intonata oppure no. E lei è proprio intonata.»

«Grazie Marta.»

«Mirta.»

«Quello che è. Tu suoni?»

Mirta annuì mentre infilava un cucchiaio di omogeneizzato nelle fauci della mummia.

«Di là ci sta un piano. L'hai visto?»

«No... davvero?»

«Eh. Perché non ci suoni qualcosa?»

«Sì... è qualche anno che non suono. Però sì.»

«Mo' finisci di dare da mangiare a questa e poi fammi sentire. Che mi fa compagnia. Che dentro a una casa così non c'è manco una radio... roba che non ci si crede.»

La vecchia aveva serrato la bocca. Segno che di pappa non ne voleva più. Mirta gettò il cucchiaino nel lavello e il barattolo nella pattumiera.

«Porto la signora a vedere la tv.»

«E porta va'. Il pianoforte sta nel salone verde...»

Mirta accompagnò la signora nella stanza della televisione. Prese il telecomando. Stava per accendere quando la vecchia allungò una mano.

«Cosa? Lo vuoi?»

Glielo allungò. La vecchia lo afferrò. Poi, molto lentamente, premette il tasto di accensione. E tranquilla si mise a guardare. Mirta la lasciò lì, davanti a un gruppo di uomini occhialuti che discutevano animatamente.

Non aveva notato il salone verde, dietro a quello principale. Era più piccolo e accogliente. Uno Steinway & Sons a un quarto di coda luccicava in un angolo. Mirta lo accarezzò. Non aveva mai suonato su uno strumento simile. Quando con le sue amiche della scuola di piano sognavano il paradiso, si immaginavano in una stanza da sogno, col terrazzo su un giardino appena illuminato dalla luna, davanti a uno Steinway a suonare le cose più romantiche che conoscevano. E a parte la luna, le amiche e i sedici anni, ora c'era tutto.

Si sedette allo sgabello, soffice e confortevole. Lentamente aprì il coperchio. I tasti erano immacolati e la guardavano come i denti di un sorriso. Sfiorò il do. Pensò al suo maestro, il signor Gordienko, e ai suoi occhiali enormi. E a quando quelle mosche sul pentagramma, piano piano, da macchie si erano trasformate in suoni armonici, puliti.

Quanti anni fa? Un'eternità.

Richiuse lo sportello del piano e lo accarezzò. Si alzò per tornare dalla signora.

Non era più davanti al televisore. Forse Agnese l'aveva portata davanti alla finestra. Stava lì a guardare il buio e le luci del giardino.

Sullo schermo una casa americana in mezzo alla neve, le luci soffuse e un albero enorme impacchettato di palle e fili dorati, un uomo e una donna bellissimi chiacchieravano. Ma il volume era a zero.

«Embè? Non suoni?»

Agnese era entrata nella stanza con le mani sui fianchi. Ai suoi piedi un grosso aspirapolvere.

«No... no, adesso non mi va. Ma l'hai spostata tu la signora?»

«E certo, dovevo fa' la sala. Senti un po', ho messo la lavatrice. Bella mia, cerchiamo di non sporca' tutte 'ste lenzuola sennò finiscono.»

«Agnese, mica lo faccio apposta.»

«Io te l'ho detto e mo' lo sai! Giù ho finito. Su dalla signora lo faccio domani... Lascio 'sto coso qui, eh?» Agnese toccò l'aspirapolvere con un piede.

«Va bene.»

«Io mi faccio un caffè. A te ti va?»

Mirta guardò la signora. Era sempre lì, davanti alla finestra. «Non te preoccupa', Marta, se non la spostiamo noi quella da lì non si muove. Vieni...»

S'erano sedute al tavolo davanti alla porta a vetri della cucina. Il cielo era nero e i lampioni stradali coloravano di giallo le piante sull'inferriata.

«Che stanchezza... Mo' che devo riprendere la metropolitana...»

«Dove abiti?»

«A Cinecittà» disse, e bevve un sorso. «Buono, eh? Meglio del bar. Tu conoscevi 'sta famiglia?»

«No.»

Agnese guardò in alto, verso le stanze del piano di sopra.

«La signora c'ha quasi novant'anni. Tre anni fa un ictus e s'è ridotta così. Devi vede che era prima.»

«Che era?»

«Uno spasso. Faceva schiattare dalle risate. A me. A suo figlio e a quella scopa secca della signora Valentina. Sai come si chiama?»

«Ferlaini Strozzi?»

«Da sposata. Ma il suo vero nome è Eleonora dei Bardi Vedovati sposata Ferlaini Strozzi. Che dentro al documento manco lo spazio c'è per tutto 'sto nome.»

Mirta sorrise. «Eleonora. È un bel nome.»

«Hanno le vigne e le terre questi, sa'? Ma tante.»

«Eh sì... sono ricchi. Si vede.»

«Di più, figlia mia, di più.»

Finirono il caffè e posarono le tazzine.

«Quanto ci stai qui, Marta?»

«Mirta.»

«Quello che è.»

«Il più a lungo possibile.»

Agnese la guardò. Scosse la testa. «Vedrai, dopo 'sta settimana che sei sola tutto s'aggiusta. Ma qual è il piano?»

«Come il piano?»

«Dico, stai qui, e poi?»

Mirta si passò una mano sui capelli. «Per guadagnare abbastanza e far venire mio figlio.»

«Hai un figlio?»

«Ilie.»

«Dov'è adesso, col papà?»

«No. Stava con mia madre. Ma è morta in un incidente. Ora sta in un istituto...»

«Che è? Un collegio?»

«Una specie... un orfanotrofio.»

Agnese fece una smorfia: «In un orfanotrofio? Ma tu sei viva!».

«Brutto, eh?»

«Poi mi lamento che faccio una vita di merda. Be', mo' me ne vado a casa. Devo preparare la cena. Che mio marito, anche se parla e cammina, è peggio della signora. Manco le scarpe si sa allaccia' da solo.»

Le otto erano passate da un pezzo. Provò a richiamare l'internat. Fece il numero. Dopo tantissimi squilli, tanti che Mirta perse il conto, la linea cadde. Aprì la mail.

Da: mirta.mitea@gmail.com
A: ilie-mitea@list.ru

Caro Ilie, oggi mamma ha finito la prima giornata di lavoro. È dura, ma ce la faccio. Ce la faccio perché penso a te. Scrivi. Anche solo per dirmi che mi vuoi bene. Ho provato a chiamarti dopo le otto, come mi ha detto un signore ieri, ma non risponde nessuno. Puoi dire ai professori o ai bidelli che quando arriva una telefonata da tua madre ti lasciassero andare in segreteria? Un bacio, anima mia.

La vecchia dormiva. Dopo la cena e i soliti capricci per le pillole e la ribellione alla pomata, s'era stesa sul letto e aveva chiuso gli occhi. Mirta era rimasta nella stanza a osservarla per dieci minuti. Poi, certa che quella dormisse, era salita in camera sua in mansarda. Piazzata la sveglia due ore più tardi per andare a girare la vecchia, richiamò l'istituto.

«Sono Mirta Mitea, posso parlare con mio figlio Ilie Mitea?»

«Ora i ragazzi sono a letto. Richiami domani, ora è tardi, sono a letto.»

«Mi aveva detto dopo le otto...»

«Le otto in Moldavia, non in Italia, signora Mitea. Provi domani...»

Poggiò il telefono sul comodino e chiuse gli occhi.

Alzarsi nel mezzo del sonno fu più duro di quanto pensasse. Deambulò fino alla porta, scese le scale e senza bussare entrò nella stanza di Eleonora. Le slacciò la camicia da notte, la girò, spalmò la pomata lenitiva sulla schiena e la lasciò a pancia in giù. Uscì dalla stanza e tornò in camera. I gradini delle scale si confondevano, si sdoppiavano, sparivano. Finalmente arrivò in stanza. Si gettò sul letto e si addormentò come un sasso.

Saltò su con la bocca spalancata ingoiando tutta l'aria che poteva, come se stesse affogando. Si era addormentata senza mettere la sveglia. Guardò fuori dalla finestra. Il sole era già spuntato. «Cazzo!» Le otto e mezza. Col cuore a mille si infilò le ciabatte e corse giù. Spalancò la stanza della vecchia. S'era girata da sola e guardava il soffitto. Appena la sentì entrare, voltò la testa verso di lei.

«Mi scusi! Mi scusi, non so come, non ho sentito la sveglia...» Mirta arrivò al letto quasi inciampando sul tappeto. Guardò il corpo della vecchia, terrorizzata di trovare chissà quante piaghe e pustole su quella pelle di carta velina.

Era tutto a posto. Neanche un arrossamento. Le spalmò subito la crema. Eleonora la guardava fissa, con gli occhi chiari e puntuti. Le labbra serrate. «Non c'è niente per fortuna. Mi dispiace, mi dispiace tanto Eleonora!» Per la prima volta l'aveva chiamata per nome, ma sul volto della vecchia non passò nessuna sorpresa. «Ti porto in bagno e poi andiamo a fare colazione?» Si ricordò il foglio delle medicine. Lo aprì e lo lesse. «Bene. Solo tre pillole.»

E io te le sciolgo nell'orzo!, pensò.

Che idea. Non avrebbe saputo dire come le fosse venuta. Avrebbe sciolto le pillole nell'orzo e quella le avrebbe mandate giù tranquilla, senza capricci, senza proteste.

Mise la donna a sedere e chiamò l'ascensore.

La colazione consisteva in una pappina gialla che odorava di mela e cannella e una tazza di orzo nero. Di nascosto ci sbriciolò le tre pasticche. Poi allungò la bevanda alla vecchia. Che lenta appoggiò sull'orlo della tazza le labbra tremanti e mandò giù con dei piccoli sorsi. Mirta si fissò a guardarle la gola. Si gonfiava e sgonfiava al passaggio del liquido, e quel movimento lento e costante del collo rugoso le ricordò un documentario sulle tartarughe giganti delle Seychelles che aveva visto tempo prima in televisione. Finito l'orzo, Eleonora lasciò andare la tazza che si frantumò sul pavimento della cucina.

«Perché fai così?»

Mirta si chinò a raccogliere i cocci ai piedi della sedia a rotelle. Alzò appena il viso per vedere che un liquido chiaro colava dal cuscino.

S'era dimenticata l'asciugamano sulla seduta.

«No! Non devi pisciare, non adesso! Ti ci ho appena portato!» Scaraventò i cocci nella pattumiera, con uno strattone afferrò la sedia a rotelle e tornò nell'ascensore. «Eleonora sei una stronza!» le disse tra i denti. «Perché mi fai questo? Perché?»

In bagno la sollevò e la mise sul water. Poi con una pezza pulì la seduta. Ci mise sopra un asciugamano. «Ora ti lavo e ti lascio davanti al televisore senza mutande. Così se pisci, cachi o qualsiasi altra cosa, me ne frego. Ti cambio solo l'asciugamano. Ma roba da matti!»

Le squillò il cellulare che portava in tasca. Era Pavel.

«Pavel!»

«Mirta! Come stai?»

«Così così...» Si allontanò dalla signora. Abbassò la voce: «È un po' dura qui».

«Sono a piazza Albania, dietro casa tua. Ti vengo a trovare.»

«Non posso uscire.»

«Basta che ti affacci. Ti va un caffè?»

Ancora l'angelo

Pavel le allungò il bicchierino di caffè caldo attraverso le sbarre del cancello di recinzione. «C'è già lo zucchero» le disse. Poi scansò un ramo di rincospermo. «Ecco, ora ti vedo.»

«Grazie.» Mirta lo assaggiò.

«Quando ce l'hai l'ora d'aria?»

Risero insieme.

«Sembra di stare al parlatorio in un carcere. Anzi, lì le sbarre almeno non ci sono» aggiunse l'uomo.

«L'hai visto Ilie?»

«Non ti arrabbiare, Mirta. Ma non ho potuto fermarmi. Avevo un sacco di giri da fare, ho lasciato il pacco al volo... Quando sono arrivato era in aula a studiare e non me l'hanno chiamato...»

Mirta abbassò lo sguardo.

«Mi dispiace. Ma ti ha scritto?»

Mirta fece no con la testa: «Mi ha scritto la direttrice. Dice che Ilie sta bene, che fa i compiti studia e mangia. Ma io lo voglio vedere, Pavel, voglio sentire la sua voce».

«Ascolta, Mirta, le cose si stanno mettendo bene.» Pavel si infilò le mani in tasca. «E vedrai, è solo questione di tempo e Ilie tornerà insieme a te. Devi stringere i denti.»

«Lo faccio da sempre.»

«Appunto. Vuoi mollare proprio adesso? Senti un po'... come cazzo faccio a parlare così... con le sbarre e questo ramo?» Pavel lo strappò via. «Ascoltami, ho una cosa da dirti molto importante.»

«E dimmi.»

«Io smetto coi viaggi. Farò qualcosa di meglio... mi metto con Dimitri a fare traslochi. Abbiamo già un sacco di richieste. Investo qualche quattrino in un camion... – fissava Mirta negli occhi – ... e comincio. Te lo dico, Mirta, entro due o tre mesi decolliamo. Facciamo i traslochi a metà prezzo in metà tempo! Mi ascolti?»

Mirta ascoltava e annuiva senza capire dove Pavel volesse arrivare. «Sì, sì. I traslochi, ti ascolto.»

«E fra due o tre mesi, quando avremo tanti ordini, perché credici andrà così, avremo bisogno di un vero e proprio ufficio. Sotto casa mia affittano un negozietto a due soldi. Lo prendiamo e cominciamo a fare le cose in grande. Anche trasporti internazionali.»

«È bellissimo, Pavel. Ma io cosa c'entro?»

«Avremo bisogno di una segretaria, una che sa parlare bene, dolce e gentile e di bella presenza.»

Mirta aggrottò le ciglia. Riportò il bicchierino di caffè alle labbra e ne bevve un sorso. «Ma io non posso...»

«Sì che puoi. È semplice. Fra tre mesi, quando avrai messo da parte un po' di soldi da questo lavoro... ti trovi una casetta e i primi mesi per l'affitto li hai. E fai venire Ilie. E lavoreremo insieme. Basta con le padelle, i pannoloni e le medicine.»

«Sembra... sembra un bel progetto... tre mesi... ma perché io?»

Pavel abbassò gli occhi. Strinse una sbarra della recinzione con la sua manona bianca. «Perché... Mirta, perché io ti voglio bene. E ne voglio anche a Ilie.» Pavel allargò il pugno e stese la mano dall'altra parte del giardino. Fece una carezza a Mirta. Lei gli afferrò la mano che restò sulla guancia per qualche secondo. Poi la tolse. Lo guardò negli occhi.

«... Grazie. Io... non lo so.»

«Tu pensaci. Io avrei voluto dire questa cosa tanto tempo fa. Ma solo ora ho i soldi per fare tutto quello che ti ho detto. Pensaci. Io sono un uomo serio.» Le fece l'occhiolino e tornò al suo furgone. Le sorrise attraverso il finestrino. Poi infilò le chiavi nel quadro e rimase lì a guardare il volante.

Si sentiva uno schifo.

Cosa le avrebbe dovuto dire? Che all'internat si era fermato per scattare la foto a Ilie? Che l'aveva visto, che piangeva, che non mangiava e se ne stava a letto tutto il giorno? Che non parlava con nessuno anche se la direttrice continuava a dire che era solo un problema di ambientamento? Doveva dirle la verità? E poi? Mirta sarebbe tornata di corsa in Moldavia, abbandonando quel lavoro che era l'unica speranza per un futuro migliore. Accese il motore. Sarebbe stato lui a risolvere i problemi di Mirta, pensava mentre ingranava la prima. L'avrebbe portata via e le avrebbe dato una vita migliore. A lei e a suo figlio. Era solo questione di tempo.

Mirta attese che il Ducato girasse l'angolo. Alzò appena la mano per salutare Pavel. Prese un respiro e rientrò in casa. Dietro un cespuglio, con le cesoie in mano, c'era Filippo. Lo salutò. Il giardiniere non sorrise.

Non aveva mai pensato a Pavel. Come amico, magari, lui era uno su cui contare. Ma il sospetto le sarebbe dovuto venire già con la storia dell'ospedale. Aveva messo su un giro che non poteva certo improvvisare. L'annuncio, il Centru medical excellence, il medico compiacente. Aveva fatto tutto per lei. E lei non l'aveva capito. Non ci aveva pensato. Presa com'era dall'ansia dei soldi, dalla stanchezza, da Ilie laggiù, all'internat, aveva interpretato quel gesto come il favore di un amico sincero. Ma Pavel voleva altro.

La amava.

Io lo amo?, si domandò.

Da: mirta.mitea@gmail.com
A: nina-cassian@yahoo.it

Cara Nina, amica mia, Pavel s'è dichiarato. Così, all'improvviso. Ci sono rimasta come una scema. Poi quando se n'è andato mi sono messa a pensare. Ma io? Io l'ho mai preso in considerazione? Sai cosa, l'amore, il sesso, sono pensieri lontani, posti che non frequento da un po'. Insomma, magari ho solo perso l'abitudine.

Da: nina-cassian@yahoo.it
A: mirta.mitea@gmail.com

Mirta, amica mia del cuore, e se è solo brace sotto la cenere? E se ti basta un invito e i sensi e il cuore si rimettono in marcia? Com'è fatto?

Da: mirta.mitea@gmail.com
A: nina-cassian@yahoo.it

Ha i capelli corti e biondi, quasi rossicci. Il naso un po' a patata e gli occhi sorridenti con le zampe di gallina. La fronte alta, sembra che qualcuno ci abbia disegnato un pentagramma di rughe, e i denti un po' storti ma, ci credi?, bianchi. Un po' di pancia, un po' di rotoli intorno alla vita, ma è ben piazzato, con le spalle quadrate. Oddio Nina mi viene da ridere. Pavel è un uomo dolce. Attento e sempre presente. Ma la verità? Io non mi sono mai persa guardandolo negli occhi. Non ho mai avuto il desiderio di abbracciarlo, a parte quando lui fa qualcosa di gentile per me. Come una sorella. Come un'amica. Ma siamo ancora amici? Lui mi ha detto, parole precise: Mirta io ti voglio bene. E ne voglio anche a Ilie. Non lo so Nina, mi sono sentita in imbarazzo. Da morire. Allora penso, se lui mi piacesse avrei la casa, starei tranquilla con i soldi, e poi Ilie avrebbe finalmente un padre. Non sa neanche cosa vuol dire, avere un padre. Ma così? E se dopo tre giorni che vivo con lui mi sentissi un'ospite a casa sua? Oppure una specie di sorella o, peggio, una cameriera? Farei la badante a Pavel invece che a un'anziana? Cambierebbe qualcosa? C'è qualcosa che uno possa fare per innamorarsi? Ilie deve avere una cosa pulita. Una famiglia pulita. E preferisco semmai che stia solo con me. La vedi questa gente? Non è in grado neanche di badare ai propri vecchi. Tu mi dirai: meglio! Così abbiamo un lavoro. Quanto costa questo lavoro, Nina? Il prezzo qual è? È alto, te lo dico io. Quello che lasciamo pesa cento volte di più di quello che otteniamo. Non lo so. In giorni come questo mi viene voglia di mollare tutto e tornarmene a casa. Da Ilie. A cercare di sopravvivere lì. Magari mi trasferisco a Bucarest, oppure nella capitale, che ne sai? Non guadagnerei quello che prendo qui, ma avrei mio figlio e senza accettare cose che non voglio. Mi sento sporca solo per aver pensato a Pavel in questo modo. È un uomo puro, semplice e generoso. E io sto qui a fare i calcoli se mi conviene o meno amarlo. Fare finta di amarlo, mi correggo.

Da: nina-cassian@yahoo.it
A: mirta.mitea@gmail.com

Mirta, amica mia del cuore, scusami ma io non ci vedo niente di sporco. Pensa agli animali. Pensa a cosa sono pronti a fare per difendere i cuccioli. Forse devi fare come loro. La differenza è che noi parliamo. Ma l'istinto è lo stesso. Altrimenti spiegami perché sei lì. A fare da schiava a una donna che vorresti forse vedere morta? Va bene, i sentimenti, l'amore e bla bla e ancora bla. Io invece ti rispondo: il futuro, la vita, tuo figlio. Vedi un po' chi pesa di più su quella bilancia. Pensaci. E riguardati. Ti voglio bene.

Nina.

P.s. Oh, fammi sapere!!!

Erano le sette, le otto in Moldavia. Richiamò l'istituto. Non potevano non passarle Ilie.

«Pronto?» Era la voce della direttrice.

«Salve signora Ciobanu, sono Mirta Mitea, posso parlare con Ilie?»

Sentì un rumore.

«Signora?»

«Buonasera signora Mitea. Purtroppo suo figlio è con gli altri a guardare un film.»

«E va bene, me lo chiami per favore, sa quanto costa questa telefonata?»

«Riprovi fra dieci minuti. Ora vedo se vuole salire.»

«Come ha detto? Se vuole salire?»

La direttrice rimase silenziosa.

«Signora, mi sente? Perché ha detto "se vuole salire"? Certo che vuole salire, sono sua madre!»

«Sa come sono i ragazzi... Ilie ha fatto un sacco di amicizie, si diverte con loro, è preso dalle cose che facciamo. Mi dia retta, signora Mitea, Ilie si sta ambientando. È un momento delicato. Faccia come sempre, gli scriva. Io sono convinta che se sentisse la sua voce potrebbe fargli troppo male.»

«La voce di sua madre?» urlò Mirta.

«Non si arrabbi. E faccia come le dico. Stiamo andando bene con Ilie, cerchiamo di non rovinare tutto. Vedrà, mi ringrazierà...»

«Cioè devo continuare a scrivergli e non ci posso parlare?»

«Non la sento, Mirta...»

«Pronto?»

La linea cadde. Mirta riprovò senza successo. Sbuffò. Si mise le mani nei capelli.

Forse aveva ragione. Forse era vero, la sua voce avrebbe riaperto la ferita di Ilie e rinnovato il dolore. Si stava ambientando, faceva amicizie, meglio così in fondo, no?, si disse.

Si convinse.

Ma la voce di Ilie le mancava.

L'album

Da: mirta.mitea@gmail.com
A: ilie-mitea@list.ru

Caro Ilie, ora mamma ti racconta un fatto.

Senti cosa ho visto. Sono tre giorni che sono in questa casa e per la prima volta mi sono messa a ficcanasare in giro. In un cassetto in salone ho trovato un album di fotografie. Di quelli con le copertine di cuoio e le scritte a caratteri d'oro, hai presente? L'ho preso e me lo sono portato sul divano. C'erano le foto della famiglia. In posti da sogno. Case, parchi, cavalli. E sempre con una signora sui quarant'anni. Che somigliava a Eleonora. Be', non ci crederai, era proprio lei! Bellissima! C'era una foto dove indossava un vestito lungo, una collana di diamanti, un bicchiere lunghissimo in mano, e un sorriso dolcissimo. Accanto due uomini in smoking. Un po' grassi e pelati ma si vedeva che erano pieni di soldi. Poi nelle altre pagine sempre lei, la signora, giovane con un passeggino accanto a una macchina sportiva che io non conosco ma mi sa che è una Ferrari (tu la riconosceresti subito, ci scommetto!). Poi ce n'era una di lei in groppa a un cavallo nero enorme e poi per poco non mi mancava il fiato! Ce n'era una dove Eleonora seduta al tavolino sorrideva verso il fotografo. Accanto a lei una donna. Bene, questa donna io la conosco! Perché l'ho vista un sacco di volte nei vecchi film. E lo sai chi era? Un'attrice americana. Si chiamava Grace Kelly. Era una star! Aveva sposato un principe a Monaco ed è morta giovane in un incidente su una scogliera. Cercala su internet, è la donna più bella che uno possa vedere. E la signora accanto mica sfigurava in quella foto! Sorridevano tutt'e due. Allora mi sono fatta una domanda: quanti ricordi ha Eleonora? che vita ha fatto? Lei una volta era giovane, bella, il mondo era suo. La guardo ora sulla sedia a rotelle, cosa le è rimasto Ilie? Solo i ricordi. Quella vive nei ricordi. E sai una cosa? Più ricordi ci sono, meno ti resta da vivere. Lei ci affoga nei ricordi. Nonno diceva sempre: «I ricordi ammazzano la vita!». È vero, Ilie. Noi dobbiamo solo pensare a quello che verrà quando finalmente staremo insieme. E accadrà presto. Guardo questa casa enorme, tutte le ricchezze che ci sono, e penso che tutto questo è una specie di prestito. Che devi restituire con gli interessi. Ilie mio, abbi forza e coraggio. Tua madre pensa sempre a te.

Un'altra notte insonne spesa a girare Eleonora ogni due ore. A spalmarle la crema. A scioglierle le pillole nell'acqua, a lottare per portarla a fare il bagno o i bisogni. Si sentiva stanca come se in quella casa ci stesse da due mesi, e invece erano passati solo quattro giorni. La signora e suo marito dall'America non avevano mai chiamato, Agnese arrivava puntuale e puntuale se ne andava. Mirta non riusciva ad abituarsi a quella casa gigantesca, agli orari selvaggi da rispettare, alla quantità di medicinali da far inghiottire alla signora, ai pasti da scaldare. Gli unici momenti di riposo erano quelli al giardinetto davanti casa con Ezechiele. Almeno lì si rilassava a guardare gli altri cani, i camerieri che li portavano a spasso, il cielo, l'aria fresca sul viso e il suono delle foglie schiaffeggiate dal vento. Dall'altra parte, accanto al palo del divieto di sosta, una filippina col grembiule a righe portava a spasso un bassotto. Si guardarono e si sorrisero.

«Lui lo conosco. È Ezechiele!» fece la donna avvicinandosi.

«Sì» rispose Mirta. «E lui?»

«Tobia. Sono amici, sai?» I due cani si stavano odorando. «Ti scoccia portare cane?»

«Per niente» rispose Mirta. «Anzi, almeno esco da quella casa.»

La filippina voltò la testa verso la villa. «Li conosco. Tieni la vecchia?»

«Già...»

«Povera te», e scoppiò a ridere. «Io mi chiamo Carmen.»

«Mirta.»

«Come sta Sinfronio?»

Mirta scosse la testa: «Chi?».

«Sinfronio. La signora chiama Filippo!»

«Ah sì, certo, il giardiniere. Non lo so Carmen, non lo vedo mai.»

«Be', se lo vedi saluta per me. Ora torno a casa. Se usciamo stessa ora, possiamo parlare un po' io e te.»

«Sì. Va bene.» Ezechiele si era avvicinato a Carmen e le odorava il grembiule.

«Sente carne che preparo per cena.»

«Già...»

Le due donne si divisero e tornarono in casa a testa bassa.

«Signora Eleonora, apri la bocca.»

Invece quella se ne stava lì, seduta a guardare un punto fisso alle spalle di Mirta serrando le labbra. Dal cucchiaino a mezz'aria colava già la sbobba che s'era raffreddata. «Per favore. Hai preso solo due cucchiai. Arriviamo a cinque e poi basta, te lo giuro.»

Mirta avvicinò il cucchiaio. Eleonora aprì la bocca.

«Aaammm.»

La vecchia sputò la brodaglia in faccia a Mirta. Che chiuse gli occhi, prese il tovagliolo e si asciugò. Contò fino a dieci. Poi si alzò e mise il piatto nel microonde per venti secondi. Tornò al tavolo. Aggiunse un goccio d'olio e riprovò.

«Avanti Eleonora, per favore.»

Allungò il cucchiaio. La donna aprì la bocca. Mirta le versò la pappetta che quella risputò subito. Ancora sul suo viso.

«Vaffanculo» gridò Mirta. Prese il piatto e lo lanciò nel lavello. «Non vuoi mangiare? E chissenefrega, non mangiare!» Poi afferrò la carrozzina per portarla davanti alla televisione. Schiaffò il telecomando in mano a Eleonora e la lasciò lì, senza aggiungere una parola.

Tornò in cucina a togliersi il pappone dalla faccia. Non aveva fame. Da un paio di giorni mangiava poco o niente. Preparò la razione di Ezechiele e la depositò in giardino sul retro. Proprio in quel momento suonò il citofono.

«Sì?»

«Sono Ciasullo...»

Mirta aprì. Lo vide avanzare verso casa gettando una sigaretta sul vialetto. Neanche la salutò. La spinse da parte ed entrò in casa. Attraversarono il salone.

«Buonasera donna Eleonora» fece Ciasullo. Ma quella nemmeno si girò. Guardava un programma sulla tolettatura dei cani.

Ciasullo andò in cucina. Aprì il frigorifero e afferrò una mela. La sciacquò, sempre sotto gli occhi di Mirta, poi mollò un morso staccandone quasi la metà. Masticando e sputando pezzi del frutto finalmente parlò: «Mi dici che cazzo hai da dirti con il romeno fuori dal giardino?».

Mirta si mise le mani sui fianchi. Il cuore le batteva forte ma non aveva intenzione di farsi mettere i piedi addosso.

«Parlavi con un tipo rossiccio, Pavel si chiama. Ha un furgone. Che cazzo ci faceva qua fuori? Perché gironzolava da queste parti?» Ciasullo morse ancora la mela. «Che vi siete messi in testa?»

«Pavel è un mio amico e se permette lo vedo quando mi pare.»

«No. Non lo permetto. E sai perché? Perché tu qui a casa non inviti nessuno. Se vuoi vedere gli amici tuoi zingari fai il favore di farlo quando hai il giorno libero. Non qui, chiaro?» Buttò il torsolo di mela nel lavello, si avvicinò a Mirta e la squadrò negli occhi. «Tu qui non inviti nessuno!»

«Era fuori dal giardino!»

«Qui, fuori dal giardino, nella piazza, fino a un chilometro da questa casa tu non inviti nessuno!»

«Altrimenti che fa? Mi denuncia?»

Ciasullo sorrise. «Mirta Mitea, a me basta una telefonata per rendere la tua vita un inferno.»

«Su questo non si dia pena. Lo è già.»

«Abbassa la cresta e obbedisci agli ordini. Prendi più di duemila euro per stare con donna Eleonora. Credi che a questa famiglia piaccia regalare soldi? Eh? Lo credi davvero? Non mi far tornare. Non mi diverto a venire qua!»

La superò e lasciò la cucina.

Mirta aspettò finché non sentì chiudersi la porta di casa. Si appoggiò alla parete, alzò il viso e si mise a piangere. Si asciugò con la manica del maglione mentre tentava di fermare il tremolio che le era partito dalle caviglie ed era già arrivato al petto.

Come se non bastasse, in salone trovò un lago di pipì sotto la sedia a rotelle.

Io così non ce la faccio. Io così ci resto secca, si disse. E senza una parola portò donna Eleonora in camera per lavarla. Alla macchia di piscio ci avrebbe pensato Agnese.

Rientrò nel salone verde in punta di piedi. Il pianoforte era ancora lì. Lucido e nero. Si avvicinò, si sedette sullo sgabello e sollevò il coperchio. L'odore dello strumento le mandò il cuore fuori ritmo. Tolse la pezza di feltro rossa e la posò sul sedile. Accarezzò i tasti bianchi, poi quelli neri. Posò l'indice sul do centrale. Lo premette e le onde sonore si propagarono per la stanza avvolgendo ogni cosa. Sorrise. Quell'onda nello stomaco era una sensazione che non provava da anni. Un prurito ai palmi delle mani la costrinse a sfregarseli uno contro l'altro, come se avesse freddo.

Poteva suonare. E allora cosa aspettava? Non si rovina un piano a suonarlo. Semmai il contrario.

Qualcosa però la bloccava. Dieci anni, un orrido di tempo e spazio la divideva dall'ultima volta che lo aveva fatto. Come avrebbero risposto le dita? E le corde? Avrebbero suonato o si sarebbero rifiutate?

Provò un accordo. Il piano le rimandò un suono talmente pieno che le fece rizzare i peli sul collo. Le note, pastose e calde, spensero il loro riverbero sulla tappezzeria del salone verde. Si schiarì la voce, si sgranchì le mani e le poggiò sulla tastiera sfiorandola appena. Cosa suono?, si chiese. Un pezzo che mi ricordo. Vediamo... semplice però.

La Sonata numero 16 di Mozart, il secondo tempo, l'andante in sol maggiore. Non era così complessa. Ne ricordava perfettamente accordi e passaggi.

Partì.

Alla terza battuta la mano sinistra si inceppò, la destra seguitò con il cantato ma ormai l'armonia era andata a farsi benedire.

Ricominciò da capo. Ma ancora alla terza battuta si ripresentò lo stesso errore. Ripeté il movimento lenta, con calma, per ripassare gli intrecci. Niente da fare. Medio e mignolo sembravano attaccati con la colla. Due rami secchi e senza vita. Si afferrò le mani e se le portò al petto. Provò a sgranchirle di nuovo. Erano rosse e gonfie, al posto delle falangi aveva delle salsicce. Le riposò sulla tastiera e ricominciò da capo. Stavolta arrivò alla quarta battuta ma poi le note da lisce e oliate diventarono di ferro arrugginito, incastrate fra loro come un meccanismo di un vecchio orologio abbandonato.

Si posò le mani in grembo e abbassò la testa.

Provò una brutta sensazione. La memoria conosceva note e posizioni, i lenti, gli adagi, i crescendo. Le dita invece sembrava non fossero le sue. Le guardava come due oggetti che appartenevano a un altro corpo. Due animali che qualcuno le aveva cucito addosso.

Ci riprovò.

Arrivò alla quarta battuta e Mozart, apparso solo per il tempo delle prime tre, venne inghiottito dal silenzio. Digrignò i denti, prese un respiro potente, chiuse gli occhi e partì. Come dei corridori stanchi, falangi e polpastrelli inciampavano continuamente. Se le sarebbe tagliate, estirpate, bruciate. Non erano più le sue mani. Dov'erano finite le sue mani? In quale angolo di strada si erano perdute? E se loro avevano dimenticato tutto, perché la sua testa no? Quella era come se fosse passato un solo pomeriggio dall'ultima volta che aveva suonato. La testa non si arrende mai. È il corpo che si ferma e ti saluta. E la cosa peggiore era avere la coscienza del proprio decadimento. Della propria disgrazia. Un rumore la fece voltare verso la porta del salone. Ferma e silenziosa, impenetrabile sulla sua sedia a rotelle, c'era la vecchia. Che la guardava. Ma lo sguardo era cambiato, parlava. Addirittura a Mirta parve di sentire la voce della mummia che le sussurrava qualcosa.

Ma come ci è arrivata qui da sola?, si domandò.

Una nuvola coprì per un momento il sole. Fuori era diventato grigio. Mirta chiuse il coperchio del pianoforte e accompagnò la vecchia a prendere le vitamine.

Da: mirta.mitea@gmail.com
A: ilie-mitea@list.ru

Caro Ilie. Mi ha detto Pavel che non è riuscito a incontrarti. Mi dispiace, perché è simpaticissimo. Lui mi ha aiutata a trovare questo nuovo lavoro, ha mosso mari e monti. È proprio una brava persona. Un amico vero. Lo sai? Vuole mettere su un'azienda per fare i traslochi! Che è un affare, perché qui è pieno di gente che cambia casa. Io dico che farà un bel po' di soldi. E pensa un po'? Mi ha detto che se le cose dovessero avviarsi mi vorrebbe con lui, come segretaria! Sai cosa significa questo, Ilie? Che finalmente avrò una casa tutta mia, uno stipendio, e tu potrai venire a stare con me qui a Roma. Non è bellissimo? Io dico di sì. Infatti ci penso spesso a questa cosa di Pavel. Ed è molto meglio fare la segretaria che badare alle persone anziane. È dura a volte, lo sai? Proprio dura.

Adesso mamma ti fa fare una risata. Ezechiele, il cagnolone che sta qui, stamattina al prato l'ho liberato. Lui se n'è andato in giro a odorare per terra. Poi all'improvviso s'è avvicinato a un signore seduto sulla panchina e gli ha fatto la pipì sul pantalone! Non ti dico che è successo! Il signore ha cominciato a dirmi che ero una mezza scema, che non sapevo badare al cane. E mentre mi urlava contro, Ezechiele gli ha fatto la pipì sull'altra gamba. Alla fine ho richiamato il cane con le crocchette, gli ho messo il guinzaglio e sono scappata a casa.

Eleonora saltò anche la cena. Mirta la riportò in camera per adagiarla sul letto a pancia in giù, pronta per le due punture. Mentre osservava la carne raggrinzita dei glutei costellata di lividi gialli e viola ripensò a Pavel. E a quello che le aveva scritto Nina.

Puoi imparare ad amarlo?, pensò. Trovare un pezzo di anima bella e pulita, provare piacere ad abbracciarlo? Magari non sentirai un brivido, ma il calore sì.

Pavel era un brav'uomo e sicuramente avrebbe capito se nei primi tempi l'avesse sentita distante, aduggiata. Avrebbe aspettato che Mirta riprendesse l'abitudine a dividere il letto con un uomo, a vederlo girare per casa. A baciarlo, stringerlo e farci l'amore.

Lo saprò fare? Con l'imbarazzo di toccarsi i piedi freddi? E chi sarà il primo che proverà a baciare l'altro?

La medicina era pronta. «Signora mia, qui è tutto un livido» disse. Poi trovò un piccolo spazio di carne ancora bianca. Ci passò sopra l'alcol e veloce le fece l'iniezione. Eleonora ebbe un sussulto. Con la destra strinse il lenzuolo, poi, man mano che lo stantuffo iniettava il medicinale sotto la cute, riaprì le dita.

«Ce n'è un'altra...» disse Mirta con un filo di voce. «Mi dispiace...»

La seconda gliel'avrebbe fatta proprio sopra un livido giallo sul gluteo sinistro. Non aveva alternative. «Mi sa che farà un po' male...» Passò l'alcol. Eleonora strinse il lenzuolo ancora una volta. Si preparava a subire e probabilmente teneva gli occhi chiusi. Infilò l'ago e uscì un po' di sangue. Le mani di Eleonora non mollavano il lenzuolo. Iniettò il medicinale e poi rapidamente cominciò a massaggiare la pelle. La signora non abbandonava la presa sul lino. Se lo portò lentamente alla bocca e lo morse. Una lacrima le scivolava sulla guancia.

«Mi dispiace... mi dispiace tanto...» le disse continuando il massaggio. All'improvviso la vecchia scattò e schiaffeggiò il braccio di Mirta.

«Che succede?»

Eleonora girò la testa dall'altra parte e chiuse gli occhi. Mirta la rivestì, prese le siringhe e le fiale di vetro e le gettò nel cestino. Poi con calma l'afferrò sotto le ascelle e la girò a pancia in su.

«Vado giù a mangiare un boccone, signora. Ti serve niente? Vuoi un po' d'acqua?»

La vecchia teneva gli occhi chiusi e respirava piano.

Mirta andò al comodino per riempirle il bicchiere. Si accorse che accanto all'abat-jour era poggiato l'album di foto che lei aveva scoperto giorni prima.

Che ci faceva sul comodino della signora? Era sicura di averlo rimesso a posto, nel terzo cassetto della credenza nel salone verde. Dalle pagine chiuse spuntava un pezzo di carta, come fosse un segnalibro. Mirta aprì la pagina segnata. C'erano due fotografie. Una ritraeva Eleonora con gli occhiali da sole, in posa sulla prua di una barca a vela, che sorrideva e si teneva il cappello per non farlo volare via al vento. Nell'altra stava su un campo da tennis. Alzava la racchetta per colpire la palla. Intorno a lei, fuori dal campo, gente guardava la partita.

Mirta richiuse l'album, si sedette sul letto. Eleonora aprì gli occhi. La guardò. Non c'era rabbia, non c'era sfida. Aveva lo sguardo tenero, lontano e annacquato. Fra le rughe e la magrezza di quel volto, Mirta si affannava a cercare i lineamenti della donna splendida chiusa nell'album fotografico.

«Signora... prima, giù nel salone verde, come hai fatto ad arrivare? Puoi spingere la carrozzella?»

La vecchia non rispose.

«Perché mi guardavi?»

Attese senza speranze.

«Volevi dirmi qualcosa? Mi hai detto qualcosa?»

Silenzio. Poi Eleonora piegò impercettibilmente la testa in avanti per due volte.

«Sì? Hai detto qualcosa?»

Eleonora allungò una mano. Poi la posò su quella di Mirta. Gliel'afferrò. Aveva la pelle ghiacciata. Si portò la mano della badante al petto.

«Che c'è, signora? Che cosa...?»

Con l'indice Eleonora le toccò due volte il palmo.

«La mano? La mia mano?»

Toccò le altre dita, leggera, lieve.

«Le mie dita? Ah, sì... le dita una volta sapevano suonare... ora sono un po' incastrate. Non si muovono come dovrebbero. Faccio fatica. E anche un po' pena.»

La signora alzò appena un lato della bocca. Era un sorriso. Si indicò il petto e poi le mani di Mirta.

«Non capisco. Lei? Lei e le mani... le servono le mie mani?»

Eleonora ripeté il gesto. Allora Mirta capì. «Lei è... le mie mani?» La signora Ferlaini Strozzi chiuse gli occhi soddisfatta.

«Lei è come le mie mani...» disse Mirta. Guardò l'album fotografico, guardò la vecchia e tutto le divenne chiaro. «Ho capito...» disse.

E fu allora, dopo giorni, che Eleonora per la prima volta parlò e disse: «Voglio morire».

In cucina, seduta davanti alla camomilla, sentiva un gelo correre su e giù per la schiena.

Voglio morire.

Quelle parole strappate dalla dentiera e dai vecchi polmoni di Eleonora ce le aveva ancora in testa.

Quando tornano i signori?, pensava Mirta. Magari, con il figlio e la nuora in casa, ci avrebbe ripensato. Sarebbe tornata alle abitudini della famiglia con la quale aveva sempre vissuto. Avrebbe sentito voci rassicuranti, si sarebbe calmata. Non avrebbe più detto una cosa simile.

Provò a convincersene. Ma dentro sapeva che le cose stavano diversamente.

Eleonora voleva morire perché non le piaceva più stare lì. Non era più lei, era un corpo senza forza che trascinava i suoi giorni fra una pomata, un'iniezione e una pillola ricostituente. Si faceva la cacca addosso, pisciava sul sedile della sedia a rotelle.

Dormiva? E durante la notte sognava? E cosa sognava Eleonora? Ricordi della sua vita passata oppure incubi dai quali solo la morte l'avrebbe strappata per sempre?

Voglio morire.

Ma non si può, si disse. Non si poteva per due ragioni semplici: la prima era che la vita a volte si accanisce e molla difficilmente. La seconda era che se Eleonora fosse morta lei si sarebbe ritrovava punto e a capo, senza lavoro, senza un soldo. Ora che finalmente si stava convincendo che il progetto di Pavel fosse una cosa buona, ora che di quei soldi ne aveva bisogno, perché ogni stipendio avvicinava Ilie a Roma.

Voglio morire...

Finta di niente!, decise Mirta. Fare finta di niente e continuare il proprio dovere. Con più attenzione, anzi, ora che la vecchia stava cedendo e che restasse in vita dipendeva solo da lei e da come avrebbe lavorato. Nessuna distrazione, nessun errore. Recuperò la lista dei medicinali. C'era da affrontare la notte. Decise di dormire direttamente nella stanza di Eleonora, le sarebbe stato più facile girarla ogni due ore per evitare le piaghe. Tanto la signora Valentina e le sue regole erano a migliaia di chilometri da quella casa.

Dialogo numero 1

Seduta con un libro in mano su una poltrona bergère a fiori accanto al letto, sotto la luce soffusa dell'abat-jour, Mirta si preparava a passare la notte. Eleonora a pancia in su con gli occhi chiusi respirava piano. Per i primi minuti Mirta era stata lì, ferma, a osservare la cassa toracica della signora che lentamente si alzava e si abbassava tremando. Le contava i respiri. Quando notò che i movimenti s'erano fatti regolari, aprì il libro e si mise a leggere. Era passato troppo tempo da quando lo aveva lasciato, dovette ricominciare da capo.

> Io nacqui nel 1632 nella città di York da una buona famiglia che peraltro non era del luogo. Mio padre infatti era uno straniero, di Brema...

Lesse svogliata tre pagine, poi posò *Robinson Crusoe* sul comodino. Eleonora sembrava dormire. Invece i suoi occhi non cedevano al sonno. Ricontrollò il cellulare per l'ennesima volta. La sveglia l'aveva messa, era tutto a posto. Se fosse riuscita a riposare un'oretta, magari la stanchezza della giornata sarebbe svanita per un po'.

«Mi controlli?» La voce era talmente fievole che Mirta credette fosse stata un'allucinazione uditiva, un gioco prodotto dallo scricchiolio dei mobili e il frusciare delle lenzuola. Eleonora aveva gli occhi chiusi.

«Hai paura?»

Non era un'allucinazione. Era la signora. Le stava parlando muovendo appena la bocca.

«Signora...? È lei?»

«Vedi altri in questa stanza?»

Quella voce sgranata, acuta, con le esse che sbattevano sulla dentiera, le metteva i brividi. Non veniva da corde vocali umane, ma da qualcosa di ineffabile, come la polvere che danzava alla luce dell'abat-jour.

«No signora» rispose Mirta.

«Non devi avere paura.»

Mirta si tirò su dalla spalliera. Si avvicinò al letto. «Non ho paura.»

«Sì, ce l'hai. Hai paura di tante cose. Hai paura di me, hai paura di questa casa, hai paura.»

Era vero. Aveva paura. Aveva paura di Eleonora, aveva paura della casa, aveva paura per Ilie, per lei, aveva paura del giorno dopo, della morte, sua, di suo figlio, della signora, aveva paura di non poter più rivedere Ilie, aveva paura dell'internat.

«Tu hai capito quello che ti ho detto?»

Mirta ingoiò un grumo di saliva. «Sì...»

«Parlare mi costa. Se hai capito, che intendi fare?»

Lasciò che il suono leggero di quelle parole si smorzasse nel silenzio della notte.

«Niente» rispose. «Non ho intenzione di fare niente. Faccio il mio lavoro, che consiste nel badare a lei, farle prendere le medicine, passarle la pomata, girarla ogni due ore.»

Eleonora tirò su i lati della bocca, impercettibilmente. Era un sorriso, forse. «Tieni in vita il cadavere, come da istruzioni di mio figlio.»

«Mi pagano per questo.»

«Quanto ti danno?»

Mirta si morse il labbro. Era un dialogo surreale, quello. Non lo sapeva qual era lo stipendio? Non era a conoscenza della cosa? «Tanto, signora.»

«Ti ho fatto una domanda precisa. Esigo una risposta precisa.»

«Duemilacento euro al mese.»

Finalmente Eleonora girò il capo poggiando la guancia sul cuscino. Aveva gli occhi aperti, e per la prima volta erano occhi vivi, sinceri, sembravano vibrare alla luce della lampadina. «Se io ti dicessi che posso farti un regalo molto, molto vantaggioso per te, allora cambieresti idea?»

Aveva scandito le parole usando un tono neutro, a metà fra la minaccia e la promessa. Mirta si appoggiò allo schienale della poltrona. Non sapeva cosa rispondere. Però faceva no con la testa, con gli occhi sempre fissi su Eleonora.

«Perché dici no? Sono io che te lo chiedo. E se potesse te lo chiederebbe anche mio figlio. Tu basta che dimentichi qualche medicina, che metti un po' d'aria nella flebo e io me ne vado...»

«Non lo dica neanche per scherzo, signora. Non le faccio queste cose. Non uccido le persone, io.»

«No?»

«No! Come le viene in mente?»

Eleonora tornò a guardare il soffitto. Prese un respiro profondo. Il sorriso era scomparso dal viso rugoso. Sembrava essersi riaddormentata. Mirta invece aveva ancora il gelo nelle ossa. Non riusciva a muoversi. Aveva paura di fare rumore, di muoversi, anche solo di respirare. Poi la sagoma sul letto alzò il braccio sinistro. Lenta muoveva le dita della mano. «Solo questo anello, Mirta, vale più di centomila euro. Pensaci...», e riappoggiò la mano sul materasso.

Mirta aspettò qualche minuto. Il respiro di Eleonora era tornato calmo e regolare. Riprese il libro e ricominciò a leggere. Si addormentò di schianto dopo appena dieci pagine.

Le 00.30. La sveglia le ricordò col suo suono acuto che era ora di alzarsi e girare Eleonora. Mirta si stropicciò gli occhi. Tirò un sospiro e si alzò dalla poltrona. Eleonora respirava lentamente, occhi chiusi, il viso puntato sul soffitto. Mentre sbatteva le palpebre Mirta pensò a quel dialogo. Quanto tempo fa? Due ore prima, in realtà. Ma sembravano passate settimane. Rabbrividì al ricordo della richiesta folle che le aveva fatto e si avvicinò. Prese delicatamente Eleonora sotto le ascelle, con un gesto lento continuo e sicuro la girò a pancia sotto. Sbottonò la camicia da notte sulle spalle. La pelle era a posto. Dal comodino prese la pomata, si strofinò le mani per scaldarle, poi lentamente cominciò a passarle sulle scapole e sulla spina dorsale di Eleonora. Ogni piccolo affondo corrispondeva a uno sbuffo d'aria che quella cacciava dalla bocca. La pelle assorbì veloce la medicina. Mirta riabbottonò il camicione, tirò la coperta e tornò alla sua poltrona.

Doveva mettere la sveglia alle due e trenta, a quell'ora avrebbe dovuto fare anche una puntura. Lo sguardo le cadde sulla mano sinistra di Eleonora, che era a pochi centimetri da lei, poggiata sul materasso. Guardò l'anello. Poi chiuse gli occhi.

Finalmente l'alba. Caricò la signora sulla sedia a rotelle e andò in bagno. La mise seduta nella vasca e la lavò passando la spugna con movimenti lenti, controllando che l'acqua fosse tiepida e il sapone non fosse troppo abbondante. Eleonora alzava ora un braccio ora l'altro, seria e serena, e si lasciava lavare docile, come fosse priva di forze.

Mirta cercava i suoi occhi, era tentata di riprendere il discorso della notte precedente. Ma Eleonora sembrava da un'altra parte, dava la sensazione di non ricordare nulla di quello che si erano dette. Cominciò ad asciugarla. Cercava di non guardare il corpo nudo della vecchia. Non era più solo un corpo di cui prendersi cura. Era diventato qualcos'altro. Temeva quasi di farle male, cercava di carezzarla con il lino. Prese anche una boccetta di acqua profumata e gliene spruzzò qualche goccia sotto le ascelle e sul collo. La mise sul water per i bisogni mattutini e andò a prendere dei vestiti puliti. Quando tornò, la trovò con gli occhi chiusi come se si fosse riaddormentata. La vestì. La caricò nuovamente sulla sedia e la portò all'ascensore.

In silenzio entrarono in cucina. Mirta si mise a preparare la colazione e cercò di farle bere almeno l'orzo dove aveva sciolto le pillole della mattina. Eleonora aveva nuovamente lo sguardo perso nel nulla e beveva dalla tazza a piccoli sorsi. Mirta si preparò un caffè, riuscì a malapena a mandare giù due biscotti polverosi, poi gettò piatti e tazzine nell'acquaio. Prese la sedia a rotelle e la portò davanti al televisore.

«Allora come sta la signora oggi, Marta?» le chiese Agnese mentre si toglieva il cappotto per appenderlo dietro la porta dello sgabuzzino.

«Mirta.»

«Quello che è.»

«La signora sta bene. Io non sto bene.»

«Che hai?»

«Mio figlio, Ilie, all'istituto. Lo chiamo e non me lo passano.»

«E perché?» fece Agnese sgranando gli occhi.

«La direttrice dice che se sente la mia voce è peggio. È peggio sentire la voce della madre?»

«Non lo so. Se uno è triste è meglio sentire la voce della madre, se uno è felice la voce della madre non tiene nessuna importanza, mi sa.»

«Io non lo so se mio figlio è felice.»

Agnese sospirò. «Ti devi fidare. Magari s'è trovato qualche amico, gioca, non ci pensa. Meglio se non ci pensa, no?»

«Meglio, sì...»

«Io comincio dalla sua stanza oggi. Poi passo al piano di sotto. Dopodomani tornano i signori, lo sai?»

No, l'aveva dimenticato. E tutto sommato la cosa le fece piacere. Si sarebbe allontanata la minaccia di quel Ciasullo e avrebbe finalmente avuto un giorno libero per stare tranquilla senza dover pensare alle medicine e alle pomate.

«L'hai suonato poi il piano?» le chiese Agnese a metà scala.

«No... non l'ho suonato.»

La donna di servizio sorrise e riprese la salita carica di aspirapolvere e secchio.

«Perché non usi l'ascensore?»

Ma quella non rispose.

Tornò al salone verde, dal pianoforte. Forse Mozart era stato un azzardo. Avrebbe dovuto cominciare con qualcosa di più semplice, più lento. Magari una canzoncina pop, una cosa con quattro accordi. Magari una canzone dei Beatles. Ma non era suonare il pianoforte, quello. Era strimpellare. Rialzò il coperchio e tolse la sciarpa rossa che copriva i tasti. Premette il do centrale. Poi sfiorò appena un accordo. Prese un respiro e cominciò. Stavolta le mani scorrevano. Lente, ma scorrevano. I tasti rispondevano, le corde e le note si sposavano con gli staccati e il pedale. Chiuse gli occhi, si lasciò andare all'andante. Prendeva coraggio, come se il sangue si fosse messo a scorrere più veloce nelle vene. Gli accordi erano sempre più pieni, e le note parlavano. Cominciò ad accompagnare i suoni con la voce, a bocca chiusa, e a dondolare leggermente la testa di lato. Si ricordava tutto. Anche la variazione. Sul finale aumentò la pressione dei tasti. Alla fine premette il sol e il si che chiudevano la sonata. Abbassò la testa e attese che il riverbero delle ultime due note sparisse nell'aria. Poi aprì gli occhi e sorrise. Tre soli inciampi, solo due diesis sbagliati. Era felice. Felice come da tempo non le capitava. Avrebbe potuto sedersi a quel pianoforte e risuonarla ogni volta che voleva. E sarebbe andata sempre meglio, senza errori, pensando non solo ad azzeccare le note, ma a dare l'espressività che quella sonata esigeva. Dove c'era da rallentare, dove c'era da dare sonorità maggiori, e parlarci con la tastiera, non stare solo a inseguire i do e i mi e le posizioni delle dita. Sulla porta s'era affacciata Agnese. «Uh! Che carino. Ma allora suoni veramente!»

Mirta sorrise e rimise il feltro sui tasti.

«Mi suoni *Grande grande grande* di Mina che ti faccio sentire come la canto?»

«Non la conosco...»

Agnese intonò: «Sei grande grande grande come te, sei grande solamente tuuuuu...». Sul «tu» finale le si ruppe la voce e cominciò a tossire. Mirta scoppiò a ridere.

«Va bene Agnese, la imparo e la prossima volta la facciamo.»

Agnese si riprese dalla convulsione. «E allora giacché ci sei impara pure *Parole parole* e *Il cielo in una stanza.* Che facciamo un concertino che donna Eleonora ci deve battere le mani!», e scuotendo la testa sparì nel buio del corridoio. Mirta chiuse il coperchio del pianoforte. Solo in quel momento si accorse che fuori pioveva a dirotto e le foglie luccicanti colpite dalle gocce tremavano come budini.

Raggiunse Eleonora davanti alla televisione. La donna girò appena la testa e le osservò le mani. Mirta le teneva davanti al pube e le strofinava una contro l'altra. Poi la vecchia tornò a guardare lo schermo al plasma. Il cellulare di Mirta suonò. Lo prese e si allontanò dalla stanza della televisione.

«Pronto? Mirta? Sono Pavel.»

Non c'era bisogno di dirlo. Aveva riconosciuto la voce già al «pronto».

«Buongiorno...»

Mirta si affacciò e fece cenno a Eleonora che sarebbe tornata subito.

«Stai lavorando?»

«Sì.»

«Non ce la fai a venire a piazza Albania? Io sto qui ancora una mezz'oretta.»

«E come faccio?»

«Ti devo dire una cosa importantissima!»

«E non me la puoi dire al telefono?»

«No. È a cinque minuti da casa tua. Sennò vengo io!»

«Lascia perdere Pavel. Che ho già passato i guai.»

«Che guai?»

«Poi ti dico. Aspetta, se è una cosa rapida chiedo ad Agnese. Tu aspetta lì. Provo ad arrivare.»

Seguì il rumore dell'aspirapolvere e raggiunse Agnese nel grande salone principale.

«Agnese?»

Quella non sentiva. Il frastuono dell'elettrodomestico era troppo forte. Allora Mirta si avvicinò e la toccò sulla spalla. Agnese sobbalzò: «Oddio!».

«Scusa...»

Agnese s'era portata una mano al cuore. Poi col piede spense l'aggeggio infernale. «Madonna mia Marta, mi hai fatto prendere un colpo!»

«Agnese, mi serve un favore...»

«Che favore?»

«Devi stare con Eleonora per cinque minuti!»

«Cosa? Con lei?»

«Sì. Per favore.»

«Ma sei matta? Dove devi andare?»

«Da Pavel. Qui a piazza Albania.»

«E chi è 'sto Pavel?»

«Un amico» disse Mirta. Ma arrossì, e ad Agnese non sfuggì.

«Un amico?» ripeté ironica. «Oppure è un fidanzato?»

«È un amico» insistette Mirta. «L'unico che ho qui a Roma.»

«E tu esci sotto la pioggia per andare di corsa da uno che è solo un amico? Perché non viene lui?»

«Perché è venuto una volta e per poco Ciasullo non mi sparava.»

«Quello non mi è mai piaciuto...» disse Agnese abbassando la testa.

«Ma tu me lo fai questo favore?»

Agnese ci pensò su una manciata di secondi. «Cinque minuti?»

«Cinque...»

«C'è *Amore perduto* a quest'ora, e io la puntata non me la perdo. Me la guardo insieme a donna Eleonora. Oh, prometti che torni presto!»

«Te lo giuro.»

Mirta sorrise e uscì dal salone.

«Mi devi un favore» le urlò dietro Agnese.

Protetta da un ombrellino comprato dai cinesi uscì in via Eufemiano e poi girò a destra. Venne aggredita dal traffico. Si rese conto che, a parte il giardinetto davanti casa, non usciva da giorni. S'era dimenticata le macchine, la puzza dei gas di scarico. La pioggia picchiava la città e le auto correvano alzando spruzzi d'acqua dalle pozzanghere che già s'erano formate ai bordi della strada. Un odore acre di asfalto, guano e ozono le pungeva le narici. L'aria era fredda. Il furgone di Pavel era parcheggiato davanti alla statua dell'eroe albanese. Mirta attese il verde del semaforo e attraversò. Arrivata al furgone bussò al vetro, ma non c'era nessuno. Si guardò intorno. Poi sentì un fischio lacerare l'aria. Pavel era dall'altra parte della piazza, riparato sotto i balconi del palazzo di fronte. Alzava il braccio per richiamare la sua attenzione. Mirta rispose al saluto muovendo l'ombrello e un po' d'acqua si intrufolò nel colletto del suo cappottino.

Scema, si disse. Attraversò la seconda carreggiata di viale Aventino e finalmente raggiunse Pavel. «Perché sei qui all'aperto con questa pioggia?» gli chiese.

«Non ce la facevo a stare dentro il furgone. Dai andiamo al bar» rispose eccitato. Afferrò l'ombrellino rosa, prese Mirta sottobraccio e insieme si lanciarono nella pioggia per raggiungere l'angolo della strada.

Entrarono tenendosi stretti. Al bancone un signore anziano aspettava il suo caffè con le braccia poggiate sul ripiano. Pavel si asciugò il viso. Sorrideva. Stava meglio coi capelli bagnati, pensò Mirta. Accentuavano gli occhi buoni e gli toglievano qualche anno. L'uomo si grattò la barba di un paio di giorni. «Che ti va?»

«Niente...»

«Con quest'umidità ci prendiamo una bella cioccolata calda», e senza aspettare risposta andò alla cassa a pagare. Mirta lo guardò. Aveva le scarpe di cuoio fradice.

«Due cioccolate» disse al barista.

«Allora? Che mi devi dire?»

«L'ho fatto!»

«Cosa?»

«La società. Dalla settimana prossima basta coi viaggi. Comincio con i trasporti. E abbiamo già due traslochi da fare!»

Mirta sorrise. «Bene! Che bello!»

«E lo sai? Abbiamo anche un enorme garage fuori Roma, facciamo anche deposito mobili. E questo, Mirta, è solo l'inizio.»

Il barista poggiò le due tazze fumanti sul bancone. Le alzarono contemporaneamente.

«Allora... alla società!», e fecero un brindisi. Mirta poggiò le labbra sul bordo della tazza guardando Pavel negli occhi. La cioccolata era buona e zuccherosa. Pavel scoppiò a ridere.

«Che c'è?»

«I baffi!» disse e le indicò il viso. Poi prese un tovagliolino e le tolse la macchia marrone intorno alla bocca. «Sembravi mia sorella quand'eravamo piccoli...»

«È buona» disse lei.

«Allora? Vieni a lavorare con me oppure no?»

Sarebbe stato chiaro anche a un bimbo di sette anni che quella domanda ne nascondeva una più intima. E Mirta arrossì.

«Ci hai pensato?»

«Io... mi piacerebbe tanto venire a lavorare con te.»

«Bene.»

«Ma non subito. Fra tre mesi?»

«Bene.»

«Metto da parte così un po' di soldi per una casa... chiamo Ilie, lo porto qui. E se tu sarai generoso con lo stipendio, posso provare a...»

Pavel la fermò con un gesto della mano: «Allora è un sì?».

Mirta abbassò lo sguardo. Bevve un altro sorso di cioccolata. Poi annuì velocemente. Pavel le prese il mento tirandole su il viso. E la baciò.

Sapeva di buono. La barba le stava scartavetrando il mento. Si staccarono.

«Mi sono mangiato un po' della tua cioccolata» disse Pavel a bassa voce passandosi veloce la lingua sui denti. Ridacchiarono come due adolescenti. «Quanto devo aspettare?» le chiese.

«Poco. Te l'ho detto. Tre mesi. Intanto mi cerco un piccolo appartamento che...»

«Vorrei che tu e Ilie veniste a stare da me.»

«Subito? E se poi...»

«No. Non c'è un "e se poi". Voglio stare con te, con tuo figlio, avere una vita felice, normale, prendermi cura di voi, averti accanto sempre.» La guardò negli occhi. «Ogni giorno...»

Erano fidanzati? Stavano insieme?

Sì. Lo erano. E la pioggia non la sentiva più, anche se l'ombrellino rosa era una tela arruffata che non riparava più niente, e capelli e cappotto oramai erano zuppi da strizzare.

Come si sentiva?

Una scema. Una ragazzina. Una specie di adolescente all'uscita di scuola dopo il primo appuntamento.

Com'era possibile?

Può succedere, si disse, quando si perde l'abitudine a certe cose della vita. Quando si mettono da parte funzioni vitali, sentimenti, e si pensa solo alla sopravvivenza. Se l'unica preoccupazione è mangiare, trovare un lavoro, mandare soldi a casa, vivere con la paura che tutto fili liscio e non ci siano intoppi, rimane ben poco. Un bacio solo e Mirta era tornata a camminare a un palmo dalla strada. E quando rientrò in casa e trovò Agnese ed Eleonora davanti alla televisione, le venne voglia di abbracciarle e baciarle.

«Non puoi capire!» disse Agnese senza staccare gli occhi dallo schermo. «Jennifer ha lasciato Donald e s'è messa con il fratello. Sai che ridere quando scoprirà che quello è un ricchione e sta con lei solo per i soldi?» Guardò Eleonora. «Bella puntata, eh?»

Ma la signora non rispose.

«Ti sei fracicata?»

Mirta si passò la mano nei capelli.

«Com'è andata con il tuo... amico? Dalla faccia che hai mi sembra bene.»

«Sì. Bene.»

«E so' contenta, Marta.»

«Mirta.»

«Quello che è. Mo' vado a finire il lavoro.» Si alzò dalla poltroncina. «Ricordati che mi devi un favore. Anzi, fammelo subito. Dagliela te una pulita al bagno di donna Eleonora. Io tempo non ce l'ho.» Toccandosi i lombi doloranti si incamminò verso il salone verde.

Da: mirta.mitea@gmail.com
A: ilie-mitea@list.ru

Caro Ilie, allora ho preso una decisione. Fra due mesi, massimo tre te lo giuro, vengo e ti porto a Roma. Lo so, ti ho fatto tante promesse e non sempre le ho mantenute, ma questa volta le cose andranno così! Nella nostra nuova casa in Italia dobbiamo mettere tutte le cose che desideriamo. Facciamo una lista e ne scriviamo tre a testa. Ti va? Allora comincio io. Io voglio:

1) Un televisore di almeno 32 pollici dove la sera ci vediamo i film e i cartoni, ma senza litigare. Magari mentre mangiamo la pizza che ci hanno appena portato.
2) Una libreria con i romanzi d'avventura.
3) Un piccolo pianoforte.

Ora tocca a te. Aspetto...

Da: mirta.mitea@gmail.com
A: nina-cassian@yahoo.it

Cara Nina, amica mia, l'ho fatto! Gli ho detto sì. È uscito semplice, senza neanche pensarci troppo. Lo sai cosa? Andremo a vivere insieme. Fra tre mesi, quando avrò raggranellato un po' di soldi, lascio questa vita e ne inizio una nuova. Con Pavel. Lavorerò per lui e Ilie verrà a stare qui. Capisci? Ce l'ho fatta! Posso portare mio figlio a casa! Quando me ne parlavi ero così incerta. Mi vergognavo, mi sentivo in colpa. Avevo paura di prendere in giro quest'uomo, di sfruttarlo, di approfittare di lui. Invece no. Lo sai? Ci penso spesso, mi è entrato nei pensieri e nella pelle. Ed è così gentile. Uno così io non l'ho conosciuto mai! Si vede che la fortuna sta girando, amica mia. E io mi sento in alto, come un aquilone. Poi lo sai a cosa ho pensato? Credo che l'amore cambi con l'età. Insomma, io pensavo che era sempre la stessa storia, come quando avevamo sedici anni che pensavamo ai fidanzati e ci si stringeva lo stomaco, non si mangiava, si sudava e stavamo sempre lì in attesa di una telefonata, un biglietto, un sorriso. Ti ricordi? A passare le ore a rimuginare. Cosa starà facendo? Chi starà vedendo? Mi starà pensando? Poi invece mi ritrovo a dirti che l'amore cambia un po' con l'età. Non si strizza lo stomaco e non si aspettano telefonate inchiodate davanti all'apparecchio. È una cosa più tenera, lieve. Però c'è e bisogna saperlo riconoscere. Mi ha un po' invaso questo sentimento, sai? All'improvviso. Però è un'intrusione dolce e fa quasi piacere che sia arrivata. Il batticuore c'è, per carità, ma molto meno. E non viene la pelle d'oca coi peli ritti sulle braccia al solo sentire il suo nome. Però qualcosa lì sotto, fra i muscoli e i nervi, passa. Devo solo stare più attenta ad ascoltarmi. Se uno suona e fa caso solo alle note e non pensa ai piani, agli staccati e ai volumi, diventa un carillon. Che saprà pure tutte le note, ma non comunica niente. Come fischiettare per strada. Ecco, io prima fischiettavo per strada. Adesso invece ho tutta la partitura. È una sensazione bellissima!

Da: nina-cassian@yahoo.it
A: mirta.mitea@gmail.com

Cara Mirta, amica mia del cuore, che vuoi che ti dica? Che sono felice! E vorrei mettere sedici punti esclamativi. Lo sapevo di aver ragione, e ti meriti tutto questo. Vedrai che ringrazierai il giorno in cui io e Pavel abbiamo insistito. Ops... a proposito, non te l'avevo detto? Io e Pavel ci conosciamo da anni. E ti confesso che abbiamo concertato tutto insieme. Pavel anni fa era a Milano, ci siamo incontrati lì, è pure amico di Gheorghe. Ti confesso anche che io il numero di Pavel ce l'ho da sempre, e sin dalla prima volta che mi hai scritto di lui già sapevo tutto. Però ho finto e ti ho mentito. Ho lavorato per lui. Lo sentivo di nascosto e lo consigliavo. Va bene, lo so, mi sono comportata da stronza, però non sentirti tradita. Ero così contenta di questo sentimento che Pavel provava per te che l'ho dovuto fare. Sapervi insieme mi fa felice. Lui è l'uomo giusto per te, credimi! Verrò presto a Roma a trovarvi, ce ne andiamo in una pizzeria a Trastevere. Tanto offre Pavel! Una cena me la deve! Scrivimi e dimmi che non ti dispiace. L'ho fatto a fin di bene. Resti la mia amica del cuore?

Da: mirta.mitea@gmail.com
A: nina-cassian@yahoo.it

Ma sei proprio una serpe in seno! E io che pensavo che eri la mia amica del cuore! Grazie Nina, non sai quanto ti voglio bene per quello che hai fatto. Fosse stato per me tutto questo non sarebbe successo. Siete comunque due imbroglioni. Due abili imbroglioni! Pensa che Pavel non ti ha mai nominata! Siete peggio delle spie!

Da: nina-cassian@yahoo.it
A: mirta.mitea@gmail.com

Ah ah ah ah!!!

Dialogo numero 2

1° novembre. Ho innalzato la mia tenda ai piedi della rupe e per la prima volta vi ho dormito; ho cercato di renderla più ampia possibile e a tale scopo ho piantato dei pali per appendervi la mia amaca.

3 novembre. ... Nel pomeriggio mi sono messo al lavoro per fabbricarmi un tavolo.

Eleonora dormiva supina, gli occhi chiusi, il respiro regolare, non s'erano dette una parola durante tutto il giorno. Piazzò la sveglia alle 00.30. Si sedette sulla poltroncina a fiori, un sorso d'acqua dal bicchiere sul comodino, poi riprese a leggere.

Ogni tanto alzava lo sguardo per controllare. Fuori il cielo era nero e la città non faceva rumore. S'era persa nel diario di Robinson quando all'improvviso la voce tenue di Eleonora ruppe il silenzio.

«Hai ricominciato a suonare...»

Mirta lenta poggiò il libro sulle ginocchia. La signora teneva gli occhi chiusi. «Sì» disse.

«Hai pensato a quello che ti ho detto?»

«Sì, ci ho pensato.»

Un accenno di sorriso apparve sul volto di Eleonora. «E dunque?»

«Dunque cosa?»
«Che hai deciso?»
Il rumore di un motorino si perse lontano nella notte.
«No.»
«No cosa?»
«No, non se ne parla. Neanche per scherzo.» Riprese a leggere.

Quel giorno e l'indomani furono interamente spesi a fabbricarmi il tavolo, perché la mia abilità in questo genere di lavori lasciava ancora molto a desiderare, anche se poi il tempo e il bisogno avrebbero fatto di me un ottimo artigiano, come credo sarebbe accaduto a chiunque.

«Hai paura di perdere i tuoi soldi a fine mese?» Ora la voce di Eleonora era graffiata e stanca. «Serva! Serva schifosa! Esci da questa stanza, vattene, vai via!»

«Per favore, signora Eleonora...»

«Vai via, mi fai schifo! Puzzi, i tuoi capelli mi fanno schifo, i tuoi vestiti mi fanno schifo, mi fanno schifo le tue mani che mi toccano, mi spogliano, mi lavano! Pensi sia bello farsi toccare da una schifosa come te? Sentirsi addosso le tue dita putride ficcanasare nelle mutande? Esci dalla mia stanza, schifosa, lurida, cagna...» Aveva parlato a occhi chiusi, lontana, un vecchio grammofono con un disco rigato che suonava da un'altra stanza.

«Lei ora è arrabbiata con me, ma si sbaglia. Si sbaglia perché io non lo faccio per i soldi. Semplicemente, io non uccido nessuno.»

Eleonora riprese a respirare lenta e profonda. Forse la tempesta era passata. Forse s'era riaddormentata. Mirta si chiese se fosse lucida mentre parlava, o era soltanto un delirio notturno, una specie di sonnambulismo verbale? Altrimenti perché di giorno taceva e non parlava? Perché solo di notte?

«Non mi uccidi. Acceleri solo la decomposizione.»

«Mettiamo le cose in chiaro una volta per tutte, signora Eleonora. Io sono stata chiamata per badare a lei, alla sua persona, e mi è stato detto di darle medicinali, di lavarla, di provvedere ai suoi bisogni...»

«Un cane...» si intromise.

«Come un cane?»

«Io un cane. Mi porti a fare la passeggiata, mi dai da mangiare, mi lavi... ci arrivi o no? Ci arrivi alla differenza che c'è fra un cane e me? Non voglio essere lavata, lo capisci? Le medicine, non voglio la pappetta collosa che mi prepari con quelle tue mani luride... lo capisci, cretina?»

«Io faccio quello per cui mi pagano.»

«Idiota! Imbecille! Serva! Ti sto dicendo che ti pago cento volte di più...»

«Nei miei servizi non è incluso uccidere una persona. O, come dice lei, accelerarne la decomposizione. Punto e basta. E adesso vado in camera, sono io a non aver più voglia di restare qui. Ci vediamo fra due ore per la pomata.»

Mirta si alzò, recuperò il libro e il cellulare, e senza aggiungere altro uscì dalla stanza.

Appena chiusa la porta si appoggiò alla parete del corridoio e prese fiato. Era una donna impossibile. Cattiva, perversa, acida. E lei aveva bisogno di prendere una boccata d'aria. L'indomani sarebbe stato l'ultimo giorno da sola in quella casa, poi la famiglia sarebbe rientrata e le cose avrebbero preso un'altra piega.

I rami secchi

Era l'ultimo giorno a tu per tu nella casa immensa con Eleonora prima del ritorno dei familiari, passò senza troppi intoppi. Aveva smesso di piovere e un bel sole era spuntato ad asciugare la città. Tornò a suonare il pianoforte e la sonata veniva sempre meglio. Provò a trovare gli accordi per Agnese, e insieme riuscirono a suonare *Parole parole*. Agnese stonò un paio di volte, per il resto se la cavò.

Si mise la solita bustina di crocchette per cani in tasca, prese il guinzaglio e andò al parco con Ezechiele. Sarebbe stata un'uscita breve, giusto il tempo di far annusare un po' le aiuole e il prato del giardinetto. Ezechiele non tirava, si limitava a sniffare la terra come un aspirapolvere. Lo liberò dal guinzaglio e il cagnolone scodinzolando si divertì a rincorrere i passerotti e a mollare pipì nelle aiuole. Asciugò la panchina ancora un po' bagnata per la pioggia del giorno prima e si sedette a respirare quell'aria pulita. Il traffico era lontano, un mormorio sotterraneo, poteva essere quello di un enorme bestione pronto all'attacco o il ruggito di un fiume. Tirò fuori il cellulare. C'erano messaggi di Pavel.

«Guarda! Questa sarà casa nostra! Non vedo l'ora di portarci i mobili.»

Le aveva mandato sei fotografie. Un salone bianco, una camera da letto senza mobili ma con un armadio enorme, un'altra camera dipinta di azzurro, la cucina con le maioliche, il bagno verde acquamarina e un piccolo terrazzo dal quale si vedeva un quartiere di Roma che Mirta non riconobbe.

La casa era un sogno. Piena di luce. Mirta già immaginava divani, tavoli, foto alle pareti. Ci sarebbe stato bene il tappeto rosso di casa sua. Ma se n'era andato nell'incendio insieme a sua madre e a tutti i suoi ricordi.

Un altro messaggio di Pavel. Semplice e diretto: «Ti amo!».

E un altro ancora: «Scusa, te l'avevo detto che ti amo?».

Scemo.

Aveva voglia di chiamare Ilie, ma si convinse non fosse il caso. Voleva dare retta alla direttrice, non far sentire la sua voce a suo figlio. Difficile, quasi impossibile, come se dovesse trattenere il fiato perché respirare era troppo pericoloso.

Da: mirta.mitea@gmail.com
A: ilie-mitea@list.ru

Allora Ilie, i tuoi tre oggetti da sogno? Non me li hai scritti? Allora te ne metto altri tre (pensando a te):

1) Playstation 3.
2) Mountain bike.
3) iPhone.

Eh? Che ne dici? Vanno bene? Ti mando sei fotografie. Sono quelle della nostra casa a Roma, l'ha trovata Pavel. La tua camera è quella dipinta di azzurro. Guarda che finestra che ha! Dimmi se ti piace (a me fa impazzire!).

Tua madre

«Ah! Giusto lei!»

Mirta si voltò. C'era Carmen con il solito grembiule rosa a righe che portava a spasso Tobia. Si salutarono con un sorriso.

Ma non era stata lei a parlare. Un uomo arrivava a passi decisi verso la panchina. «Proprio lei cercavo!»

Mirta lo riconobbe. Era quello sul quale Ezechiele aveva fatto pipì qualche giorno prima.

«Lei e il suo cane!» Ormai quel signore era a poco meno di dieci passi. Avanzava a denti stretti, il cranio lucido e sudato, tenendo i pugni serrati lungo il corpo. «Lei mi deve restituire i soldi della tintoria!»

Mirta s'era alzata dalla panchina. «Io? E mica è mio il cane!»

«Quello!» L'uomo indicò Ezechiele che stava odorando il culo del bassotto. «Quello non è suo?»

«No. Io lo porto solo a spasso. È della signora...»

«Sticazzi di chi è!» urlò l'uomo. «Io ho speso venti euro di tintoria e ora bisogna che qualcuno me li ridà.»

«Venga domani. I padroni del cane tornano e si fa ridare i soldi dalla signora. Guardi, abitiamo lì!», e indicò la bella villa.

«Pure ricchi. Ricchi e spilorci. Senta, non mi faccia incazzare. Se li faccia ridare lei i soldi», e allungò una mano. Carmen s'era avvicinata.

«Io non ce li ho. Non esco neanche col portafogli» rispose Mirta. Poi si mise la mano in tasca e prese la bustina dei croccantini. «Eze! Vieni che andiamo a casa!» Lo spinone era distratto da un tronco che riteneva parecchio interessante. «Eze! Forza, vieni qua!»

«Senti, brutta stronza... Non fare finta di niente!»

«Stronza ci chiami tua sorella!» rispose Mirta guardandolo negli occhi.

«Che succede?» Era intervenuta la filippina.

«Niente Carmen, il signore è un po' nervoso!»

«Succede che il suo cane mi ha pisciato sui pantaloni di velluto e io ho speso venti euro per lavarli, ecco che succede!»

«Quel cane non suo... di Mirta. Cane dei signori!» fece Carmen.

«Che è? State a fa' il sindacato?»

«Eze! Vieni qui!» Finalmente Ezechiele tornò da Mirta che gli mise il guinzaglio. «Io vado a casa. Per i suoi venti euro se li faccia dare da...» Ma Mirta non finì la frase che l'uomo la strattonò.

«Allora non mi sono spiegato!»

Ezechiele s'era spaventato. Anche Carmen. Il bassotto cominciò ad abbaiare.

«Li voglio mo', adesso!»

«Non mi toccare!»

«No tocchi Mirta lei!» rafforzò il concetto Carmen.

Anche Ezechiele cominciò ad abbaiare con la sua voce bassa e gutturale.

«Guarda signore che Mirta può liberare cane...»

Il pelato guardò il bestione che abbaiava con poca convinzione, ma sufficiente da farlo battere in ritirata. Dopo aver sputato per terra una caracca gialla puntò il dito contro Mirta: «Tanto so dove abiti e io domani torno. E vediamo se i soldi non me li ridai!».

«Tu porta scontrino tintoria!» gli urlò la filippina superando l'abbaio dei due cani. «Ma roba da matti! Buono Tobia!» urlò poi al bassotto.

«Grazie Carmen... la gente è matta.»

«Che fai? Torni a casa?»

«Sì... grazie...»

«Salutami Sinfronio.»

«Certo.»

A proposito di Sinfronio detto Filippo, pensò Mirta. Con il giardiniere c'era ancora un conto in sospeso.

Seguita da Ezechiele che le trotterellava accanto, girò intorno alla villa. Fece la stradina sul retro, superò il laghetto fino a quando vide il tetto della dépendance spuntare dalle fronde dell'eucalipto. Il giardiniere chino su un'aiuola interrava delle piante di lavanda. Il sole tiepido si rifletteva sulle foglie mosse dal vento e ancora lucide di pioggia e sui vetri del deposito degli attrezzi dipinto di rosso con la vernice screpolata dal tempo.

«Sinfronio?»

L'uomo alzò la testa. Si tolse il cappellino verde con la visiera e sorrise a Mirta. «Buongiorno...»

«Come va? Che belle le lavande!»

Sinfronio guardò le piantine ancora invasate. «Sì? A me non piacciono tanto. Perché crescono e diventano rami secchi senza fiori. Ma la signora le vuole...»

Mirta si sedette sulla panchina lì accanto. «Certo qui d'estate sarà bellissimo.»

«Sì? D'estate secca tutto. Devo dare acqua due volte al giorno, sennò il prato ingiallisce e i fiori si ammosciano...»

«Tu non hai una moglie?»

«Sì. Ma sta a casa.»

«E perché non la fai venire qui? Non saresti più contento?»

«Sì? Ho anche tre figli. Qui non ci entrano.» Poi alzò la mano mostrando l'indice e il medio a Mirta: «Due anni. Ancora due anni poi torno alle Filippine. Compro casa e vivo bene».

«Due anni?»

«Due anni...» Afferrò una zappetta e riprese a lavorare l'aiuola.

«Non sono molti. Hai quasi finito.»

Senza alzare la testa, Sinfronio annuì. «Sì? Due anni però sono sempre due anni... Tu quanto stai ancora?»

«Io? Non lo so...»

«Sì? Non va bene, tu devi sapere. Perché devi contare i giorni fino alla vita vera. Sennò che fai? Stai con signora Eleonora e poi quando muore passi ad altra signora e poi quando muore passi ad altra signora finché non diventi vecchia pure tu e hai bisogno di una che bada a te?»

Mirta sorrise. «No, non è così. Forse anche io ho un piano, sai?»

«Sì? Che piano è?»

«Mi sposo» disse quasi senza pensare.

«Sì? Con chi? Italiano vecchio? Che quando muore ti lascia tutto e fai la tua vita vera?»

«No. È romeno. Lo conosci. Ci hai visto parlare attraverso le sbarre.»

Sinfronio continuava a lavorare senza alzare la testa.

«Ti ricordi? L'altro giorno? Ci hai visto, no? E sei anche andato a raccontarlo a Ciasullo...»

«Sì. Lo devo fare. Se lui scopre che un estraneo era vicino casa e io non l'ho detto, mi danno un calcio in culo e addio casa mia e mia famiglia...» Alzò gli occhi scuri. «Tu sei arrabbiata per questo?»

«No... non lo sono. Ma volevo solo farti sapere che lui è il mio fidanzato e diventerà mio marito. Non è un ladro.»

Il filippino si rimise il cappellino in testa.

«Allora Sinfronio, volevo dirti una cosa. Siccome io più di tre mesi qui non starò, non dirlo alla signora che mi sposo. Sennò mi dà un calcio nel sedere e addio a casa mia e alla mia famiglia.»

«D'accordo. Non lo dico. Io mi faccio cazzi miei.»

«Giusto. Io e te ci facciamo i fatti nostri e tu fra due anni torni nelle Filippine, io fra tre mesi metto su casa. Ci conviene, no?»

«Sì? Ci conviene, sì. Tu stai qualche mese, prendi un sacco di soldi, ti metti su la casa, ti sposi e fai la tua vita vera. Questo è bello, questo è un piano buono.»

«Vero?»

«Vero. Quanti anni ha tuo figlio?»

«Dodici...»

«E dov'è adesso? Con parenti?»

«No. Non ne ho più di parenti. È in un istituto...»

Jaypee Orliber Sinfronio guardò Mirta negli occhi. Lento si alzò in piedi. «Allora sbrigati, perché tre mesi sono lunghi per istituto. Io sono stato sei anni. E non esce più dalla testa e da qui» e si indicò il cuore. «Sbrigati Mirta!», poi il giardiniere tuttofare si voltò e scomparve dietro il deposito degli attrezzi.

Era pomeriggio inoltrato quando il citofono si mise a gracchiare. Mirta era intenta a far prendere due capsule a Eleonora che continuava a rifiutarle. Stava ricorrendo al solito trucco di tapparle il naso per farle aprire la bocca, ma dovette mollare medicine e bicchiere d'acqua sul tavolo per correre a rispondere.

«Sì?»

«Armenia... il medico.»

Un uomo sulla cinquantina senza capelli e con gli occhiali da vista si avvicinava a casa attraversando il vialetto concentrato a digitare qualcosa sul cellulare. Raggiunse la porta di casa senza aver neanche alzato gli occhi. «Buonasera...» disse. Mirta lo fece entrare. Il cielo si stava già oscurando.

«Dov'è donna Eleonora?»

«Di là, in cucina. Le stavo dando il Sintrom e l'omega 3...»

«Ed è una cosa che prende tempo?» chiese ironico il medico. Poi finalmente si mise il cellulare in tasca e guardò Mirta. «Evidentemente sì. La porti in camera per favore.»

«E le medicine?»

«Dopo la visita. Non morirà per un ritardo di qualche minuto.»

Mirta obbedì e andò in cucina.

Afferrò la sedia a rotelle e andò verso l'ascensore. Il medico era lì davanti. «Sarebbe meglio lei andasse su a piedi. Ho paura che questo montacarichi non le porti tre persone più una sedia a rotelle.»

L'uomo squadrò Mirta come se l'avesse vista solo in quel momento. «Dice?»

«Mi dia retta.»

Sbuffando salì le scale.

«Che faccio, la metto sul letto?»

«La devo visitare» si limitò a dire il dottore poggiando la borsa di pelle su una sedia. Mirta interpretò la cosa come un sì. Prese Eleonora da sotto le ascelle e la depositò sul materasso. «Serve altro?»

«Come si chiama lei?»

«Mirta.»

«Avrà anche un cognome?»

«Mitea. Mirta Mitea.»

«Romena.»

«No, moldava.»

«Siete un po' più russi dei romeni, no?»

«No, siamo moldavi.»

«Può andare. Ci vediamo giù, Mirta Mitea.»

Mirta annuì. Stava per salutarlo, ma le venne in mente che quel tipo ancora non s'era presentato. «Come mi chiamo ora lo sa. Lei?»

Rimase con le mani dentro la borsa. Storse un poco la testa. «Professor Claudio Armenia, ora ci lascia soli o la visita la vuole fare lei?»

Si chiuse la porta alle spalle senza replicare.

No, non ce la poteva fare. Anche i bersagli alla lunga si stancano di essere centrati da frecce e proiettili. Non che pretendesse un grazie, un encomio, una carezza. Ogni tanto sarebbe bastata una parola gentile. Quell'incubo doveva finire. Stare a servizio in case sconosciute, con persone sconosciute con le quali non aveva niente da dividere non era vita. Aveva resistito per cinque anni, ma il vaso era colmo. Tre mesi, ormai se l'era prefissati. Ancora tre mesi, tre stipendi, seimila euro e avrebbe voltato pagina per sempre. Voleva vivere come gli altri. Con una casa, sua, e una famiglia, sua. Ora che ci pensava, lei una famiglia sua non l'aveva mai avuta. Prima con i genitori, poi qualche mese con quello stronzo di Adrian, poi, appena era nato Ilie, Adrian era sparito e lei era tornata da suo padre e sua madre, poi era partita per l'Italia e in cinque anni aveva cambiato... quante case? Quattro? Questa era la quinta. Prima Nunzio, il vecchio professore che non vedeva più e ascoltava solo Radio Maria. Poi la signora Mazzanti, piccola e piena di energie, che si era spenta una notte di dicembre, sotto Natale, ma la famiglia non aveva rinunciato all'albero ai regali e al panettone. Poi Olivia, poi la casa con Inna e le altre, e adesso Eleonora.

Doveva essere l'ultima. Con lei voleva chiudere i giochi.

«Io vado.»

Era il professor Armenia. Era entrato in cucina e lei neanche se n'era accorta. «Dica a Paolo e Valentina che torno la prossima settimana. Mi raccomando, continui con le medicine che ho prescritto e ogni tanto la porti fuori a prendere una boccata d'aria. Le farebbe bene. Donna Eleonora si lamenta?»

«No. Sta sempre in silenzio.»

«Dopo un ictus le sembra una cosa strana?»

A Mirta venne da sorridere. Il professore non sapeva, quindi, che Eleonora parlava, e parlava sapendo quello che voleva dire. Non le parve il caso di contraddirlo. «L'accompagno?»

Ma quello non rispose. Voltò le spalle, recuperò il cellulare dalla tasca e se andò.

Dialogo numero 3

La cena era stata un disastro. Eleonora aveva lanciato il piatto a terra per tre volte, e per tre volte lei aveva dovuto rifarla da capo. Non che fosse una cosa difficile, si trattava di scongelare quelle pappette iperproteiche nel forno a microonde. Ma rischiava di diventare un gioco dell'oca senza fine. Solo alla quarta sbobba Eleonora mollò e ingollò un paio di cucchiai. Poi bevve un brodino vegetale nel quale Mirta aveva sciolto di nascosto le pillole e finalmente si fece portare a letto. L'indomani alle diciannove, con il ritorno della famiglia, le cose sarebbero andate meglio.

Provava a leggere *Robinson*, ma gli occhi saltavano le righe e la testa se ne andava sempre dalle parti di Pavel. Alla casa che aveva trovato, al bacio nel bar, bagnati fradici e col sapore di cioccolata dolce in bocca. Eleonora stava supina con gli occhi chiusi. Respirava piano e teneva le mani incrociate sul petto. La luce dell'abat-jour le disegnava i solchi delle rughe sul volto e le vene delle mani.

C'era anche il rischio che, lavorando per Pavel, avrebbe percepito uno stipendio decente. E i soldi che avrebbe messo da parte in quei tre mesi in casa Ferlaini Strozzi potevano servire per far studiare Ilie e magari chissà, una cosa che Mirta desiderava da tempo, un'utilitaria di seconda mano con cui recarsi al lavoro, accompagnare suo figlio a scuola, fare la spesa. Doveva ricordarsi di chiedere a Pavel se la casa aveva anche un box. La sera, rincasando dal lavoro con Ilie appena recuperato dal campo di calcio o dalla piscina, l'auto l'avrebbe messa lì, al sicuro dai ladri e dalle intemperie.

«Non è buffo? Sono viva perché me lo posso permettere.» La voce fievole di Eleonora le rimbombò nel cranio. «Sai quanto costano le medicine per tenermi in vita?»

«No, non lo so...»

«Per tenere in vita i pezzi di un corpo in disfacimento? Tanto. Costano tanto. Talmente tanto che secondo me tu non li hai mai visti tanti soldi tutti insieme.»

Continuava a provocare, Eleonora. Mirta decise di non darle corda.

«Tu da piccola abitavi con i tuoi genitori?»

«Sì.»

«E chi si prende cura di loro adesso che sei qui?»

«Nessuno. Sono morti.»

«Avete tutte le fortune...» Eleonora tirò un respiro profondo. Poi aprì gli occhi per guardare il soffitto. «Quando ero piccola io vivevo in una casa con i miei genitori, le mie sorelle, una nonna e due zie. Una volta era così. Si stava tutti insieme. Per noi era normale, ma per i poveri era una cosa buona. Perché ci si aiutava. Scommetto che da te è ancora così. Intendo, se sono ancora in vita.»

«Sì. Anche io quand'ero piccola vivevo coi miei genitori e avevo due zii in casa. E una cugina.»

«Poi arrivano i soldi. E man mano che cresce la ricchezza aumentano i muri dentro casa. Sempre di più. Ci hai mai pensato?»

«No.»

«È così. Ed è da sciocchi. L'essere umano è fatto per vivere in un clan, non in una famiglia. Questo è l'inizio del male...», e si leccò le labbra un paio di volte.

«Vuole bere?» le chiese Mirta.

«Perché non vuoi farmi contenta?»

Mirta non rispose. Meglio, aveva già risposto. Ma Eleonora insisteva.

«Lo sai che io e te siamo uguali, Mirta?»

«E in che cosa, mi scusi?»

«Nella disperazione. Siamo uguali.»

«Lei ha fatto una bella vita. Io no.»

«Mia cara, nella disperazione non c'è una scala di valori, se fai scegliere a chi soffre. Magari oggettivamente tu puoi dire che un ricco che perde alla Borsa è meno disperato di un bimbo nel Darfur... ma il ricco, dentro di sé, è disperato, ed è capace anche di togliersi la vita. La disperazione la puoi giudicare solo se non ti coinvolge. Altrimenti è uguale per tutti. Pensaci...»

Mirta riprese a leggere. Sapeva che non ci sarebbe riuscita, ma sentiva il bisogno di staccare gli occhi dal corpo di Eleonora.

> «Come puoi essere tanto ipocrita – mi dissi ad alta voce – per fingerti grato di una condizione dalla quale, per quanto tu ti sforzi di accettarla, pregheresti con tutto il cuore di essere liberato?»

«Pensaci... con una sola azione tu risolvi due disperazioni. La mia e la tua. E al diavolo chi soffre di più. Dipende solo da te.» Voltò lenta la testa verso Mirta. Ora aveva di nuovo gli occhi aperti. «Accompagnami piano piano, dolcemente alla fine. E ti giuro che avrai risolto molti problemi.»

Mirta chiuse il libro sbattendo la copertina di cartone. «Io starò in questa casa per altri due, al massimo tre mesi. Poi lei potrà fare quello che più desidera. Ma fino a quando io sarò con lei, qui nessuno muore! Spero di essere stata chiara una volta per tutte.»

La signora tornò a guardare il soffitto.

Il tempo prese a scorrere più rapido e silenzioso, tanto che Eleonora cominciò a russare. Non che russasse proprio, l'aria inspirata le grattava da qualche parte nelle cavità del naso o della gola. Mirta decise che era il momento di piazzare la solita sveglia alle 00.30 per girarla. Si mise la mano in tasca.

Il cellulare non c'era.

Cercò nell'altra.

Niente da fare.

Guardò per terra, per vedere se le fosse caduto. Ma sul tappeto nessuna traccia del suo telefonino. Era lungo quindici centimetri, impossibile perderlo così.

Dove l'ho messo? si chiese. Andò in bagno a guardare. Anche lì non c'era niente.

Forse in cucina.

Si alzò silenziosa e in punta di piedi lasciò la camera.

La cucina ordinata, a parte quattro piatti nel lavello e una quantità indecifrabile di cucchiai, aveva i pianali puliti e lucenti. Il cellulare non era neanche lì.

Dove sei stata? Pensaci!

Andò in salone. Sul tavolino della televisione c'erano solo due telecomandi. Nel salone verde niente. Neanche sul pianoforte. Provò a guardare fra i cuscini del divano dove s'era seduta a sfogliare una rivista di arredamento e a fantasticare sulla casa di Pavel. Li alzò, infilò la mano dentro ogni fessura, il telefonino non c'era. Le venne in mente di provare a chiamarsi col telefono di casa. Ce n'era uno nel salone della televisione. Alzò la cornetta, ma non appena fece il prefisso scattò un messaggio di chiusura linea. Si ricordò che la signora l'aveva avvertita che dal telefono di casa erano bloccati interurbane e numeri di cellulare.

«Cazzo!», e sbatté la cornetta. «In giardino!» disse.

Andò all'ingresso dove, sotto il citofono, c'era un'enorme pulsantiera. Erano le luci esterne. Le premette tutte. Quando aprì la porta di casa, era illuminato a giorno. Rifece il tragitto dall'ingresso fino a dove s'era messa a parlare con Sinfronio. Guardava a terra, sul vialetto, in mezzo ai cespugli. Mirta si era quasi chinata a quattro zampe per controllare meglio. Arrivò al laghetto, e oltre fino al deposito degli attrezzi. Niente da fare. L'ansia le stava strozzando la gola. Senza il telefonino si sentiva perduta. Tagliata fuori da Ilie, dall'internat, da Pavel, da Nina. Arrivò fino alla casetta del giardiniere. C'era una luce accesa. Guardò attraverso la finestra e lo vide seduto davanti al televisore a mangiare un piatto di spaghetti.

Bussò sul vetro. Quello si alzò, scrutava per capire chi fosse. Poi aprì la finestra: «Mirta? Che c'è? Successo qualcosa a signora?».

«No Sinfronio, scusami se ti disturbo. Ma... per caso oggi per terra hai trovato il mio cellulare?»

«No... com'è?»

«Grosso. Un Nokia...»

«No... io non ho visto. Domani mattina cerco meglio. Ma se è in giardino, stai tranquilla. Qui sta!» Il filippino alzò gli occhi al cielo. «Poi stanotte niente pioggia. Stai tranquilla, domattina troviamo.»

«Perché non provi a chiamare il mio numero?» gli chiese. «Magari risponde qualcuno!»

L'uomo sbuffò. Si mise una mano in tasca. Tirò fuori un vecchio cellulare. Si fece dettare il numero da Mirta. «Niente. Dice che è staccato!»

Poi pigro, indolente, arrivò Ezechiele. Chissà, magari sperava in un'uscita notturna fuori programma. E allora Mirta si ricordò che dalla litigata in giardino nel primo pomeriggio, col tipo della tintoria, non aveva ricevuto messaggi né telefonate né mail.

«L'ho scordato sulla panchina!» urlò e corse via.

Alla luce gialla dei lampioni stradali il giardinetto aveva un'aria spettrale. Corse alla panchina. Nessun cellulare. E neanche per terra. Si guardò intorno. Non c'era anima viva.

Se l'hai lasciato qui, pensò, qualcuno l'ha trovato e non lo riavrai più indietro.

Perso!, si disse. Poi cadde seduta sulla panchina con le mani sul viso. L'ho perso!

Ecco, pensava, Dio me l'ha fatta pagare. Ho avuto il lavoro rubando il cellulare a quella poverina, e ora mi ripaga con la stessa moneta.

«Te lo meriti» disse con un filo di voce. «Te lo meriti proprio.»

Rientrò nella stanza. Eleonora dormiva. S'era portata la sveglia cinese altrimenti avrebbe dovuto passare la notte in bianco ora che il cellulare non c'era più. E se Ilie le avesse scritto proprio quella sera? E se Pavel le stava mandando messaggi ai quali non poteva rispondere? Cosa avrebbe pensato? Per prima cosa l'indomani sarebbe corsa in un punto vendita per cercare di recuperare almeno il numero. Le mail le avrebbe ritrovate, per gli sms doveva farci una croce sopra.

«Dove sei andata?» le chiese Eleonora.

«Ho perso il mio cellulare.»

«È una cosa grave?»

«Sì.»

«Io non ho sonno. Andiamo a vedere un po' di televisione?»

Non era una cattiva idea. Tanto di dormire non era aria. E magari, col video acceso, avrebbe potuto anche riposarsi un po'.

«Va bene, andiamo a vedere un film...»

Si alzò. La caricò sulla sedia a rotelle ed entrò nell'ascensore.

Appena uscita dal montacarichi, Eleonora tornò silenziosa a guardare il bracciolo della carrozzella, la bocca senza dentiera aperta come una ferita che non si sarebbe mai rimarginata.

«Ti va bene questo? Sembra un thriller...»

Ma la signora non guardava la televisione. Se ne stava con la testa reclinata su una spalla e gli occhi persi da qualche parte, come i suoi pensieri. Mirta si era sistemata su una poltrona.

Non riusciva a seguire la storia, troppo complessa. Con quel genere di film aveva poca familiarità. E non riusciva a togliersi di testa il cellulare. Continuava a pensare e a ripensare a tutto il tragitto fatto dall'ultima mail che aveva mandato a Ilie. Ma aveva controllato ovunque. Su in camera, in mansarda, non era mai salita. Ne era sicura. E il frigo...

Il frigo! Aveva aperto le pappette per Eleonora per ben quattro volte quella sera, forse nella concitazione, in uno scatto di nervi, aveva poggiato il cellulare proprio dentro quel mastodontico frigorifero. Si alzò mentre sullo schermo un uomo fuggiva inseguito da due individui vestiti di nero che impugnavano pistole silenziate.

A parte le bottiglie d'acqua, le uova e due limoni non c'era altro. Provò anche nel freezer aprendo tutti i cassetti coi surgelati dentro. Niente da fare.

Concentrati, imbecille. Concentrati! Si colpì la tempia con un pugno e chiuse gli occhi strizzandoli.

Ripensò al medico che era venuto a fare la visita. Gli aveva aperto la porta, era salita in stanza di Eleonora, poi era tornata in cucina, e lì? No, non l'aveva usato. Aveva sciacquato un paio di bicchieri.

Tornò al divano e si sedette accanto a Eleonora che, con la testa voltata da una parte, aveva richiuso gli occhi. S'era riaddormentata. Erano le undici passate. Decise di riportarla a letto, girata sulla schiena, così avrebbe guadagnato un'ora e magari un po' di sonno l'avrebbe fatto anche lei.

Stava sognando suo padre e sua madre nella vecchia casa che era diventata tutta di velluto e quadri con la cornice d'oro.

Vestiti a festa, seduti con le mani appoggiate sulle ginocchia, in posa, come fossero pronti per una fotografia. Ilie passava veloce davanti a loro con una palla rossa e spariva alla vista. Sei cani gli andavano dietro.

Mirta si svegliò e guardò la sveglia cinese sul comodino accanto al letto. Le tre. Il cuore le batteva veloce e le palpebre sembravano incollate. Si sgranchì il collo e si alzò dalla poltrona. Raggiunse Eleonora che dormiva, prese la solita pomata e gliela passò sulla schiena. Poi la voltò lentamente. Tirò su con delicatezza la camicia da notte e spalmò l'unguento anche sul petto, sull'addome e sulle cosce. Ricoprì la signora e tornò alla poltrona. Richiuse gli occhi ma non recuperò il sogno. Fece un sonno breve, nero e senza immagini.

Fu un'idea a risvegliarla, neanche mezz'ora dopo. Forse in casa c'era un computer dove poter leggere almeno le mail. Non era mai stata nelle altre stanze, quelle off limits. Ma a quell'ora chi avrebbe potuto vederla? Si alzò lenta dalla poltrona, controllò che la signora stesse dormendo e uscì.

Nel corridoio si aprivano diverse porte. Mirta voleva cercare la stanza del ragazzo sicura che un computer lì l'avrebbe trovato. Saltò la prima a destra dove aveva visto entrare il padrone di casa giorni prima. Cominciò da quella dirimpetto. Era un bagno. Passò alla seconda. Una bellissima stanza con un letto a baldacchino. Ma doveva essere una camera per gli ospiti. In quella di fronte invece c'era una specie di salotto arabo. La terza portava in un appartamento vero e proprio. Letto matrimoniale e tre porte interne. Era la stanza dei coniugi. La richiuse. Passò a quelle successive. L'ultima del corridoio finalmente era la camera del figlio. Era enorme. Odorava di tanti profumi, ma su tutti vinceva la fragola. Anche lì un letto matrimoniale e fotografie dappertutto. Posti esotici, spiagge, New York, altre città con insegne in cirillico e in caratteri orientali. C'era una batteria elettronica, un'enorme scrivania di legno e sopra un computer spento. Mirta lo accese. Attese osservando una rotellina che girava vorticosa. Le sudavano le mani. Dopo qualche secondo apparve una schermata in cui, sotto la fotografia di un delfino, c'era da inserire una password. Dovette rinunciare. Non aveva idea di come spegnere quell'ordigno, staccò la spina e la reinserì. Sapeva che non era una buona cosa, ma meglio di una reazione isterica se la padrona di casa avesse scoperto che qualcuno era penetrato in quelle stanze durante la sua assenza. Sconfitta tornò nella stanza di Eleonora per passare la notte. Il problema cellulare l'avrebbe risolto il giorno dopo.

Il giorno dopo

Mancavano ancora due ore all'apertura dei negozi. Eleonora mangiava la colazione molto lentamente, ma almeno mangiava. E aveva bevuto l'orzo con tutte le medicine sciolte dentro. Alle dieci le avrebbe fatto le punture, non prima di essere andata a recuperare almeno il suo numero al negozio e prendere un cellulare, anche un vecchio modello che costasse poco. Guardò il calendario dietro la porta. Agnese sarebbe arrivata nel pomeriggio. Non poteva aspettare tanto. Avrebbe potuto chiedere a Sinfronio. Forse lui il favore gliel'avrebbe fatto. Mentre stava riportando Eleonora in stanza per lavarla, suonarono al citofono. Mirta andò a rispondere.

«Sono Pavel!»

Un brivido. Era felice di sentirlo, e aveva paura del dottor Ciasullo. «Pavel? Ma... aspetta che esco...»

Attraversò il vialetto e arrivò al cancello. Quando lo aprì Pavel l'aspettava fumando una sigaretta. «Scusami, ma ti chiamo da ieri pomeriggio ed era sempre staccato!»

«Lo so, mi sono persa il cellulare.»

«Oh porca... e adesso?»

«Adesso devo andare in un negozio per recuperare il numero. L'ho visto su viale Aventino, vicino alla fermata della metro. Ma perché mi chiamavi?»

Pavel si avvicinò. Gettò la sigaretta. «Ma, niente. Solo volevo dirti una cosa...», e la baciò di slancio. Mirta non ebbe neanche il tempo di reagire. Poi si staccarono.

«Puzzi di fumo...» disse lei ridendo.

«Tu invece sai di buono... dai, sbrigati che ti accompagno.»

«Non posso. Devo chiedere a Sinfronio se può guardare per un po' Eleonora. Ora però vai, vai, ti prego...» Si guardava intorno spaventata.

«Non è che hai cambiato idea?»

«Su cosa?»

«Su me e te?»

Mirta gli prese la testa fra le mani e lo guardò negli occhi: «Dopo mio figlio, sei il più grande regalo che la vita mi abbia fatto».

Si baciarono di nuovo. «Ora vai... appena ho il numero di nuovo attivo ti richiamo.»

«Non puoi. Non hai più la rubrica. Riprovo io fra un paio d'ore!»

«D'accordo...»

Pavel la baciò ancora e tornò al furgone. Mirta guardò la strada. Non c'era nessuno.

Eleonora si fece lavare senza protestare. In silenzio, abbandonata, alzava ora un braccio ora l'altro.

«Vuole guardare un po' di tv?»

Niente. Non rispondeva.

«Eleonora, mi sente? Io devo andare a risolvere il problema del cellulare. Lei ce la fa a stare sola per un quarto d'ora mentre sbrigo la faccenda? Oppure le mando Sinfronio... Filippo, come lo chiama sua nuora.»

Ma Eleonora non reagiva. Restava lì con lo sguardo sul bracciolo della sedia e la bocca un poco aperta.

Andarono in ascensore per raggiungere il piano terra. La mise davanti al televisore e uscì in giardino.

Il cielo s'era un po' oscurato. Delle nuvole basse correvano spinte dal vento. Ma la temperatura era piacevole e fresca. Girò intorno alla casa, superò la fontana e arrivò alla dépendance. Guardò all'interno attraverso la finestra. Sinfronio non era nel saloncino. Bussò. Attese. Bussò ancora. «Sinfronio? Ci sei?»

Nessuno venne ad aprire. Girò intorno alla casupola. Scoprì che il giardino finiva lì, accanto al deposito degli attrezzi. Che era chiuso a chiave, segno che il giardiniere non stava lavorando. Forse era uscito. Fece comunque un giro rapido di perlustrazione. Trovò solo la carriola con tre vasi vuoti in un angolo, ma nessuna traccia dell'uomo.

Aspettò di vedetta affacciata alla finestra fino alle dieci e mezza. Poi decise che l'attesa era finita. Eleonora era ancora davanti alla televisione. La pezza sul sedile era asciutta. Le chiavi di casa erano infilate nella toppa.

«Eleonora, io vado. Torno fra un quarto d'ora. Lei non faccia sciocchezze, d'accordo?»

Prese il cappottino e uscì in giardino sentendosi in colpa come quando al paese aveva rubato due crostatine alla bottega di Caterina. Dietro il cancello di ferro c'era qualcuno. Quando Mirta aprì il portoncino, vide Carmen con il bassotto al guinzaglio. Che fa qui?

«Ecco, finalmente!» La donna si mise una mano in tasca e tirò fuori il cellulare di Mirta. «Ieri l'ho trovato sotto panchina!»

Il viso di Mirta divenne un sole estivo: «Grazie Carmen! Grazie!».

«Dopo litigata con quello, l'avevi scordato su panchina. Io l'ho visto e stavo venendo a casa a portarlo! Ieri sera non potevo uscire, scusami.»

Il bassotto scattò in giardino e andò a giocare con Ezechiele. Inseguendosi i due cani sparirono dietro la villa.

«Grazie Carmen! Mi hai risolto un problema enorme! Grazie!» Le venne voglia di abbracciarla.

«Di niente. T'ha chiamato un sacco di gente, ma io non ho risposto mai e allora l'ho spento. Be', vado... Tobia? Tobia! Ma dove s'è cacciato? Posso?», e indicò il giardino. Mirta fece sì con la testa e appoggiandosi al muretto accese il cellulare.

Insieme alla linea arrivò una cascata di suoni e di vibrazioni, peggio dei fuochi a una festa di paese. C'erano dieci sms. Otto erano chiamate di Pavel. Due erano chiamate da numeri misteriosi. Avevano il prefisso della Moldavia. Poi c'era il numero di padre Boris. Infine quello dell'istituto.

Aprì le mail. Ce n'erano quattro. La prima era del prete.

Da: boris_noica@list.ru
A: mirta.mitea@gmail.com
Mirta, non rispondi al telefono! Chiamami, fatti viva. Chiama l'internat!

Da: yaroslava.ciobanu@internat2.md
A: mirta.mitea@gmail.com
Mirta, dov'è? Devo parlarle. Parlarle subito. Chiami l'istituto!

Da: yaroslava.ciobanu@internat2.md
A: mirta.mitea@gmail.com
Mirta! Non mi chiama e non mi risponde! È urgente. Urgente!!!

Da: boris_noica@list.ru
A: mirta.mitea@gmail.com
Mirta dove sei? Chiama l'internat!

Sul viso di Mirta s'era steso un velo di sudore gelido mentre il cuore s'era fermato in mezzo alla gola e sembrava non voler più battere. Le mani tremavano. Gli occhi non vedevano bene la tastiera, solo una confusione di colori e simboli. Se li asciugò. Prese un respiro forte poi fece il numero della direttrice sperando di avere abbastanza soldi. Un uccellino azzurro s'era fermato su un ramo davanti a lei. Una macchina rossa attraversò la piazzetta a passo d'uomo. Nel giardino della villa passarono anche Ezechiele e Tobia con la lingua di fuori inseguiti da Carmen. Ma nessuno emetteva suoni. Lì intorno era tutto d'ovatta.

«Sì? Pronto?»

«Dottoressa Ciobanu? Sono Mirta Mitea.»

«Mirta!» urlò la direttrice. Poi non sentì più nulla.

«Dottoressa che c'è? Che succede? Mi sente?»

Percepiva dei singhiozzi dall'altra parte del telefono.

«Dottoressa Ciobanu?»

«... Mirta... Mirta, è successa una cosa brutta!»

«Cosa? Ilie? Ilie?»

«Purtroppo...»

«Che cazzo è successo?» urlò con il poco fiato che le era rimasto.

«Un incidente!»

«Un incidente cosa? Che incidente? Che sta dicendo?»

«Ieri sera... in camera sua...»

«Non sento. In camera sua cosa?»

Ci fu un breve silenzio. Poi: «Ilie... Ilie si è tolto...».

«Eh? Cosa si è tolto Ilie?»

«... la vita... Mirta mi sente? Mi sente? Risponda Mirta, mi sente? La prego parli, dica qualcosa. Per favore! È successo all'improvviso, nessuno se lo aspettava, per favore prenda un aereo e venga, venga subito. Risponda Mirta. Mirta!»

L'abbandono

Non era più un corpo. Era fatta di aria. E l'aria non vede, non sente e non parla. L'aria si muove. Passa in mezzo alle strade, alle macchine, niente la può toccare, niente la può scalfire. È aria. E passa indenne dappertutto. Arriva in mezzo al Circo Massimo, supera via dei Cerchi. Non c'è bisogno dei semafori per fermarla. L'aria non si ferma. L'aria non pensa. Vola sull'asfalto, sull'erba, in mezzo alle rovine romane, fra i cespugli e gli occhi della gente. Che tanto non ti può vedere. Se sei aria, al massimo ti sente mentre le accarezzi i capelli o schiaffeggi le guance. Se sei aria non lo sai neanche come hai fatto ad arrivare fino al ponte sull'isola Tiberina. Strano come tutto intorno a te abbia un corpo e tu no. Le case, i muri, i cancelli e l'acqua. Anche l'acqua lì in fondo ha un corpo. Ruzzola in mezzo alle pietre vomitata dalla corrente. Non c'è caldo e non c'è freddo. Non c'è rumore e non c'è odore. Sei aria. E voli.

Voli.

Sei aria...

Carmen

Carmen si voltò. Guardò attraverso le inferriate del giardino ma Mirta nella piazzetta non c'era più. Era andata via. Si morse le labbra. Non sapeva cosa fare.

«Mirta!» chiamò e guardò in tutte le direzioni ma la donna era scomparsa. Veloci come due saette, Tobia ed Ezechiele entrarono in casa attraverso la porta finestra della cucina. Decise di uscire in piazzetta accostando il cancelletto del giardino per non far scappare i due cani.

«Mirta!» chiamò ancora Carmen. Un ragazzo che non aveva notato prima era seduto su una panchina a giocherellare con il cellulare. «Mi scusi... scusi?»

Quello tolse lo sguardo dal display e la guardò con gli occhi rossi.

«Ha visto una donna? Bionda, alta più o meno così?», e alzò la mano un paio di spanne sopra la sua testa. «Lavora in quella casa, viene sempre con cane, Ezechiele. L'ha vista?»

«No.»

«Era qui poco fa.»

Il ragazzo annuì silenzioso. Poi alzò le spalle e si rimise a guardare il cellulare. «Mi dispiace, non ho visto nessuno.»

Carmen tornò verso la villa. Forse Mirta era entrata in casa. Attraversò il cancello e passò in giardino. «Tobia!» chiamò a bassa voce. «Tobia vieni, andiamo a casa?» Girò intorno alla villa e arrivò alla porta finestra della cucina. Con delicatezza si affacciò nella casa. «Tobia? Tobia? È permesso?» Entrò. Attraversò la cucina. «Posso? Tobia?» Avanzò nel corridoio in punta di piedi. Lontano il suono di un televisore. «Scusi, permesso? Tobia?»

Attraversò un salone enorme e finalmente arrivò in una stanza dove una vecchia guardava un programma su un televisore gigantesco. Ai piedi della sedia a rotelle c'erano i due cani che respiravano affannosamente.

«Buongiorno... scusi... devo riprendere cagnolino... dai Tobia, vieni qui!»

La vecchia si voltò lentamente verso Carmen, gli occhi vigili e attenti.

«Scusi signora, Mirta è sparita. Ha lasciato porta aperta di cucina. Non è entrata in casa?»

La vecchia non rispose.

«No? Non è tornata a casa? Era fuori, parlava al cellulare poi io non ho visto più.»

Il bassotto si alzò e scodinzolando appena le si avvicinò.

«Io riprendo cane... me ne vado...» Si chinò a prendere in braccio Tobia. «Ecco. Allora Mirta no è in casa, no? No.»

La vecchia tornò a guardare il televisore.

Sembrava stesse sorridendo. Poi Carmen le vide una cosa luccicare sulla guancia.

Piangeva.

Appena in strada rimise Tobia a terra. Si guardò ancora intorno e venne attratta da un movimento. Nell'angolo opposto della piazza le parve di vederla. Lontana, dietro una macchina, camminava di spalle. Aguzzò la vista. Era lei?

«Mirta!» chiamò. Ma quella non si voltò.

A passetti rapidi, seguita dal bassotto trotterellante, Carmen si diresse verso la ragazza bionda che scendeva la strada verso il Circo Massimo. Ma dove va?, si disse continuando a camminare. «Mirta! Aspetta!»

Lo vide per terra; il cellulare di Mirta era a pochi passi da lei. Lo raccolse. Riprese a camminare. La ragazza bionda si era fermata sull'argine dell'antico stadio, guardava davanti a lei come stesse godendosi il panorama. Carmen, sudata, aspettava che le auto dessero tregua per poter attraversare la strada. Riprese in braccio Tobia e finalmente dopo un paio di tentativi riuscì a passare. «Mirta c'è telefono qui!» gridò appena giunta alle spalle della donna. Che si voltò, ma non era Mirta. Non ci somigliava neanche lontanamente. Solo i capelli e la maglietta erano identici, quella sembrava scandinava, era molto giovane e aveva il naso piccolissimo. Carezzò il bassotto, sorrise a Carmen e raggiunse gli amici in fondo alla piccola scarpata d'erba e terra. Carmen rimase col cane nella destra e il telefono nella sinistra senza sapere che fare. Le venne l'idea. Richiamò l'ultimo numero sul telefono e attese. La linea era lontana, squillava a intermittenza. Qualcuno rispose.

«Pronto? Sono Carmen. Pronto?»

«Mirta?» disse lontana una voce di donna.

«No, io no Mirta, sono Carmen!»

«Ce s-a întâmplat cu Mirta?»

Carmen non capiva. «Come? Che dice?»

«Cine sunteţi dumneavoastră? Ce s-a întâmplat cu Mirta? O chemi! O chemi repede!»

Non comprendeva quelle parole, solo l'ansia che trasudavano. Cominciò a tremare. «No parlo la lingua. No ablo... Io no parlo lingua!»

«Trebuie să o găsesc pe Mirta cât mai repede! S-a întâmplat ceva rău cu ea la internat! Te rog frumos să mi-o cauți! Repede!»

«Mi scusi io non capisco, non capisco!» Si guardò intorno alla ricerca di qualcuno che la potesse aiutare. Correndo si avvicinò a due turisti che passeggiando le stavano venendo incontro. «Per favore, signori, forse voi capite?», e cercò di consegnare il telefono al maschio, alto e biondo e con la pelle del viso scottata dal sole.

«Ja?»

«Parla!»

L'uomo prese il telefono. Ascoltò pochi secondi, poi scosse la testa e sorridendo lo restituì a Carmen: «Ich spreche kein Russisch».

Carmen glielo strappò. «Aiuto, aiuto, qualcuno parla questa lingua qui?» urlava tenendo il cellulare alto davanti a sé. Due donne anziane la guardarono e tirarono dritto, un uomo appoggiato al suo taxi fumava e la osservava. Carmen lo raggiunse e gli offrì il cellulare.

«Signore, magari lei capisce?»

L'autista schioccò le labbra e si mise il telefono all'orecchio.

«Dica!», poi stette in ascolto per qualche secondo. Restituì l'apparecchio a Carmen. «Fija bella, non capisco un cazzo.» Gettò la sigaretta e rientrò in macchina.

Carmen si asciugò la fronte, portò il telefonino all'orecchio. «Pronto? Pronto? Io non capisco. C'è ancora, signora?»

«Sì» disse quella in italiano.

«Io no so dove è Mirta. Io no so dove andata. Sparita e ha buttato via cellulare. No so che dire. Ho paura, signora. Ho paura.»

«Nu pot să găsesc pe nimeni care vorbește limba mea?»

«Ho paura signora, ho paura...» Poi lenta si accasciò a terra e stringendo il cane al petto scoppiò a piangere.

Epilogo

Polizia di Stato, commissariato Trastevere

OGGETTO: ritrovamento cadavere

Alle ore 6.30 del mattino di oggi, 28 marzo 2013, sul greto del fiume Tevere all'altezza di ponte Marconi, è stato rinvenuto il cadavere di una donna, anni 30/40. Capelli: biondi. Pelle: chiara. Altezza: 1,65. La permanenza in acqua rende difficile risalire ai connotati facciali. Dentatura in condizioni normali, una capsula al molare inferiore. Nessuna presenza di ferite sul corpo. Indossa un maglione a collo alto azzurro, un paio di pantaloni jeans marca sconosciuta. Una sola scarpa, marca Hoogans. All'indice della mano destra un piccolo anello con pietra verde, al collo una collanina d'oro con pendant di un'immagine di santo non identificato. In tasca una bustina di plastica chiusa ermeticamente contenente sedici crocchette di cibo per cani. Nella tasca destra una fototessera rovinata ritrae volto di un ragazzo apparentemente sui 15 anni. Dietro la foto una scritta sbiadita e dei numeri che fanno pensare a una data: 13/ .... / 20 ... La parola, anch'essa di difficile interpretazione, ha come prima lettera una I e al centro una elle. Orologio al polso fermo alle ore undici e dieci con vetro scheggiato in più punti. Il ritrovamento è avvenuto grazie ad Ahmed Bustany, di nazionalità egiziana con regolare permesso di soggiorno, che transitava sulla sponda interna del fiume alla ricerca di un posto dove pescare. Il corpo era incastrato fra i rami degli alberi bassi insieme a due buste di immondizia che riteniamo estranee e casualmente in loco. Il cadavere è stato trasferito presso l'obitorio del Fatebenefratelli per le analisi di rito, affidate al dott. Andrea Moroni dell'Università di Roma «La Sapienza».

A una prima analisi, lo stesso indica come causa di morte l'annegamento.

Il verbalizzante
Ispettore Amedeo Tucci,
commissariato Roma Trastevere

Si trasmette agli uffici competenti.

Grazie a Tatiana Nogailic per il prezioso aiuto.

Indice

ORFANI BIANCHI

Narrazioni

Wu Ming 5, Francesca Tosarelli
MS KALASHNIKOV

Angelo Ferracuti
ADDIO

Dario Fo
DARWIN

Reverse

(ultimi volumi pubblicati)

Luigi Manconi, Stefano Anastasia,
Valentina Calderone, Federica Resta
ABOLIRE IL CARCERE

Mario Bortoletto
CONTRO GLI ABUSI DELLE BANCHE

Viviana Correddu
IL GALLO SIAMO NOI

Elio Lannutti
LA BANDA D'ITALIA

Andrea Di Nicola, Giampaolo Musumeci
CONFESSIONI DI UN TRAFFICANTE DI UOMINI
(nuova edizione)

Dario Fo, Franca Rame
NUOVO MANUALE MINIMO DELL'ATTORE

Olga Ricci
TOGLIMI LE MANI DI DOSSO

Raif Badawi, a cura di Costantin Schreiber
1000 FRUSTATE PER LA LIBERTÀ

Vincenzo Imperatore
IO VI ACCUSO

Elena Sacco
SIAMO LIBERI

Gideon Bachmann, Pier Paolo Pasolini,
a cura di Riccardo Costantini
PIER PAOLO PASOLINI. POLEMICA POLITICA POTERE

Danilo Pagliaro con Andrea Sceresini
MAI AVERE PAURA

Luca Ferrari, Nello Trocchia,
con Monika Dobrowolska Mancini
IO, MORTO PER DOVERE

Massimo Quezel
ASSICURAZIONE A DELINQUERE

Vincenzo Fenili
IN MISSIONE

Salvatore Striano
LA TEMPESTA DI SASÀ

Gianroberto Casaleggio
AFORISMI

Giuseppe Borello, Lorenzo Giroffi, Andrea Sceresini
LA SECONDA VITA DI MAJORANA

Adriano Monti con Alessandro Zardetto
NOME IN CODICE SIEGFRIED

Sandra Bonsanti
IL CANTO DELLA LIBERTÀ

Michele Corradino
È NORMALE... LO FANNO TUTTI

Principio attivo

(ultimi volumi pubblicati)

Mario Almerighi
LA BORSA DI CALVI

Hervé Falciani, Angelo Mincuzzi
LA CASSAFORTE DEGLI EVASORI

Gianni Barbacetto, Marco Maroni
EXCELSIOR

Lirio Abbate, Marco Lillo
I RE DI ROMA

Stefania Limiti, Sandro Provvisionato
COMPLICI

Marco Travaglio
SLURP

Paolo Biondani, Carlo Porcedda
IL CAVALIERE NERO
(nuova edizione ampliata)

Mario J. Cereghino, Giovanni Fasanella
COLONIA ITALIA

Gianluigi Nuzzi
VIA CRUCIS

Andrea Greco, Giuseppe Oddo
ENI, LO STATO PARALLELO

Antonio Amorosi
COOP CONNECTION

Daniele Frongia, Laura Maragnani
E IO PAGO

Davide Vecchi
MATTEO RENZI. IL PREZZO DEL POTERE

Valerio Cutonilli, Rosario Priore
I SEGRETI DI BOLOGNA

Roberto Ippolito
EUROSPRECHI

Ernesto Belisario, Guido Romeo
SILENZI DI STATO

Biblioteca Chiarelettere

Leon Trotsky
LA VITA È BELLA

don Lorenzo Milani
LA SCUOLA DELLA DISOBBEDIENZA

Antonio Gramsci
ODIO GLI INDIFFERENTI

Arturo Paoli
LA PAZIENZA DEL NULLA

Étienne de La Boétie
DISCORSO SULLA SERVITÙ VOLONTARIA

Piero Calamandrei
LO STATO SIAMO NOI

don Primo Mazzolari
COME PECORE IN MEZZO AI LUPI

Ernesto Rossi
CONTRO L'INDUSTRIA DEI PARTITI

Alexander Langer
NON PER IL POTERE

Shaftesbury
LETTERA SUL FANATISMO

Simone Weil
IL LIBRO DEL POTERE